Le Livre de Poche Jeunesse

Marabel et le Livre du Destin

Tracy Barrett

Tracy Barrett est née et vit aux États-Unis. Après des études de journalisme, elle a travaillé dans l'édition. Elle est auteur de documentaires et de romans pour enfants.

Marabel et le Livre du Destin

Tracy Barrett

Traduit de l'anglais (États-Unis)
par Manu Causse-Plisson

Ouvrage publié originellement par Little Brown and Company,
un département de Hachette Book Group, New York,
sous le titre : *Marabel and the book of fate*.

À toutes celles et ceux qui ont le courage
de créer leur propre destinée.

1

Marabel de Magikos n'était pas le genre de princesse à chercher l'aventure. D'abord, elle n'avait pas d'horrible marâtre qui la forçait à travailler tout le temps ou qui, jalouse de sa beauté, complotait pour la tuer. Au contraire, sa belle-mère était très sympathique, et elle traitait la princesse Marabel exactement comme ses autres enfants.

Marabel n'était pas non plus la plus jeune et la plus belle de trois sœurs. Elle était l'aînée des filles de la famille (son frère jumeau, Marco, n'était arrivé qu'une minute avant elle) et, quoique jolie, elle avait des cheveux d'un châtain très ordinaire et des taches de rousseur, pas une cascade de boucles blondes ni une chevelure noir de jais comme c'était apparemment la mode chez les princesses aventurières.

Les parents de Marabel n'avaient qu'une seule fée parmi leurs connaissances, et la fée en question n'était pas du style à lancer sur un bébé une malédiction telle que : « Tu te piqueras avec un rouet » ou « Des crapauds sortiront de ta bouche ». Quoi qu'il en soit, la famille avait dûment pensé à inviter la fée au baptême des jumeaux, et celle-ci leur avait offert à chacun une couverture en crochet pleine de trous qu'elle avait confectionnée elle-même.

Il y avait très peu de risques que Marabel soit capturée par un dragon et secourue par un prince charmant, ou que l'on accorde sa main à un preux chevalier pour le récompenser d'un quelconque exploit. Son père, le roi Matthew, la laisserait sans doute épouser le premier prince qui la demanderait en mariage pour peu qu'il soit gentil, et il ne lui serait pas venu à l'esprit d'exiger au préalable du prétendant qu'il aille massacrer un Monstre. D'ailleurs, les derniers dragons de Magikos vivaient dans une réserve naturelle. Les visiteurs s'amusaient parfois à faire fondre des marshmallows dans leur souffle brûlant malgré les avertissements sur les pancartes : *VEUILLEZ RESTER À L'INTÉRIEUR DE VOS CARROSSES : LA DIRECTION DÉCLINE TOUTE RESPONSABILITÉ EN CAS DE BLESSURES CAUSÉES PAR LES CRÉATURES MAGIQUES*. Les survivants ramenaient chez eux des jouets en forme de dragon, vêtus de tee-shirts avec l'inscription : *Mes parents ont visité la réserve naturelle de Magikos, et tout ce qu'ils m'ont rapporté, c'est ce dragon*.

Plus encore, le *Livre du Destin*, qui annonçait l'avenir des grandes figures de Magikos, ne mentionnait nulle part la princesse Marabel. Les pages qui concernaient sa famille parlaient surtout de l'Élu – Marco, son frère jumeau –, celui que tous les Magikiens attendaient et espéraient depuis des siècles.

Le *Livre* ne disait pas que l'Élu avait une jumelle. De l'avis général, Marabel n'était qu'un détail, qui ne méritait même pas une note de bas de page.

Aussi, quand l'aventure se présenta, la princesse Marabel ne la reconnut pas tout de suite.

*

L'après-midi du jour où l'aventure survint, Marabel s'exerçait à l'épée. Les leçons d'escrime de Marco avec le vieux Lucius se déroulaient en plein jour, dans la cour devant les écuries. Marabel, elle, ne pouvait s'exercer qu'à l'abri des regards, dans une petite tour où personne n'allait jamais. Ainsi, elle ne risquait pas de se faire pincer par ses parents, qui trouvaient que les armes n'étaient pas faites pour les jeunes filles et que la princesse perdait son temps à manier l'épée. Après tout, lui rappelaient-ils souvent, elle n'aurait jamais besoin de se battre.

Sauf que Marabel adorait l'escrime et que le vieux Lucius était ravi de la lui enseigner. En ce moment précis, il se tenait face à elle, en garde : genoux pliés, le poids sur les orteils. Marabel sautillait avec souplesse, son épée de bois brandie, guettant une ouverture.

Ha ha ! Elle bondit en avant, visant un trou dans la cuirasse de Lucius.

Boum ! L'épée du vieux chevalier la cueillit derrière la tête, si fort que ses dents s'entrechoquèrent et qu'elle vit trente-six chandelles. Manquant de lâcher son arme, elle resta là un instant à vaciller, tout étourdie. Heureusement, l'épée de Lucius était elle aussi en bois.

— Ha ! s'écria le maître d'armes d'un ton triomphant. Votre frère ne se serait jamais laissé prendre à cette feinte.

La raillerie piqua Marabel au vif. Sa vision s'éclaircit d'un seul coup et elle raffermit sa prise sur la poignée de son épée. Elle se fendit à nouveau. Lucius pivota pour se protéger avec son bouclier mais, au dernier moment, elle plongea en avant pour le frapper derrière les genoux.

Les jambes du chevalier cédèrent, et il roula dans la paille qui recouvrait le sol. Il resta allongé sur le dos, inerte, la tête renversée, sa courte barbe grise pointant vers le plafond.

Marabel abaissa son épée et attendit qu'il se relève.

Il ne bougea pas d'un poil. Ses yeux restaient obstinément clos.

— Lucius ?

Pas de réponse.

Méfiante, persuadée qu'il allait tenter de lui saisir les chevilles par surprise, elle contourna son corps inerte pour le pousser du bout de son épée.

— Lucius ?

Toujours rien.

— Qu'est-ce qui se passe ? Le vieux crapaud des marais a besoin d'une petite sieste ?

Le coin de la bouche du vieux chevalier tressaillit.

Le soulagement envahit Marabel. Si elle avait blessé Lucius – son seul véritable ami à part Ellie –, jamais elle ne se le serait pardonné.

Soudain, elle se rendit compte qu'elle avait mal partout. La tête lui lançait là où il l'avait frappée, et un gros bleu était en train de fleurir sur son poignet, où il l'avait touchée un peu plus tôt.

— Tu sais, dit-elle en retirant son casque pour secouer sa chevelure trempée de sueur, je suis presque aussi forte que Marco, maintenant. Je serais meilleure que lui si on me laissait m'entraîner à l'extérieur comme lui.

Lucius se rassit avec un grognement, frottant son dos avec sa main.

— Surtout si j'avais un *vrai* maître d'armes...

Il rit, comme elle s'y attendait.

Marabel déboucha le flacon de jus de myrtilles qu'elle avait apporté en cadeau pour Lucius, qui adorait ça. Au parfum qui s'en échappait, le visage du vieil homme s'éclaira.

— Aidez-moi à me relever, princesse.

Lucius vivait au palais depuis bien avant la naissance de Marabel, mais il avait gardé l'accent rocailleux des marais où il avait grandi et, dans sa bouche, ce mot ressemblait à « Brinzezze ».

Elle tendit la gourde dans sa direction, la mine faussement inquiète.

— Tu me promets que ce n'est pas une ruse pour me faire tomber ?

— Je le jure sur le Livre.

Marabel posa le flacon à côté d'elle pour aider le vieil homme à se redresser. Personne, pas même Lucius, n'aurait osé rompre un serment prononcé sur le *Livre du Destin*.

— Où avez-vous appris cette botte ? demanda-t-il en s'asseyant à son tour sur le banc avec un grognement.

Elle haussa les épaules.

— Ça m'est venu comme ça.

Elle posa son épée d'entraînement en travers de ses genoux, sans pouvoir refréner un sentiment de fierté. *Je l'ai bien eu, avec mon petit tour.*

— Je ne vous ai pas blessée, j'espère ? demanda-t-il. Laissez-moi voir.

Marabel pencha la tête et désigna l'endroit douloureux. Elle tressaillit quand les longs doigts du vieux maître d'armes écartèrent ses cheveux, mais le contact fut si délicat qu'elle n'eut pas mal. Ellie disait toujours que les mains de Lucius faisaient du bien. Elle avait raison.

— Ce n'est rien du tout, princesse, conclut-il avec un sourire en lui tapotant l'épaule.

Marabel se redressa et porta à son tour la main à sa tête. En effet, il n'y avait pas de bosse. Bon. Sans doute avait-il frappé moins fort qu'elle ne l'avait cru.

Épongeant la sueur de son front, elle saisit le flacon. Mais Lucius lui retint le bras au moment où elle le portait à ses lèvres.

— Ce n'est pas une bonne idée.

Elle reposa la bouteille.

— Pourquoi donc ?

— Vous ne voulez pas avoir les dents toutes bleues, n'est-ce pas ? La reine n'aimerait pas ça, surtout juste avant le banquet.

Le banquet ! Fourrant la gourde dans les mains du vieux chevalier, Marabel bondit sur ses pieds. Avec un gémissement consterné, elle ouvrit la porte à la volée et se précipita dans l'escalier en spirale. *Zut, zut, zut et peste !* Comment avait-elle pu perdre à ce point la notion du temps ? Depuis des mois, ses parents ne parlaient que du banquet – et, dans le royaume, c'était sans doute le sujet de conversation favori depuis des décennies.

Marabel et Marco auraient treize ans cette nuit précisément, treize minutes après la treizième heure, le treizième jour du treizième mois. Ou, plus exactement, Marco aurait treize ans à 13 h 13 ; Marabel devrait attendre une minute de plus pour fêter son anniversaire.

De toute façon, personne ne prêterait attention à elle à 13 h 14. Tous les sujets du royaume, depuis l'Océan Mauve jusqu'à la Forêt Infranchissable, seraient en train de crier, de battre le tambour ou d'allumer des feux d'artifice en l'honneur de l'Élu. Pendant ce temps, la princesse Marabel resterait assise à la table du banquet, oubliée de tous.

Pire encore, elle allait être en retard. Elle savait ce que diraient les courtisans – qu'elle était irresponsable. Impulsive. Qu'elle oubliait trop souvent ses devoirs royaux. La peste soit d'eux !

Marabel courait à toute vitesse, sans regarder devant elle, si bien qu'au détour d'un couloir elle percuta quelque chose qui laissa échapper un « Wouf ! » surpris.

C'était son père, suivi de sa belle-mère. Ils étaient déjà vêtus pour le banquet. Sur le visage du roi

Matthew, la surprise laissa place à une expression de déception que Marabel ne connaissait que trop bien. Elle aurait voulu ne pas y prêter attention, mais cela la blessa quand même.

— Que fais-tu avec ce... avec cette arme ? demanda son père.

Elle en resta bouche bée, avant de se rendre compte qu'elle n'avait pas lâché la vieille épée d'entraînement en bois.

— Et tu portes un plastron rouge ? ajouta la reine. Tu as encore fait de l'escrime ?

Les chevaliers, et même les paladins, portaient toujours du rouge. C'était censé les empêcher de se rendre compte qu'ils saignaient quand ils étaient blessés. Devant ce nouveau manquement à l'étiquette de la part de sa belle-fille, la reine pinça les lèvres.

— Les dames ne se battent pas, ma chère.

Marabel se contraignit à ne pas lever les yeux au ciel. Son père tendit la main vers elle.

— Donne-moi cette arme.

Marabel recula d'un pas. Que faire ? Elle ne pouvait dire que l'épée appartenait à Lucius – le roi aurait immédiatement chassé le chevalier pour le punir de donner des leçons d'escrime à sa fille. Lucius serait contraint de retourner dans ses marais, où l'humidité aggraverait ses rhumatismes, au point qu'il ne pourrait bientôt plus marcher. Pourtant elle refusait que Matthew s'empare de son arme d'entraînement. Parce qu'il la jetterait au feu, c'était certain.

— Eh bien ? fit-il d'un ton impérieux.

Marabel ouvrit la bouche sans avoir trouvé de réponse appropriée. C'est alors qu'une voix joyeuse retentit derrière elle :

— Mon épée !

Elle se retourna d'un bloc. Vêtu de ses habits d'apparat, sa plus belle couronne sur la tête, Marco les regardait.

— *Ton* épée ? demanda la reine.

Marco prit l'arme des mains de Marabel pour effectuer quelques passes en l'air. Avec un petit sourire, il lui lança :

— Merci d'être allée me la chercher, Mara.

Elle lui rendit son sourire tout en tentant d'ignorer la petite pointe d'agacement qu'elle ressentait. Une fois de plus, l'Élu lui avait sauvé la mise.

Quand elle était aux côtés de Marco, Marabel pensait souvent à son poney pie. S'il restait longtemps au soleil, les taches noires sur son dos devenaient chaudes, tandis que les parties blanches restaient fraîches. C'était pareil avec Marco : il attirait sur lui toute l'attention, et laissait Marabel dans un froid glacial. En plus, il ne faisait rien pour ça : tout le monde l'aimait parce qu'il restait lui-même – toujours gentil, drôle, et tellement beau avec ses grands yeux noisette et ses cheveux dorés, comme ceux de leur père. En fait, il avait déjà l'allure d'un roi.

Pour une fois, néanmoins, Marabel ne se plaignait pas que son frère lui ait volé la vedette. Le roi redressa la couronne sur la tête du prince tandis que la reine recoiffait une mèche de ses cheveux. Ils avaient complètement oublié Marabel. Se glissant derrière eux, elle fit une grimace à l'intention de son frère, louchant et tirant la langue. Il dut feindre une quinte de toux pour ne pas éclater de rire.

— Tu n'as pas attrapé un rhume, au moins, mon trésor ? s'enquit la reine, anxieuse.

Sans attendre la réponse, Marabel s'élança dans le couloir en direction de sa chambre. La porte était ouverte, ce qui signifiait qu'Ellie s'y trouvait déjà. La suivante n'aimait pas les espaces clos, et rester dans une pièce fermée la mettait mal à l'aise.

— Ah, Marabel ! Vous êtes en retard, fit-elle avec une nervosité palpable. J'ai préparé votre bain. Dépêchez-vous.

Même si c'était sa meilleure amie, Ellie voulait toujours mener Marabel à la baguette. Ça durait depuis leurs sept ans, quand on avait nommé la jeune fille suivante de la princesse. En général, celle-ci avait tendance à discuter les ordres, mais ce jour-là elle se hâta de lui obéir. Dégrafant son plastron taché de sueur, elle grimpa dans la baignoire. Elle grimaça au moment où son poignet blessé entra en contact avec l'eau chaude.

Tandis qu'elle se frottait sous toutes les coutures, Ellie entreprit de lui passer de l'huile d'algue dans les cheveux, pouffant à mesure qu'elle en ôtait des brins de paille et de la terre. Puis Marabel se rinça et sortit de la baignoire, toute dégoulinante. Ellie l'entoura immédiatement dans une peau de manticore d'une douceur incroyable. *Quelle chance !* songea Marabel. *Une peau toute neuve...* Même pour les membres de la famille royale, c'était un luxe, car les manticores ne muent que tous les trois ans.

— Où as-tu déniché cette peau ? demanda-t-elle tandis qu'Ellie lui séchait les cheveux. Elle est toute douce.

— Je me suis débrouillée, répondit son amie avec un sourire. Disons qu'elle était peut-être destinée à quelqu'un d'autre et que, hum, elle s'est glissée dans vos appartements.

Marabel soupçonna que la peau de manticore aurait dû échoir à Marco, mais elle fut reconnaissante à Ellie de sa gentillesse.

— Allez, on s'habille, lança celle-ci une fois Marabel essuyée.

Elle lui tendit sa tenue. Celle-ci était confectionnée dans un tissu étincelant qui passait du bleu au blanc, puis du jaune au vert, puis de nouveau au blanc dans la lueur des torches. Comme tous les costumes d'apparat, elle était constituée d'un pantalon ample et d'une tunique qui descendait sur la taille. Ce vêtement était muni d'une capuche et de poches, de plis et de replis qui avaient dû avoir jadis une utilité particulière, mais dont on avait désormais tout oublié.

En l'occurrence, la capuche était inutile – personne n'aurait osé exposer une si belle tenue à la pluie et au vent. Mais le costume traditionnel magikien exigeait une tunique à capuche, parce que c'était ainsi que la portait le roi Manfred, l'aïeul très éloigné de Marabel, et que rien n'avait changé depuis. Nul n'aurait osé remettre cela en question, pas plus qu'on ne discutait la nécessité de baptiser tous les membres de la famille royale d'un prénom qui commence en « Ma » – Alexandra, la reine actuelle, était devenue Maggie le jour où elle avait épousé le roi Matthew – ni aucune des autres règles du *Livre du Destin* qui gouvernaient leur vie.

Ellie aida Marabel à enfiler la tenue, qui lui allait à ravir.

— Faites-moi voir votre poignet, dit-elle.

Marabel lui tendit sa main droite.

— Non, l'autre.

Ellie fronça les sourcils en découvrant le bleu qu'avait laissé l'épée de Lucius. Elle puisa dans le coffret à bijoux un large bracelet de pierres précieuses, celles que l'on trouve au fond de l'Océan Mauve, et le passa autour du bras de Marabel. Ainsi personne ne lui demanderait comment elle s'était blessée, ce qui aurait pu lui causer des soucis. Comme toujours, Ellie avait trouvé la solution parfaite. Marabel la prit dans ses bras et la serra si fort que la jeune fille poussa un cri étouffé.

— Merci, murmura la princesse.

Ellie lui rendit son étreinte avant de s'écarter doucement.

— Il ne nous reste que le temps de nous occuper de vos cheveux, dit-elle.

Marabel s'installa devant sa coiffeuse. Elle observa dans la glace les doigts agiles d'Ellie tresser sa chevelure humide. Cela prit plus longtemps que d'habitude, car Marabel se contentait désormais d'un miroir normal. Le miroir magique qui donnait des conseils de coiffure et de maquillage s'était révélé si bavard et agaçant qu'Ellie avait fini par s'en débarrasser.

Marabel baissa les yeux. Même dans un miroir ordinaire, elle n'avait pas très envie de voir l'expression de nervosité sur son propre visage. Ellie tenta de la réconforter d'un sourire en achevant une dernière tresse.

— Qu'en dites-vous ? demanda-t-elle.

Avec ses vêtements neufs, son front dégagé et ses cheveux bien coiffés, Marabel se trouva plus jolie que d'habitude... avant de penser aux autres princesses qui allaient assister à la fête. Elles porteraient des tenues bien plus chatoyantes que le costume traditionnel magikien, et leur coiffure serait rehaussée de diamants et d'émeraudes, là où Ellie n'avait mis que des fleurs. On invitait souvent Marabel aux anniversaires des princesses, mais elle avait l'impression que c'était surtout par politesse. En général, les autres filles discutaient entre elles et l'ignoraient complètement, comme si elles ne se souvenaient de sa présence que de temps à autre. Et Marabel redoutait d'avoir à leur parler autant qu'elle détestait se sentir tenue à l'écart.

— Ça ira, je pense, fit-elle en haussant les épaules. De toute façon, personne ne va me regarder.

Elle vit le visage d'Ellie se décomposer.

— Oh, je ne voulais pas dire que c'est mal fait, se hâta d'ajouter Marabel.

Ce n'était déjà pas facile d'être une princesse de second rang, alors, imaginez, être la femme de chambre d'une princesse de second rang !

— C'est super. Comme toujours. Et tu sais comme moi ce que ça fait de se sentir ignorée.

Ellie parut rassurée. Encouragée, Marabel poursuivit :

— Si seulement tu pouvais venir avec moi à la fête ! Ce serait bien plus rigolo. Tu te souviens du banquet officiel, quand on avait cinq ans ? Tu m'avais attiré des ennuis avec les grimaces que tu faisais chaque fois que la princesse de Norumbega disait quelque chose de méchant...

— Parce que vous pouffiez tout le temps, et que tout le monde pensait que vous vous moquiez d'elle, se souvint Ellie, le sourire aux lèvres.

— Elle était furieuse ! Et tu te rappelles...

Une sonnerie de trompette en provenance de la salle du banquet l'interrompit. Ellie poussa gentiment Marabel en direction de la porte.

— Tout va bien. Je viendrai aider ma mère à s'occuper des enfants dans la salle du banquet après le discours de votre père. Au moins, je ne serai pas obligée de le supporter en entier !

— Je prendrai des notes et je te le réciterai ce soir, répondit Marabel. Comme ça, on est sûres de s'endormir très vite !

Et elle s'élança dans le couloir, le cœur léger, tandis que le rire d'Ellie résonnait sur les murs de pierre froide.

2

Depuis l'imposant escalier, Marabel observait la salle de banquet. L'immense pièce était remplie de longues tables de bois poli éclairées par des centaines de chandelles, et d'énormes bouquets de fleurs savamment disposés embaumaient l'air. Plusieurs groupes s'étaient formés. L'assistance parlait et riait.

À la volée, Marabel entendit quelques instructions lancées aux invités pour l'utilisation du détecteur de magie devant la porte : « Veuillez désactiver les sorts que vous avez emportés avec vous avant de faire la queue, s'il vous plaît... Enlevez vos chaussures, madame... Merci de déposer ce charme dans le panier et de repasser dans le portique... » Le détecteur était censé empêcher toute créature magique d'entrer et, d'après ce que disaient les gardes, filtrer aussi tous les éléments magiques que pouvait transporter une personne normale, comme les potions ou les souhaits.

Un vieil homme, l'air désorienté – grand et mince, avec de longs cheveux blancs, qui serrait ses bottes noires contre lui –, déclencha le détecteur. La lumière s'alluma et une trompe d'alarme retentit. Le garde dut hausser la voix pour se faire entendre :

— Désolé, monsieur, les sorts et les charmes de plus de cent grammes ne sont pas autorisés dans le palais.

Soudain, Marabel remarqua qu'une femme vêtue d'une robe verte se glissait subrepticement dans la foule, entrant dans la salle sans passer sous le détecteur. Apparemment, personne n'y prêtait attention. Ce n'était sans doute rien – juste une femme impatiente de se joindre à la fête. Mais, à tout hasard, Marabel descendit les dernières marches de l'escalier pour aller avertir le chef des gardes. Celui-ci écouta son récit avec une expression de légère impatience.

— J'ai pensé qu'il fallait que quelqu'un soit au courant..., acheva-t-elle maladroitement.

— Merci, votre Altesse, répondit le garde en s'inclinant. Nous allons prendre les mesures nécessaires, soyez-en sûre.

Mais Marabel voyait bien qu'il ne la prenait pas au sérieux. Un instant, elle faillit aller en parler à Lucius. Mais il était occupé, et le garde savait ce qu'il faisait, n'est-ce pas ?

Scrutant la salle, elle aperçut la table des princesses, recouverte de nappes bleu et or – couleurs du royaume – et ornée d'un bouquet de lys. Quatre princesses étaient déjà installées autour du trône de Marabel, en bout de table. Elles se murmuraient des choses à l'oreille avec des expressions ravies. En se dirigeant vers elles, Marabel fit de son mieux pour se détendre. Un pincement d'envie la saisit quand elle passa devant ses jeunes demi-frère et demi-sœurs, qui s'amusaient sous l'œil attendri de Poppy, leur nounou, la mère d'Ellie. Les enfants étaient ravis de veiller si tard.

— Bienvenue, lança Marabel avec un sourire nerveux en arrivant près de son trône.

Les conversations cessèrent abruptement, et les quatre princesses bondirent sur leurs pieds pour effectuer une révérence impeccable. Marabel les imita, en remerciant intérieurement Poppy, qui les avait initiées, elle et Ellie, aux révérences et aux danses de salon dès qu'elles avaient su marcher.

Poliment, elle demanda ensuite à ses invitées comment s'était déroulé leur voyage. La péninsule de Magikos pointait vers l'ouest dans l'Océan Mauve. La Forêt Infranchissable la séparait des Landes et du reste du continent, à l'est. Les princesses étaient toutes venues en bateau, sauf Ginèvre de Norumbega, qui avait utilisé un cygne magique.

Les salutations terminées, Ginèvre reprit son récit interrompu par l'arrivée de Marabel :

— Et donc, quand le prince est arrivé, elle l'a regardé et elle a dit : « C'est vrai qu'il ressemble à un crapaud, mais je ne vais sûrement pas lui donner un baiser pour voir ce qui se passera ! »

Les trois autres princesses éclatèrent de rire.

— Et ça n'a pas blessé les sentiments du prince ? demanda Marabel.

Un silence gêné lui répondit jusqu'à ce que Ginèvre rétorque froidement :

— S'il n'avait pas d'humour, il n'avait qu'à rester chez lui.

De l'humour ? Marabel ne trouvait pas ça drôle. *Je voudrais...,* se dit-elle, avant de corriger ses pensées : *Si seulement je pouvais m'en aller.*

À Magikos, tout le monde savait qu'on ne disait pas « Je voudrais ». On ne le pensait même pas. À la place, les enfants apprenaient à dire « Si seulement ». Parfois, néanmoins, les gens oubliaient ce détail. Une fois, Marabel avait été invitée à Norumbega, pour l'anniversaire de la princesse Ginèvre. Elle lui avait offert un cadeau que, visiblement, celle-ci n'avait pas aimé, au point qu'elle s'était mise en colère.

— Je voudrais qu'il n'y ait que des gens que j'aime à ma fête ! avait-elle lancé.

D'un seul coup, Marabel s'était retrouvée chez elle, tenant toujours à la main une fourchette avec un bout de gâteau dessus, un chapeau en carton sur la tête. Son seul réconfort, c'était que, pour la renvoyer chez elle à Magikos, Ginèvre avait dû dépenser sans réfléchir un vœu hors de prix qu'on lui avait offert. *Tant mieux, je suis mieux à la maison,* avait songé la princesse.

Une des jeunes filles se tourna vers la princesse Félicia pour l'interroger :

— Et votre petit-cousin, sa malédiction va mieux ?

— Votre cousin a été maudit ? demanda Marabel à Félicia.

— Eh bien, oui, pour son baptême. Vous ne vous... Oh, c'est vrai, vous n'étiez pas là.

Marabel fit de son mieux pour ravaler sa peine devant ce rappel. Après tout, il n'était pas rare qu'on ne l'invite pas.

— Voyez-vous, continua Félicia, mon oncle et ma tante n'ont que douze timbales d'or, et ils avaient invité treize fées. Ils n'avaient jamais imaginé qu'elles viendraient toutes !

Elle affectait un air modeste, mais le fait que treize fées assistent à un baptême était rarissime.

— Oui, quand la treizième est arrivée, c'était vraiment la panique ! ajouta une autre princesse.

— Bref, poursuivit Félicia, au début, elle a fait comme si ça ne la gênait pas de boire dans une timbale d'argent plutôt que d'or. Mais une fois que les autres ont eu donné leur cadeau, elle a dit : « Voilà mon don pour cet enfant, et il ravira le cœur de ses parents : il ne pleurera jamais. »

— Ça ne ressemble pas à un mauvais sort, observa Marabel.

— Oh que si, répondit Félicia en baissant les yeux sur son assiette. Mon oncle et ma tante n'arrivent jamais à savoir s'il a faim, s'il est fatigué, s'il a mouillé ses langes ou s'il se réveille la nuit, parce qu'il ne fait pas le moindre bruit. Ils ont dû prendre quatre femmes de chambre qui se relaient à son chevet, et qui n'arrêtent pas d'essayer de lui donner à manger, de le changer ou de le mettre au lit au cas où il en aurait envie sans qu'elles le sachent. Il leur tarde vraiment qu'il apprenne à parler !

Dans la vaste salle aux dalles de pierre, des serviteurs s'affairaient, portant sur les tables les gâteaux d'anniversaire décorés de treize longues chandelles allumées. Le plus gros gâteau, devant Marco, était recouvert de sucre glace. Une servante en déposa un autre sur la table des princesses.

Le chancelier du royaume lut une longue déclaration inscrite sur un parchemin. Sous les applaudissements, il déclara que le treizième jour du treizième mois serait dorénavant fête nationale. Un groupe de prêtres en robe bleue récita le passage du *Livre du Destin* qui annonçait l'avènement de l'Élu. Les mots étaient si familiers que tous les Magikiens présents répétaient avec eux, même si le texte était écrit dans un langage ancien que plus grand monde ne comprenait :

— « Car, joye ! Quand sera reconnu l'Élu, ce qui fut brisé réuni sera, et l'harmonie régnera sur nos contrées. La bravoure de l'Élu sauvera le royaume d'un péril immense, et tous de se réjouir. »

Aussi familier que soit le texte, les mots prenaient un sens tout particulier en ce jour. Marabel observa Marco, qui écoutait, les yeux brillants.

Le passage du Livre continuait sur le même thème, en évoquant la paix et l'unité. Personne ne savait exactement ce que ça voulait dire, mais on trouvait que « tous de se réjouir » était de bon augure.

Le prince Malcolm, le jeune demi-frère de Marabel, s'agitait dans les bras de Poppy, qui tentait en vain de calmer ses pleurs. Mais elle avait déjà fort à faire avec Maisie et Maria, les deux petites princesses, aussi Marabel proposa-t-elle d'un signe à l'enfant de la rejoindre. Malcolm se précipita vers elle, ses petites bottes résonnant sur les dalles de pierre, et Marabel le prit sur ses genoux. Pour le calmer, elle le fit rebondir en lui racontant qu'il était un brave chevalier qui trottait dans la forêt.

En général, Malcolm adorait jouer avec Marabel. Mais cette fois, il se débattit tant et si bien qu'il faillit tomber. Son cri perçant fit taire les prêtres, et sa mère se redressa sur son trône. Tous les yeux se tournèrent dans leur direction.

Tous les yeux, ou presque. Malgré son embarras, au moment où elle vit un Malcolm en larmes se précipiter vers Marco – qui prit à son tour l'enfant sur ses genoux et l'embrassa sur le front –, Marabel remarqua à l'autre bout de la table quelque chose de très étrange. Le vieil homme maladroit de tout à l'heure et la femme à la robe verte étaient en grande conversation. Ils semblaient si concentrés, en fait, que Marabel aurait pu jurer que l'air crépitait autour d'eux.

Tandis que le roi Matthew se levait, la princesse jeta un coup d'œil en direction de la grande aiguille qu'on avait installée pour marquer le moment exact où Marco aurait treize ans. Il restait exactement treize minutes.

— Comme vous le savez tous, commença le roi, personne ne s'attendait à ce que Marco vienne au monde en ce même jour il y a treize ans. Notre premier enfant ne devait naître qu'un mois plus tard, si bien que la reine Marianna était seule dans sa chambre avec sa suivante.

Celle-ci se leva pour faire une révérence avant de se rasseoir. La mère de Marabel était morte quelques semaines après son accouchement, et Poppy avait élevé les jumeaux presque toute seule.

— Dès que le médecin royal a compris ce qui se passait, nous nous sommes précipités dans les appartements de la reine, et à exactement treize minutes après la treizième heure, le prince Marco est arrivé. Ainsi, nul ne peut douter...

Le roi jeta un coup d'œil circulaire, comme pour défier quiconque de le contredire.

— ... Nul ne peut douter que Marco soit l'Élu prophétisé dans le grand *Livre du Destin* de Magikos. Sa chère mère...

Sa voix s'étrangla un peu, et la reine Maggie posa une main compatissante sur la sienne. Marabel essuya une larme.

— Sa chère mère, reprit le roi, serait ravie de voir qu'en grandissant il est devenu tout ce que des parents peuvent rêver.

Il releva la tête et déclara d'une voix plus assurée :

— Et ce soir, à la treizième minute après la treizième heure, nous célébrerons le treizième anniversaire de mon fils, et son destin de futur meneur de notre grand royaume.

Tous les invités se levèrent pour applaudir et crier de joie, Marabel plus fort que les autres. Marco serait un très bon souverain. Il était gentil, juste et honnête. Il régnerait avec sagesse et tout le monde l'aimerait, comme Marabel. Elle ferait tout pour être son sujet le plus loyal.

Marco se tourna vers son père pour lui murmurer quelque chose. Le roi se pencha vers lui.

— Quoi ? Oh, oui, bien sûr. J'allais en parler.

Se tournant à nouveau vers la foule, il reprit :

— Aujourd'hui, nous fêtons aussi l'anniversaire de ma fille aînée, la princesse Marabel.

Celle-ci se leva et fit une révérence en direction des invités avant de se rasseoir. On l'applaudit poliment.

— Et donc, conclut le roi Matthew en levant son verre de vin de myrtilles, je vous invite à vous joindre à moi pour féliciter Marco, mon fils adoré et votre futur roi, pour son entrée dans l'âge adulte et la prophétie qu'il va accomplir.

Comme un seul homme, l'assistance leva son verre à son tour.

Marabel regarda à nouveau la haute estrade où étaient installés ses parents et le prince, qui tenait toujours Malcolm sur les genoux. Pouce dans sa bouche, l'enfant se pelotonnait contre son grand frère, l'air ravi et prêt à s'endormir. Marabel détestait la fierté dans les yeux de son père – jamais elle ne voyait cette expression quand il parlait d'elle. Elle se leva brusquement, sous le regard médusé des autres princesses.

— Pardon, grommela-t-elle. Je vais juste au...

Elle se précipita vers l'escalier sans savoir où elle allait ; tout ce qui comptait pour elle, c'était de quitter cet endroit où il faisait trop chaud, où l'odeur sucrée des gâteaux lui donnait mal au cœur, et où tout lui rappelait qu'elle n'était personne. Elle arrivait presque en haut des marches lorsqu'un hurlement s'éleva de la salle de banquet et qu'un éclair vert jaillit derrière elle. Marabel se retourna d'un bloc, stupéfaite.

Une lueur sépulcrale avait envahi tout l'étage. Plus personne, plus rien ne bougeait. Les flammes des chandelles étaient figées sur les mèches, et un filet d'eau versé d'un pichet restait en suspension au-dessus d'une timbale. Les gens demeuraient pétrifiés dans la position qu'ils avaient au moment de l'éclair vert. Marco était assis, tête penchée vers Malcolm. Un petit chien dressé sur ses jarrets ouvrait la gueule, prêt à saisir l'os immobile qui flottait au-dessus de lui.

L'aiguille de la grande horloge s'était arrêtée quelques millimètres avant la treizième minute de la treizième heure.

Qu'est-ce qui a pu arriver pour que même le temps se soit arrêté ?

Les gens respiraient-ils encore ? À cette distance, Marabel n'aurait su le dire. Elle se mordit les lèvres pour retenir un cri d'angoisse.

Alors, deux silhouettes se levèrent de la table du fond : c'était la femme en robe verte et le vieil homme, dont l'air égaré avait laissé place à une expression froide et calculatrice. Marabel se dissimula en haut des escaliers, priant pour qu'ils ne la voient pas.

La femme se dirigea vers la table royale, où elle exécuta une révérence moqueuse.

— Apparemment, mon invitation à l'anniversaire de votre fils s'est perdue dans le courrier, dit-elle au roi Matthew, dont les yeux étincelèrent de rage malgré son immobilité parfaite. J'ai pris la liberté de venir tout de même, et, vraiment, je passe un moment merveilleux.

Rejetant le capuchon de sa robe en arrière, elle se dirigea vers l'estrade.

— Pardonne-moi de me réjouir, mais tu dois admettre que cette fois j'ai gagné, mon frère.

Mon frère ? Marabel étouffa un cri de surprise. Soudain, elle comprit qui était cette femme : sa tante Ma, la sœur aînée de son père, qui avait été bannie de Magikos quand Marabel et Marco étaient enfants – pour quel crime, on ne le leur avait jamais révélé.

À présent, Mab régnait sur les Landes Désolées. Les Landes avaient été créées des siècles plus tôt par le grand mage Callum, qui avait bâti un mur magique pour séparer ce territoire de la partie occidentale du pays, où vivait la famille royale. Il y avait exilé tous les Monstres – sorcières, magiciens, ogres et ainsi de suite. Bien que la plupart des gens continuent à voir les Landes comme une partie de Magikos, aucun membre de la famille royale n'avait jamais montré beaucoup d'intérêt pour ces contrées. Jusqu'à ce que Mab s'en proclame la reine.

— Mab, fit le vieil homme sur un ton pressé, remettez votre triomphe à plus tard et prenez l'enfant avec vous. Le sort ne durera que quelques minutes, et il me faudrait au moins une heure pour le recharger.

Sans paraître l'entendre, la femme continua à s'adresser au roi Matthew :

— Tu sais ce que je veux. Tu as une treizaine pour abdiquer en ma faveur et me laisser régner sur l'ensemble de Magikos. Tout refus serait considéré comme une déclaration de guerre. Et, mon frère, ne t'avise pas d'entrer en guerre contre moi. Non seulement tu perdrais, mais tu ne reverrais jamais ton fils. En tout cas, pas sous une forme reconnaissable.

Marabel sentit son sang se glacer dans ses veines.

— Mon ami Vénéficus, ici présent, continua sa tante, adore changer les garçons en grenouille ou en crapaud, mais il a comme des envies de se diversifier. Comment trouverais-tu ton fils en serpent ?

Quoi ? Transformer son frère en reptile ? Déclarer la guerre à Magikos ? C'était horrible. Marabel ne pouvait même pas l'imaginer.

Elle réfléchit à toute vitesse. Son frère était figé, et tous les soldats aussi. Il ne restait qu'elle pour trouver un moyen d'empêcher Mab d'enlever Marco et de déclencher une guerre. Son cœur battait si fort qu'elle était sûre qu'on l'entendait depuis la salle du banquet. Néanmoins, elle se glissa hors de sa cachette, pliée en deux pour rester invisible.

La main du roi tressaillit – lentement, et visiblement au prix d'un gros effort. Mais l'étrange lueur verdâtre semblait se dissiper, comme une brume du matin chassée par le soleil.

Tandis que Marabel se glissait dans l'escalier, Mab sauta sur l'estrade avec légèreté. Elle écarta les bras de Marco pour en extraire Malcolm. Vénéficus la rejoignit. Ensemble, ils soulevèrent le prince. Sa tête était toujours penchée, comme s'il parlait à son petit frère, et ses genoux à angle droit. Malgré ses menaces, Mab le manipulait avec précaution. Les deux intrus le firent descendre de l'estrade en le portant. Le sort qui avait figé tout le monde devait être en train de disparaître, car un des bras du prince retomba et se mit à se balancer lentement. Tandis que Mab et Vénéficus se dirigeaient vers la porte, Marabel aperçut le visage de son frère. Elle lut dans son regard une certaine confusion, bientôt remplacée par de la colère et de la détermination.

Alors, elle bondit en hurlant :

— Noooon !

Vénéficus parut surpris tandis qu'une expression de fureur envahissait le visage de Mab. Une de ses mains lâcha Marco, manquant de le laisser tomber, pour fouiller dans le sac suspendu à son épaule. C'est à peine si Marabel parvint à éviter le jet de lumière émeraude qui jaillit des doigts de sa tante. Elle roula au sol. Quand elle se releva, Vénéficus et Mab avaient déjà quitté le palais pour disparaître dans les ténèbres. La lourde porte se referma sur eux en claquant.

— Marco !

Marabel se précipita en bas des escaliers. Elle dut éviter les gens qui se remettaient tout doucement à bouger. Du coin de l'œil, elle remarqua que les flammes des bougies dansaient à nouveau dans le courant d'air. Elle ouvrit la porte à la volée... et bondit en arrière.

Un énorme museau recouvert d'écailles grises et marron lui barrait le passage. La créature hideuse avait des yeux rouges et un nuage de fumée s'échappait de ses naseaux. Elle sourit, découvrant des crocs d'une longueur impressionnante. C'était un dragon – et à coup sûr un dragon sauvage, pas un des spécimens domestiqués de la réserve – dont le corps bloquait le pont-levis, rendant toute poursuite impossible.

Marabel se hâta de refermer la porte et s'y appuya, le souffle court. Dehors, elle entendit un cri, et elle reconnut la voix de son frère.

— Marco ! hurla-t-elle à nouveau, tambourinant contre la porte, désespérée. Marco !

Mais il n'y eut pas de réponse.

3

Un vacarme soudain fit sursauter toute l'assemblée. Mais ce n'était que l'horloge qui, s'étant remise en action, arrivait au bout du compte à rebours. 13 h 13. Des confettis s'échappèrent de poches dissimulées dans les murs, et des ballons se mirent à pleuvoir du plafond.

Marabel s'élança, esquivant les invités et serviteurs qui se frottaient les yeux comme s'ils se réveillaient d'un long sommeil. Elle renversa au passage une pile d'assiettes en équilibre sur une table, mais ne s'arrêta même pas en les entendant se fracasser sur les dalles de pierre. Elle ne pensait qu'à retrouver Marco. Remontant l'escalier en trombe, elle dévala le couloir de l'étage. Au bout de ce qui lui parut une éternité, elle atteignit une porte qui donnait sur l'extérieur, et l'ouvrit.

Cette fois, elle ne se retrouva pas nez à nez avec un dragon, mais avec un géant. Voyant ses genoux juste devant elle, elle ne se donna même pas la peine de lever les yeux. À nouveau, elle referma la porte et la barricada en toute hâte. Reprenant sa course, elle se dirigea vers une autre porte, hors d'haleine. Juste au moment où elle allait l'atteindre, un garde lui barra la route.

— Arrêtez ! ordonna-t-il, avant d'ajouter rapidement : Votre Altesse.

— Laissez-moi passer ! s'écria Marabel.

— C'est inutile, mademoiselle, répondit l'autre. Il y a un ogre juste dehors. En fait, il y a un Monstre devant chacune des issues du palais. Je ne peux pas vous laisser continuer.

— Bien sûr que si ! s'exclama-t-elle en tentant de forcer le passage.

Il la retint fermement.

— Marabel !

C'était Ellie. Marabel se tourna vers elle, et le garde la relâcha. Sa suivante se précipita vers elle pour la prendre dans ses bras. Au bout de quelques minutes, elle lui murmura :

— Soyez courageuse, princesse. Regagnons le banquet et tâchons de voir comment nous rendre utiles.

***

Assise sur le rebord de son siège, Marabel faisait de son mieux pour paraître calme, mais elle brûlait intérieurement d'inquiétude et d'impatience. Personne ne faisait rien. *Pourquoi ?* Ils n'avaient qu'une treizaine – treize jours et treize nuits à peine – pour retrouver son frère. Son père allait certainement ordonner à ses soldats d'attaquer les Monstres qui assiégeaient le palais avant de lancer une mission de sauvetage.

Dans la pièce, la confusion battait son plein. Chacun essayait de comprendre ce qui s'était passé. Le roi Matthew s'écria :

— Veuillez rester calmes ! Les gardes du palais ont la situation bien en main !

Marabel en doutait fort, mais ces mots parurent rassurer les invités, qui regagnèrent peu à peu leur place. Le roi resta debout devant son fauteuil sur l'estrade, aux côtés de la reine. Le trône entre eux, celui de Marco, demeurait désespérément vide. Marabel dut détourner le regard, affligée.

— Mes très chers convives, je vous présente mes excuses pour cette intrusion terriblement discourtoise, continua le roi d'une voix légèrement hésitante. La tradition exige que nous lancions un Rituel de Consultation pour trouver une solution à notre problème. Le *Livre du Destin* nous dira certainement ce qui doit arriver dans cette période de troubles. Magikos ne connaîtra pas de repos avant que nous en ayons appris davantage sur le sort de l'Élu.

Puis, frappant deux fois des mains, il se rassit sur son trône.

Marabel tenta de se consoler en se disant que, oui, bien sûr, le Livre saurait ce qui allait arriver. Il détaillait tous les évènements importants, et que pouvait-il y avoir de plus important que la disparition de l'Élu au moment de son entrée dans l'âge adulte ? Les prêtres et prêtresses indiqueraient certainement quoi faire. Depuis l'estrade, sa belle-mère lui adressa un sourire rassurant. Marabel tenta de son mieux de le lui retourner, mais en son for intérieur elle rêvait de sauter sur un cheval et de s'élancer dans la nuit.

Menés par la grande prêtresse Symposia, les treize prêtres et prêtresses de Magikos descendirent l'escalier. Tout le monde se tut et attendit.

Les officiants commencèrent par chanter. Marabel aurait voulu hurler son impatience. Elle avait entendu parler du Rituel de Consultation, mais n'y avait jamais assisté. Depuis sa naissance, il n'y avait jamais eu de problème assez grave pour en nécessiter un. Le Livre avait annoncé d'autres événements importants – par exemple qu'une grande calamité s'abattrait sur la famille royale, et la mère de Marco et Marabel était morte. Mais comme personne n'avait su de quelle calamité il s'agissait, on n'avait pas pu l'empêcher.

Quant aux calamités évitées, le Livre ne les mentionnait pas. Quand Marabel était enfant, une sécheresse avait détruit toutes les récoltes du royaume. Avant que la panique puisse gagner la population, le roi Matthew avait fait ouvrir les portes des réserves royales pour que chacun puisse se servir. Après ça, Marabel avait entendu son père demander pourquoi le Livre n'avait pas annoncé la sécheresse. La grande prêtresse Symposia lui avait répondu que Sa Majesté, dans sa grande sagesse, avait résolu le problème avant qu'il ait atteint la gravité nécessaire pour être inscrit dans le Livre (elle parlait toujours de façon un peu bizarre).

Une autre fois, un groupe de créatures mi-hommes, mi-chevaux, qui se faisaient appeler les « centaures », avait saccagé les campagnes. Les gardes avaient capturé leur chef et lui avaient fait savoir que ni lui ni ses amis n'étaient les bienvenus à Magikos. Les centaures s'étaient excusés platement, et un navire de la flotte royale les avait reconduits chez eux, dans un pays lointain et superbe baptisé Mythikos. À leur retour, les marins avaient dit avoir vu là-bas beaucoup d'autres centaures, et même des êtres plus étranges encore, dont des créatures mi-hommes mi-boucs particulièrement malicieuses. Après le départ des centaures, tout était redevenu paisible à Magikos. N'empêche que Marabel et Marco auraient bien aimé qu'ils reviennent pour mettre un peu d'animation...

À l'époque, quelques voix s'étaient élevées pour demander pourquoi les prêtres n'avaient pas mis en garde la population contre ces intrus. Symposia avait rappelé que, non, le Livre ne pouvait pas annoncer le moindre orage ou inondation, sans quoi il aurait fallu des dizaines et des dizaines de tomes. La sécheresse n'était qu'un problème de météo, et « l'invasion » des centaures n'en était pas vraiment une, juste quelques voyageurs qui s'étaient perdus. De toute façon, le roi avait résolu ces problèmes avant qu'ils deviennent graves.

Finalement, une cloche solennelle retentit pour indiquer que le rituel pouvait commencer. Pas trop tôt...

Un des prêtres fit brûler une plante séchée et bientôt une épaisse fumée malodorante envahit la salle. Les autres officiants se mirent à psalmodier des paroles du Livre. Marabel avait étudié l'ancien magikien, mais elle ne comprenait que quelques mots simples comme « À l'aide » et « S'il vous plaît ».

L'un des prêtres couvrit les yeux de Symposia d'un bandeau tandis qu'un autre tournait et retournait les pages du livre. Le papier produisait des craquements, et Marabel sentit l'odeur doucereuse de vanille des anciens manuscrits. Le nuage de poussière qui s'en élevait fit même éternuer une des prêtresses. Dans la salle du banquet, la foule attendait, impatiente et anxieuse. Maria, la plus jeune des princesses royales, poussa un gémissement ensommeillé tandis que Poppy l'emmenait vers ses appartements. Ellie avait pris la main de Malcolm et de Maisie, tout aussi somnolents, et les entraînait vers l'étage. Au passage, elle décocha un sourire courageux à Marabel, qui ne parvint pas à le lui rendre.

Elle ferma les yeux. *Je voudrais*, pensa-t-elle en se servant délibérément de la formulation interdite au cas où quelqu'un lui aurait accordé un vœu sans la prévenir, *Je voudrais que nous trouvions comment ramener Marco à la maison.*

Avec l'extrémité d'un stylet d'or, Symposia tapota une page, et l'un des officiants lut à haute voix le passage indiqué. Les prêtres se concertèrent en murmurant, tête contre tête. Il ne leur fallut que quelques instants pour parvenir à une interprétation commune. Marabel attendit impatiemment la traduction de la grande prêtresse. Finalement, d'une voix basse et mélodieuse, Symposia annonça :

— « Quand l'Élu se reconnaîtra, il triomphera. »

Puis, sur un ton normal :

— Nous avons conclu que le Livre annonce ceci : quand le prince Marco reviendra à lui, il sera empli de force et de savoir. Alors, il s'affranchira de sa captivité pour vaincre la reine Mab...

— Elle n'est pas reine ! coupa le roi Matthew.

— ... et il s'échappera de ses terres pour traverser la Forêt Infranchissable et revenir à Magikos. Alors, Mab perdra son pays.

— Et que sommes-nous censés faire en attendant que ça arrive ? demanda le roi Matthew.

— Attendre, répondit Symposia.

— Longtemps ?

— Le Livre ne le précise pas, expliqua un des prêtres. Il ne donne jamais de dates. Il annonce juste ce qui se produira. Il nous affirme que le prince Marco vaincra, mais il ne nous dit pas quand.

Sourcils froncés, le roi Matthew se mit à jouer avec son sceptre. Marabel se mordit les lèvres. Il allait certainement ordonner aux gardes de tenter une sortie, et peut-être même enfiler son armure royale pour mener ses troupes dans une mission de sauvetage. Mais le roi ne fit rien de tout cela. À la place, il annonça :

— J'enverrai un émissaire. Je dirai à Mab, et sans détour, qu'elle doit relâcher Marco et retirer ses exigences. Si elle refuse, nous lui déclarerons la guerre. Il n'y a rien dans le Livre qui m'empêche d'envoyer un tel message, n'est-ce pas ?

Marabel n'en croyait pas ses oreilles. Son père allait-il se contenter d'envoyer un vulgaire messager alors que la vie de son frère était en jeu ? Furieuse, elle se tourna vers lui.

— Comment ? Nous n'allons pas les pourchasser pour sauver Marco ? Que se passera-t-il si Mab demande à son mage de le changer en crapaud avant l'arrivée de votre émissaire ? Et si elle répond à notre déclaration de guerre au lieu de le relâcher ? Nous devons partir à sa rescousse maintenant !

— C'est n'est pas à vous d'en décider, ma fille ! aboya le roi Matthew en se dressant à moitié sur son trône pour la fusiller du regard. Nous ferons ce que nous conseille Symposia !

— Mais c'est nul ! riposta Marabel, cherchant en vain à paraître calme. Le Livre ne nous interdit pas d'aller l'aider !

Symposia interrompit leur dispute.

— Votre Majesté, c'est une question fort complexe. Il va nous falloir un certain temps pour découvrir si l'envoi d'un émissaire concorde avec les préceptes du Livre. Pour cela, nous devons commencer sur-le-champ les préparatifs pour un nouveau Rituel de Consultation.

— Que voulez-vous dire par « un certain temps » ? s'enquit la reine Maggie. Je tremble à l'idée que notre cher enfant reste entre les mains de cette mégère.

— Il nous faudra une journée, répondit la prêtresse.

— Toute une journée ? s'écria Marabel. Mais elle ne nous a laissé qu'une treizaine avant de lui faire du mal ! Et encore, si elle dit la vérité – son mage a peut-être déjà changé Marco en quelque chose d'horrible. Pourquoi ne pas...

Son père bondit sur ses pieds et abattit son sceptre sur l'accoudoir de son trône.

— Silence ! cria-t-il. Gardes !

Lucius apparut à ses côtés.

— Emmenez la princesse dans sa chambre. Enfermez-la et rapportez-moi la clé.

Marabel se sentit rougir, terriblement gênée que les courtisans et les invités la voient se faire réprimander comme une enfant. Mais elle releva la tête et soutint le regard de son père.

— Est-ce vraiment indispensable, mon cher ? demanda la reine Maggie. Il n'est certainement pas nécessaire de l'enfermer.

— Cette petite imprudente serait bien capable d'ouvrir la porte pour se jeter dans la gueule du dragon ! Non, il faut la cloîtrer.

D'expérience, Marabel savait qu'il était inutile d'argumenter.

— C'est bon, dit-elle à sa belle-mère. J'y vais.

Elle faisait semblant d'obéir, mais elle n'abandonnerait pas. Elle allait trouver un moyen de voler au secours de son frère.

Mais... lequel ?

Lucius escorta Marabel hors de la salle de banquet. Elle sentait tous les yeux braqués sur elle. *Ça m'est égal,* se répétait-elle. N'empêche que le petit sourire satisfait de Ginèvre lui donna envie de la mordre.

Ils passèrent devant la salle de jeux où Marabel et Marco avaient passé le plus clair de leur temps avant d'être en âge de « se mettre aux choses sérieuses », comme avait dit son père. La porte était ouverte et Marabel entrevit leurs vieux jouets préférés. Tout lui rappelait Marco – le château en bois qu'ils jouaient à défendre contre des miniatures d'ogres et de dragons, les livres d'histoire du roi Manfred, des briquettes de bois éraflées, et le bocal vide qui avait jadis contenu un poisson rouge parlant – il ne savait que répéter « Manger ! Manger ! Manger ! » –, jusqu'au jour où Marabel et son frère l'avaient relâché dans les douves du palais.

Les yeux de la princesse s'embuèrent. Le poisson magique reposait désormais quelque part dans le sol près de l'étable, le château en bois était cassé. Et Marco n'était plus là non plus.

Lucius lui tendit son mouchoir tandis qu'ils passaient devant la salle de classe. Essuyant ses larmes, Marabel aperçut la grande carte des Landes Désolées, la région gouvernée par Mab. Elle était décorée de dessins de Monstres : grands dragons, trolls avec une masse d'armes à l'épaule, affreuses sorcières, animaux vêtus comme des humains, et les deux sortes de fayes – les modernes, qu'on appelait plutôt des « fées », qui évoquaient des papillons, et les vrais fayes à la beauté trompeuse, qui prenaient l'aspect de personnes normales pour attirer les voyageurs et les entraîner dans le royaume des ombres. La carte ne montrait pas l'ensemble des Landes. Elle se terminait, à droite, par une flèche qui indiquait *Château de Mab*, sans préciser à quelle distance il se trouvait. Marco était-il déjà arrivé dans cet affreux endroit ?

Soudain, Lucius s'immobilisa.

— Qu'y a-t-il ? demanda Marabel, inquiète. Que se passe-t-il, Lucius ?

Il regarda autour de lui avant de murmurer :

— Nous n'avons pas beaucoup de temps. Quelqu'un peut venir à tout moment.

— Beaucoup de temps pour quoi ? dit Marabel en tentant de se calmer pour comprendre ce qu'il voulait lui dire.

— Je dois vous révéler ce que veut vraiment votre tante, la raison pour laquelle elle a enlevé Marco. Votre père refusera d'en parler – je pense qu'il a honte de son comportement. Très peu de gens sont au courant.

Si son père avait tellement de remords qu'il préférait garder le secret, Marabel n'était pas certaine de vouloir en apprendre davantage. Pourtant, elle répondit :

— Dis-moi...

— Votre tante Mab était une femme remarquable. Presque aussi bonne escrimeuse que vous, intelligente et décidée. Elle aurait fait une excellente souveraine, je vous assure. Quand votre père est monté sur le trône, elle a voulu lui donner des conseils à plusieurs reprises. Un jour, il s'est mis en colère et lui a demandé d'arrêter de lui dicter ce qu'il avait à faire.

— Je ne vois pas en quoi ça aurait pu..., commença Marabel.

Mais Lucius l'interrompit :

— Laissez-moi terminer, princesse, je vous en prie ! Votre tante s'est mise en colère à son tour. Elle a dit qu'elle s'en sortirait mieux que lui pour diriger Magikos. Alors, il l'a accusée de trahison. Elle a répondu : « Ah, c'est ce que tu appelles une trahison ? Tu n'as encore rien vu, mon bien cher frère ! »

— Et ensuite ? demanda Marabel.

— Elle a tenté de prendre sa place. C'est là que votre père l'a bannie dans les Landes. Il a interdit à quiconque de lui adresser la parole.

Avec un soupir, Lucius conclut :

— Il sait sans doute qu'il aurait dû garder son calme et discuter avec elle, mais vous savez comment il est. Une fois qu'il a décidé quelque chose, il refuse d'admettre qu'il puisse s'être trompé.

— Mais quel rapport avec Marco ?

— Mab va le garder en otage jusqu'à ce que votre père cède à ses conditions. Elle...

À ce moment, un groupe de soldats apparut dans le hall. Portant un doigt à ses lèvres, Lucius entraîna Marabel dans le couloir. Mais les gardes allaient dans la même direction, si proches qu'ils ne purent reprendre la conversation avant d'arriver devant la chambre de Marabel. Ellie les y attendait.

— Est-ce que tout va bien ? demanda-t-elle à Marabel d'un ton anxieux.

— Ça peut aller, mais tu ne devrais pas être ici, répondit la princesse. Ignores-tu que Lucius est censé m'enfermer dans ma chambre ?

Ellie détestait se trouver dans une pièce close. Si celle-ci était fermée à clé, elle allait paniquer. Pourtant, elle semblait étrangement calme.

— Ma mère m'a dit de rester toujours à vos côtés. Tout comme elle est toujours restée aux côtés de la vôtre.

Marabel lui étreignit la main, et Ellie lui sourit.

Lucius ouvrit la bouche, mais une sonnerie de trompette retentit, stridente.

— Je dois m'en aller, princesse, dit-il.

Posant la main sur l'épaule de Marabel, il la regarda dans les yeux. Il sembla à la princesse que, soudain, son cœur se faisait plus léger. Puis le vieux maître d'armes ferma la porte, et elle tressaillit en entendant le sinistre grincement de la clé dans la serrure, suivi par le bruit des pas qui s'éloignaient.

Elles étaient seules.

Les appartements de Marabel sentaient encore l'eau chaude et l'huile d'algue. Sa tenue d'escrime rouge gisait toujours en boule sur le sol, là où elle l'avait jetée quelques heures plus tôt seulement. Des larmes brûlantes lui envahirent les yeux quand elle découvrit sur son lit l'épée d'exercice en bois. Même dans l'excitation qui avait précédé le banquet, Marco avait pensé à la lui rapporter.

De l'extérieur leur parvinrent des claquements assourdissants, suivis de cris.

— Que se passe-t-il ? s'écria Ellie.

Elles coururent à la fenêtre. L'obscurité était totale, mais à la lueur des étoiles Marabel put distinguer une gigantesque silhouette qui s'éloignait prestement en battant des ailes.

— C'est le dragon, dit-elle. Il s'est envolé.

Puis elle perçut un mouvement en bas. C'était un géant – sans doute celui qui bloquait la porte – accompagné d'un groupe de créatures. Dans les ténèbres, elle ne parvint pas à les distinguer, mais il devait s'agir d'ogres, de trolls et de Dieu sait quoi d'autre. Ils s'éloignaient du palais en direction de la Muraille, de la Forêt Infranchissable et des Landes Désolées.

Mab avait dû rappeler ses Monstres. Ce qui ne pouvait signifier qu'une chose : elle était loin, et Marco était en sa possession.

Avec un soupir désolé, Marabel se laissa tomber sur un canapé, épuisée. Ellie ôta le bracelet de son poignet, puis entreprit calmement de ranger la chambre. Elle ramassa la tunique d'escrime sale, rangea les brosses à cheveux et le peigne sur la coiffeuse avant de lisser les draps. On aurait dit que tout était normal, que c'était un jour comme les autres.

Puis Marabel se rendit compte qu'Ellie avait cessé de nettoyer pour coller son oreille contre la porte.

— Qu'est-ce que tu écoutes ? demanda-t-elle.

D'un geste, sa suivante lui fit signe de se taire. Lentement, sans un bruit, elle porta la main à la petite bourse accrochée à sa ceinture pour en tirer un objet qu'elle tendit sur sa paume en direction de Marabel.

Une clé.

La princesse poussa un petit cri de surprise avant de presser la main sur sa bouche. Ellie lui fit les gros yeux. Puis, un tout petit peu plus fort que nécessaire, elle lui dit :

— Désolée, princesse. Je ne voulais pas vous tirer les cheveux si fort. Je vais faire plus doucement avec la brosse.

Marabel comprit en un clin d'œil.

— Ce n'est pas grave, Ellie.

Celle-ci se rapprocha d'elle pour lui murmurer :

— J'ai pris la clé dans le bureau de ma mère.

— Vraiment ?

C'était surprenant. D'habitude, Ellie se montrait très obéissante.

— Voilà pourquoi tu n'avais pas peur d'être enfermée, chuchota Marabel à son tour. Tu savais que nous pourrions sortir.

Elle s'imagina quitter la chambre pour aller trouver son père et tenter de le convaincre d'envoyer des soldats à la rescousse de Marco. Mais, aussitôt, elle comprit que c'était sans espoir. Impossible que son père accepte d'aller à l'encontre du Livre. En fait, cette idée ne lui serait jamais venue à l'esprit, ni à celui d'aucun Magikien.

Sauf à Marabel, apparemment. Car, l'instant d'après, elle pensa : *Pourquoi ne pas y aller moi-même ?*

La clé au bout des doigts, Ellie lui lança un regard interrogateur.

— Vas-y, articula Marabel en silence.

La jeune suivante glissa la clé dans la serrure et la fit pivoter lentement. Un grincement s'éleva. Les deux filles se mordirent les lèvres.

— Attends une seconde, murmura Marabel.

Saisissant une bouteille d'huile parfumée sur sa coiffeuse, elle entreprit d'en verser un peu dans la serrure. L'opération se révéla malaisée – elle en répandit une bonne quantité par terre –, mais quelques gouttes durent pénétrer dans le mécanisme, car la clé tourna pratiquement sans bruit. Marabel entrouvrit la porte et s'avança d'un pas pour jeter un coup d'œil dans le couloir. Pas de garde. Elle regagna sa chambre en laissant la porte entrebâillée.

— Tu te sens mieux ? demanda-t-elle à Ellie.

Celle-ci hocha la tête.

— Ça tombe bien, dit Marabel. Parce que j'ai besoin de ton aide.

4

— Non ! décréta Ellie quand Marabel lui eut exposé son plan. Je ne vous aiderai pas, parce que vous n'irez nulle part.

— D'accord, fit Marabel en ouvrant un tiroir pour en retirer quelques vêtements et les jeter sur le lit. Alors, je vais me préparer toute seule.

— Soyez raisonnable, répondit Ellie, bras croisés sur la poitrine. Que pouvez-vous faire pour l'aider ? Il est l'Élu – le Livre dit qu'il doit se sauver lui-même.

Marabel ne s'arrêta pas.

— Élu ou non, le mage de tante Mab peut le transformer en crapaud. Et, pendant qu'on reste plantés là à attendre que Symposia fasse brûler des herbes et palabre avec les autres prêtres, ma tante et mon père pourraient entrer en guerre l'un contre l'autre. Je veux sauver Marco, et je veux aussi sauver Magikos. Parce qu'apparemment, personne d'autre ne va s'en occuper.

— Si vous vous en allez, je préviendrai quelqu'un, menaça Ellie.

— Je t'en prie, fais donc.

Marabel n'était pas inquiète. Ellie était incapable de la dénoncer : elle avait toujours été sa meilleure alliée.

— Je dois m'en occuper moi-même, reprit-elle. Une chose est certaine : mon père ne fera rien. Il n'a jamais remis le Livre en question, c'est quelque chose dont il se vante.

Une expression choquée apparut sur le visage d'Ellie. *Normal*, songea Marabel. Depuis des siècles, les Magikiens suivaient aveuglément les préceptes du Livre. Il leur semblait tout simplement impossible d'agir autrement.

— J'ai repensé à la sécheresse quand nous étions enfants, tu t'en souviens ? demanda-t-elle.

Ellie hocha la tête.

— Oui, mon père craignait de plus pouvoir nourrir les chevaux.

Décédé deux ans plus tôt, le père d'Ellie avait été le chef des écuries royales.

— Mais quel rapport avec nous ? continua la suivante.

— Le Livre ne mentionnait pas la sécheresse – sans doute parce qu'elle n'était pas assez grave pour mériter qu'il en parle. Sauf qu'elle le serait devenue si mon père n'avait pas trouvé une solution. Il y aurait eu des morts. Le Livre ne lui a pas donné l'autorisation d'ouvrir les greniers à blé royaux ; mon père l'a fait simplement parce qu'il est le roi et qu'il agit toujours dans l'intérêt du pays.

Ellie ne répondit rien.

— Et ces centaures, continua Marabel, tu t'en souviens ? Ils auraient causé énormément de dégâts si on les avait laissés en liberté trop longtemps. Mais mon père a compris qu'il pouvait régler le problème à lui seul, puisque le Livre n'en faisait pas état.

— Que voulez-vous dire ? interrogea Ellie d'une voix inquiète, comme pour la mettre au défi d'être plus claire.

— Mon père a menacé de déclarer la guerre si Marco ne revient pas. Or, une guerre devrait obligatoirement figurer dans le Livre, n'est-ce pas ? Donc, si le Livre ne parle pas d'une guerre, c'est qu'elle ne se produira pas. Et ça veut dire qu'il doit arriver quelque chose qui l'en empêche.

Elle espérait qu'Ellie suivait son raisonnement – même si, pour être honnête, sa propre tête tournait un peu, et elle n'était pas certaine de s'être expliquée clairement.

— Mais alors, pourquoi le Livre ne mentionne-t-il pas la capture de Marco ? s'enquit Ellie. C'est tout de même grave, non ? Guerre ou non, si l'Élu est enlevé, le Livre doit en parler.

Marabel hésita. C'était effectivement la vraie question.

— Je ne sais pas, avoua-t-elle enfin. Peut-être parce qu'il va s'évader et revenir. À moins que quelqu'un le délivre très vite.

N'empêche, l'enlèvement de l'Élu était un fait gravissime, qui aurait dû être signalé dans le Livre. Pourquoi n'était-ce pas le cas ? Il fallait qu'elle y réfléchisse, et peut-être qu'elle en parle à Lucius.

— Symposia dit que le Livre est parfois difficile à comprendre, dit-elle. Donc... donc elle peut se tromper sur le fait que Marco doit se libérer tout seul.

Ce n'est peut-être pas ce que disent vraiment les prophéties.

Ellie n'avait pas l'air convaincue.

— Peut-être n'y aura-t-il pas de guerre parce que l'émissaire de votre père dans les Landes parviendra à convaincre votre tante de nous rendre Marco.

Marabel secoua la tête.

— Je n'y crois pas. Lucius dit qu'elle a du tempérament, et elle a pris beaucoup de risques pour l'enlever. Ça m'étonnerait qu'elle le rende juste parce qu'on le lui demande. Et de toute façon nous ne pouvons pas courir ce risque. Elle n'a laissé qu'une treizaine avant de changer Marco en crapaud – et là, c'est certain, il y aura la guerre !

— Si je comprends bien, en partant au secours de Marco, vous pensez agir selon le Livre et non lui désobéir ?

Euh... peut-être.

— Je ne sais pas, avoua Marabel. Mais j'y vais quoi qu'il en soit. Je ne peux pas rester plantée là.

Elle revint à son paquetage. Maintenant qu'elle était décidée, elle n'avait pas de temps à perdre. Ellie la regarda faire en silence avant de lancer :

— Il nous faudra des bougies, et des chaussures de rechange.

Marabel tendit la main vers le coffre à bougies avant de prendre conscience de ce qu'Ellie venait de dire.

— Nous ?

— Ma mère m'a dit...

— De rester toujours à mes côtés, termina Marabel à sa place.

— En plus, continua Ellie d'un ton décidé, Magikos est mon pays aussi, et Marco est le frère jumeau de ma meilleure amie et mon prince. Si vous partez, je viens avec vous.

— Tu en es sûre, Ellie ? demanda Marabel. Ça peut être dangereux. Ça *sera* dangereux. Il nous faudra traverser la Forêt Infranchissable et nous aventurer dans le territoire de Mab.

Ellie fit comme si elle n'avait pas entendu, mais sa voix tremblait un petit peu quand elle reprit :

— Vous devriez remettre votre tunique d'escrime. Votre nouvelle tenue est trop voyante – on pourrait vous reconnaître. Je m'occupe de préparer nos affaires. Avez-vous quelque argent ?

Marabel secoua la tête. Elle avait dépensé toutes ses économies pour acheter un cadeau d'anniversaire à Marco. C'était une dague avec, sertie dans le pommeau, une pierre magique censée empêcher la lame de perdre son tranchant. Elle devait encore se trouver sur la table, avec les autres présents, dans son emballage attendant d'être ouvert par le prince.

Mais une autre idée frappa la princesse.

— Un instant ! Comment allons-nous sortir ? Maintenant que le dragon n'est plus sur le pont-levis, les troupes de mon père ont dû quitter le palais. On nous verra certainement.

— Laissez-moi faire, dit Ellie.

— Que veux-tu dire ?

Son amie s'approcha pour lui murmurer d'un ton confidentiel :

— Il y a un passage secret qui mène à l'extérieur.

— Un *quoi* ? Impossible !

Ellie secoua fermement la tête.

— Je vous assure, princesse. Il part des écuries – mon père me l'a montré, il y a longtemps. Il m'a dit que c'était un secret qu'on se transmet de génération en génération. Il m'a fait jurer de garder le silence, même vis-à-vis de ma mère, sauf en cas d'immense péril pour la famille royale. Je l'avais oublié, mais cette nuit un rêve me l'a rappelé.

Elle plissa le front, soucieuse, avant d'ajouter :

— C'était bizarre, quand même. Juste au moment où nous avons besoin d'un souterrain pour nous enfuir, voilà que je fais ce songe...

Bizarre, effectivement. Et presque trop beau pour être vrai. Il ne pouvait s'agir d'une coïncidence, et cette idée remplit Marabel d'une confiance nouvelle. Sa mission de sauvetage était vouée au succès !

Tandis qu'elle enfilait sa tunique rouge, Ellie étala par terre deux couvertures sur lesquelles elle déposa des vêtements de rechange, une gourde d'eau, des bottes et quelques bougies. Puis elle en noua les coins pour en faire deux baluchons. Marabel passa l'épée de bois à sa ceinture. Sa présence la rassurait.

Elle brûlait d'impatience de partir en mission, mais Ellie la persuada d'attendre. Plus il y avait de monde dans les couloirs, plus elles risquaient de se faire surprendre. Marabel s'installa donc à sa fenêtre en observant les invités épuisés monter un à un dans leur carrosse pour rentrer chez eux. Pour finir, l'allée du palais fut entièrement dégagée. Le silence régnait, dehors comme dedans.

— Prête ? demanda Marabel.

Ellie acquiesça. Les deux filles prirent leur baluchon sur le dos et se faufilèrent dans le couloir. Marabel verrouilla la porte derrière elle avant de glisser la clé dans sa bourse.

— Comme ça, murmura-t-elle, ils croiront que nous sommes bien à l'intérieur. Personne ne vérifiera avant un certain temps. Ça nous laisse un peu d'avance.

Elles empruntèrent le couloir familier sur la pointe des pieds. *Le reverrai-je un jour ?* se demanda Marabel avec un pincement dans la poitrine. Si seulement elle avait pu dire au revoir à Malcolm et aux petites princesses ! Son père et sa belle-mère allaient sans doute s'inquiéter pour elle. Sans parler de Lucius...

À cette heure tardive, le palais était presque désert. Marabel et Ellie venaient tout juste d'atteindre le couloir principal quand elles entendirent, tout proches, les bruits de pas cliquetants de gardes en armure. En hâte, Marabel attira Ellie dans un placard, où elles se blottirent l'une contre l'autre, osant à peine respirer.

— Ah, mais vous voilà, ma chère !

Marabel sursauta en entendant la voix enjouée, persuadée qu'on les avait retrouvées. Mais ce n'était que son vieux miroir parlant.

— Oh, mais c'est une catastrophe ! Vous n'irez nulle part dans cette tenue. Ellie, à quoi penses-tu ? Tu vas tout de suite coiffer ta maîtresse, lui nettoyer le visage et...

Les pas approchaient. Satané miroir ! Les gardes allaient l'entendre. Au dernier moment, Marabel eut le réflexe de le recouvrir d'un manteau. La voix continua : « ... lui mettre un peu de rouge sur les joues », avant de s'éteindre progressivement. Les pas et des bruits de voix résonnèrent devant le placard, puis s'éloignèrent. Le silence revenu, Marabel et Ellie reprirent leur progression.

Elles arrivèrent enfin dans les cuisines, désertes à cette heure. Le feu rougeoyait encore dans la vaste cheminée. L'atmosphère était chaude, presque étouffante, empestant la graisse, les oignons et tous les ingrédients utilisés pour le festin. Des épluchures de légumes, des os et des traces de farine jonchaient le sol et tous les espaces libres. Les deux filles remplirent en hâte deux sacs de provisions, autant qu'elles pouvaient en porter.

Marabel ouvrit la porte de derrière. L'air de la nuit lui parut délicieusement frais sur ses joues. Elle repéra sa constellation préférée – les Jumeaux, qui traversaient le ciel main dans la main de la fin de l'été à l'automne – avant de prendre une grande inspiration.

— Allons-y, dit-elle à Ellie.

Elle entendit ses pas derrière elle.

— Le tunnel se trouve-t-il dans les écuries ou derrière ? demanda-t-elle.

Comme son amie ne répondait pas, Marabel se tourna pour la regarder. Mais, au lieu d'Ellie, elle découvrit une silhouette étrange dans la nuit étoilée. Médusée, elle la vit s'approcher d'elle et tendre vers elle une sorte de patte monstrueuse. Elle voulut hurler, mais seul un son étranglé sortit de sa gorge. Puis la forme émit un hennissement étouffé, et Marabel comprit ce que c'était : l'encolure et le museau de la licorne de son père.

— Floriano ! murmura-t-elle avec soulagement.

La créature sortit de l'ombre. Dans l'obscurité, elle avait l'air grise ; mais en réalité elle portait les couleurs royales de Magikos. Au soleil, la robe de Floriano apparaissait bleu pâle, tandis que sa corne et ses sabots d'or étincelaient si fort qu'ils faisaient mal aux yeux. Sa crinière et sa queue étaient blanches, et on y attachait des rubans brillants qui flottaient dans le vent quand elle galopait. Et, plus extraordinaire encore, les pupilles noires de ses yeux dorés étaient des étoiles à cinq branches.

Comme toutes les licornes, Floriano adorait les jeunes filles, et elle passait son temps à suivre Marabel. C'était gentil, mais parfois agaçant, d'autant plus que, chaque fois que la princesse voulait s'asseoir en sa présence, la licorne tentait de fourrer le museau sur ses genoux, et plus d'une fois, avec sa corne, elle lui avait infligé des bleus sur les côtes.

— Que fais-tu hors de ta stalle ? demanda Marabel en lui caressant l'encolure.

La licorne poussa son sac du bout des naseaux.

— Désolée, je n'ai pas de pomme pour toi aujourd'hui. Retourne à l'écurie et dors. Quelqu'un viendra te nourrir demain matin.

Floriano piaffa.

— Dépêchons-nous, Marabel, lança Ellie en les rejoignant. Quelqu'un pourrait nous voir.

Longeant les murs, elles traversèrent le manège devant l'écurie. Bien entendu, Floriano les suivit. Dans l'étable qui sentait le cheval soigné, l'avoine et le cuir, Marabel alluma une chandelle. Un hennissement s'éleva du box où se trouvait son vieux poney pie, et elle entendait la respiration tranquille des autres bêtes. Elle tenta de ramener Floriano dans sa stalle, mais la licorne s'arrêta net et piaffa de nouveau.

— Que se passe-t-il ? demanda Marabel en lui caressant les flancs.

— Vite ! répéta Ellie en jetant un coup d'œil inquiet en direction de la porte ouverte.

— Je fais de mon mieux ! répondit la princesse en pénétrant dans le box de la licorne pour secouer sa mangeoire. Allez, Floriano ! Je n'ai pas toute la nuit !

Comme l'animal fantastique ne bougeait pas, elle ajouta :

— Comment as-tu fait pour sortir, au fait ?

— Laissez-la, fit Ellie, impatiente. Ne vous inquiétez pas pour elle. Mais il va bientôt faire jour.

Comme pour confirmer ses dires, quatre coups résonnèrent au clocher du palais.

— Je ne peux pas, protesta Marabel. Si Floriano s'enfuit...

La licorne frappa du sabot sur le sol, tout près du pied de Marabel.

— Mais qu'est-ce que tu as, à la fin ? Si seulement tu pouvais parler...

— Qu'est-ce qui vous fait croire que je ne peux pas ? Vous les humains, vous vous croyez tellement supérieurs...

— Tu sais parler ? s'écria Marabel, médusée.

— Ça doit être un enchantement quelconque ! s'étrangla Ellie. Marabel, il faut que nous...

— Ce n'est pas un enchantement, dit la licorne. Enfin, si, un peu. Nous autres, les licornes, nous sommes des créatures magiques. Et nous pouvons parler.

— Vraiment ? demanda Marabel. Alors, pourquoi ne l'as-tu jamais fait jusqu'à maintenant ?

L'animal cilla.

— Euh... peut-être parce que je n'avais pas grand-chose à dire.

— Et maintenant que tu parles, tu veux dire quoi, alors ?

— Ne sois pas idiote.

Venus d'une créature aussi belle, ces mots peu courtois étaient encore plus désagréables à entendre.

— En fait, j'aurais beaucoup de choses à dire. Par exemple au sujet de ce garçon d'écurie qui a toujours les mains froides, et aussi de la qualité de l'avoine...

À un autre moment, Marabel aurait adoré parler avec une licorne. Elle était certaine que celle-ci avait des sujets de conversation plus intéressants que son vieux poisson rouge parlant. Mais la princesse était pressée.

— Je demanderai à quelqu'un de s'en occuper, promit-elle. Et maintenant, rentre dans ta stalle, Floriano.

Elle secoua fermement la tête.

— Pas question. Vous partez à l'aventure, je le sens bien. Je veux venir avec vous.

La licorne rappelait à Marabel sa petite sœur Maisie, qui voulait toujours rester dans les pattes des jumeaux.

— Je suis sérieuse, dit-elle en tentant de paraître aussi autoritaire que son père. Retourne dans ton box *maintenant*.

Floriano lui lança un regard noir, mais elle obéit, traînant ses sabots dorés sur le sol.

Marabel referma le loquet de la stalle, et les deux filles purent enfin se rendre dans la sellerie, tout au bout de l'écurie. Ellie ouvrit une grande armoire, qu'elle entreprit de vider de son contenu – tout un assortiment de rênes, d'outils, de boucles, de pelotes de ficelle ainsi qu'une série de bocaux contenant de l'onguent pour le cuir.

— Qu'est-ce qu'on fait ? demanda Marabel.

— Vous allez voir, répondit Ellie.

Une à une, elle retira les étagères qu'elle venait de vider. L'intérieur de l'armoire semblait normal – du vieux bois sombre, avec des marques plus claires à l'emplacement des étagères. Mais en regardant mieux Marabel aperçut un trou parfaitement rond au niveau de sa taille. Lorsque Ellie y glissa le doigt et tira, tout le panneau se mit à pivoter.

À la place du fond de l'armoire, une grande ouverture donnait sur un tunnel de pierre. Marabel avança sa bougie pour l'éclairer. Mais les ténèbres étaient telles qu'elle ne distingua rien, sinon un couloir qui semblait continuer à l'infini. Il paraissait descendre, sans qu'elle sache vers où. Sur les murs et le plafond, des traces noires montraient que des torches avaient jadis brûlé là. Des empreintes de sabots sur le sol de terre battue suggéraient qu'un jour, longtemps auparavant, quelqu'un s'était enfui à cheval par ce passage.

— Où cela mène-t-il ? demanda Marabel en tentant de dissimuler son inquiétude.

— Il y a une sortie à l'orée des bois royaux, tout près de la Forêt Infranchissable, je crois.

La forêt de Magikos se terminait devant la Muraille construite par le grand mage Callum. De l'autre côté commençait la Forêt Infranchissable des Landes Désolées. Marabel hésita en se souvenant des contes qui prétendaient que les Monstres pullulaient dans ces bois enchantés. Si une guerre éclatait et que Mab franchisse la Muraille, les créatures malfaisantes viendraient infester Magikos.

Puis elle pensa à Marco, et à la façon dont son bras était retombé quand Mab et Vénéficus l'avaient emporté hors de la salle du banquet, et sa détermination lui revint d'un seul coup.

— C'est maintenant ou jamais, dit-elle en s'avançant dans le tunnel.

Mais Ellie ne bougea pas.

— Allez, viens !

Toujours rien. Marabel se retourna pour découvrir son amie pétrifiée devant l'entrée.

— Il est plus petit que dans mon souvenir, gémit la jeune suivante.

— Peut-être parce que toi, tu étais plus petite quand ton père te l'a montré. C'est pour ça qu'il t'a paru grand. Mais regarde, il n'est pas si étroit...

Elle leva la bougie pour montrer que le plafond était haut. Elle regretta illico son geste : la lueur de la flamme révéla une nuée de grillons et d'autres créatures qu'elle préféra ne pas s'attarder à identifier. Elle se hâta de baisser le bras.

Pourtant, grillons ou non, le tunnel devait paraître terriblement effrayant à quelqu'un comme Ellie, qui détestait les espaces clos.

— Tu n'es pas obligée de venir si tu as peur, lui dit-elle gentiment.

Comme elle s'y attendait, son amie se redressa fièrement

— Peur ? Je n'ai pas plus peur que vous ! Vous n'allez pas vous débarrasser si facilement de moi.

Marabel sourit intérieurement. Ensemble, elles s'enfoncèrent dans l'obscurité.

5

Marabel progressait dans les ténèbres du tunnel, suivie de près par son amie. Le sol n'était pas pavé, mais en terre battue. Ellie respirait difficilement. La princesse tendit la main dans son dos, et sentit des doigts glacés entre les siens.

— Ça va aller, murmura-t-elle.

Dans l'obscurité, sa voix résonnait étrangement fort. Elles dépassèrent un petit tas de cailloux blancs. *Non, pas des cailloux – des crânes !* Marabel écarta sa bougie pour cesser de les éclairer. Elle accéléra, tâchant de ne pas se demander comment ces ossements étaient arrivés là.

Elles marchèrent longtemps, avec pour seul accompagnement l'écho assourdi de leurs pas. Enfin, elles perçurent une sorte de grondement au loin, puis des cris, des voix qui chantaient. S'agissait-il des lutins qui vivaient sous la terre ? Marabel avait toujours entendu dire que certains étaient gentils, mais que d'autres...

Elle trébucha sur quelque chose, manquant de faire tomber sa bougie. Ellie se cogna contre elle.

— Pourquoi vous êtes-vous arrêtée ? souffla la jeune suivante.

Abaissant la chandelle, Marabel s'aperçut avec surprise qu'elle s'était cogné le pied contre une marche d'escalier.

— Ça doit être la sortie, murmura-t-elle. Tu vois ?

La flamme de la bougie révéla, au-dessus d'elles, un plafond de bois. En y regardant mieux, elles distinguèrent des gonds d'un côté.

— Ça doit être une trappe.

La princesse souffla la chandelle. Ellie poussa un petit cri de terreur.

— On ne peut pas courir le risque d'être vues quand on va ouvrir, expliqua Marabel. Tout va bien. On sera dehors dans une minute.

Elle espérait paraître plus calme qu'elle ne l'était en réalité. Elle se sentait inquiète, mais plus encore surexcitée. Leur mission de sauvetage commençait enfin ! Se repérant à tâtons aux murs de pierre, la princesse entreprit de gravir l'escalier. Elle frissonna lorsqu'une chose avec tout un tas de petites pattes fila sous ses doigts. Une marche, deux marches... À la treizième, elle se cogna contre quelque chose. Un petit cri de douleur lui échappa.

Dehors, la musique continuait, et Marabel était désormais certaine qu'elle venait d'au-dessus, pas des profondeurs de la terre. En plus, c'était l'hymne magikien.

Ellie se pressait contre elle.

— Il faut que je sorte, haleta-t-elle. Tout de suite.

— Ellie, je ne sais pas comment...

C'est tout ce qu'elle parvint à dire avant que son amie se précipite sur la trappe contre laquelle elle venait de se cogner. Celle-ci trembla, mais ne bougea pas.

— Laisse-moi t'aider, dit Marabel.

Fermement campée sur ses pieds, elle s'arc-bouta contre le panneau de bois.

— À la une, à la deux, à la trois ! compta-t-elle pour qu'elles unissent leurs forces.

Sous leur poussée conjointe, la trappe s'ouvrit si brutalement qu'elles glissèrent et roulèrent jusqu'au bas de l'escalier.

Au-dessus d'elles, l'ouverture béait. Marabel frissonna, redoutant d'y voir s'encadrer un casque de métal. Si un soldat apercevait la princesse en fuite et sa suivante... Mais elle ne distingua rien d'autre que des nuages, que les premiers rayons du soleil paraient de reflets roses et orange.

À nouveau, elle gravit les marches pour jeter un coup d'œil circonspect au-dehors. Jusqu'alors, la trappe avait été recouverte d'une bonne couche de terre et d'herbe qui la rendait invisible.

N'empêche qu'il restait un problème de taille : elles se trouvaient désormais au fond des jardins royaux, et non dans la forêt comme l'avait indiqué Ellie. En d'autres termes, elles risquaient fort d'être repérées par les gardes qui patrouillaient le long des remparts du palais.

— À quoi bon un souterrain qui ne mène pas en lieu sûr ? murmura Ellie.

— Il doit dater d'il y a très longtemps, répondit Marabel.

Les doigts sur les tempes, elle tenta de se souvenir des fastidieuses leçons d'histoire que Marco et elle avaient suivies – ou plutôt fait semblant de suivre.

— Les jardins royaux, dit-elle, ont été créés sur l'emplacement d'une ancienne forêt. Donc, à l'époque, le souterrain devait déboucher à couvert des arbres.

En effet, les bois ne se trouvaient qu'à quelques centaines de mètres – tout à fait accessibles... sauf ce matin, où ils semblaient à une distance effrayante.

C'est alors que, derrière elles, une voix lança :

— Coucou !

Elles poussèrent un petit cri de frayeur avant de se blottir l'une contre l'autre.

— D'où ça venait ? demanda Marabel en regardant autour d'elle.

— Je suis en bas ! clama la voix depuis le souterrain.

— Encore Floriano ! s'écria Ellie, incrédule.

— Que fais-tu ici ? lança Marabel en se tournant vers la trappe, à la fois soulagée et agacée.

— À l'écurie, je *m'ennuie*, répondit la licorne. Il n'y a que des poneys, des chevaux et un âne débile. Tout ce qui les intéresse, c'est manger du foin et de l'avoine et dormir au soleil. Les licornes ne sont pas censées grossir et faire la sieste, vous savez. Si vous vous lancez dans une aventure, je veux venir avec vous.

— Ce n'est pas qu'une aventure, répondit Marabel, c'est une mission de sauvetage. Et comment es-tu sortie de ta stalle ?

Elle était pourtant certaine d'avoir tiré le loquet.

— Nous avons nos méthodes, répondit Floriano d'un ton évasif.

— Qui ça, « nous » ? s'enquit la princesse.

— Est-ce que ça compte vraiment ? interrompit Ellie. Les gardes pourraient nous voir. Nous devons partir – maintenant !

— D'ailleurs, vous allez où ? demanda la licorne. Aussi bien, ça ne m'intéresse pas de vous accompagner.

— Mon frère a été enlevé, expliqua Marabel. Nous allons à sa rescousse.

— Ah, ça, ça ressemble à une aventure, dit Floriano. J'en suis.

— Pas question, fit Ellie. Tu nous rendrais trop repérables.

D'un mouvement de tête, la créature désigna un groupe de soldats qui patrouillaient le long des remparts.

— Et à eux, comment comptez-vous leur échapper ?

— On y réfléchit, répondit Marabel, qui jusqu'ici n'avait trouvé aucune idée.

— Je m'en occupe, fit Floriano d'un air suffisant. Je vais faire diversion. Quand vous m'entendrez hennir comme un cheval, foncez vers la forêt le plus vite possible.

Avant qu'elles aient eu le temps de répondre, Floriano gravit à son tour les marches de pierre pour aller parader devant les murs du palais. Sa crinière blanche flottait dans la brise matinale, sa corne étincelait dans les premières lueurs du soleil. Cabrée, ses sabots martelant le sol, elle était magnifique.

La licorne attendit, certaine d'attirer des cris de surprise et d'admiration de la part des soldats.

Sauf qu'il n'y en eut pas. Floriano leva un paturon et toussa. Pas une tête ne pivota vers elle. Malgré le danger de la situation, Marabel dut plaquer la main sur sa bouche pour étouffer un rire. Floriano piaffa furieusement et se cabra à nouveau, boxant l'air de ses sabots d'or. Elle était vraiment superbe. Enfin, un soldat l'aperçut.

— La licorne du roi ! s'exclama-t-il.

— Capturez-la avant qu'elle s'échappe ! cria un autre. Ça nous vaudra une belle récompense !

Alors, une horde de soldats se précipita dans sa direction. Floriano bondit et s'enfuit au galop, poursuivie par les gardes. Quelques secondes plus tard, on l'entendit hennir.

— Maintenant ! s'écria Marabel.

Saisissant Ellie par la main, elle s'élança en direction des arbres. Il lui sembla qu'il leur fallut une éternité pour les atteindre ; enfin, elles plongèrent à l'abri du sous-bois. Malgré leur souffle court et les points de côté, elles continuèrent à courir jusqu'à ce que leurs forces les abandonnent. Alors, elles se laissèrent tomber, haletantes, sur un tapis de feuilles mortes et d'aiguilles de pin. Au bout d'un certain temps, elles se rassirent, laissant leur baluchon par terre.

— Ouf, souffla Ellie en écartant une mèche de cheveux de son visage. Et maintenant ?

— Il faut continuer à s'enfoncer dans la forêt, répondit Marabel.

Le problème, c'était que Floriano aurait du mal à les retrouver. Mais elles n'avaient pas le choix : elles devaient se hâter pour secourir Marco à temps. Les Landes étaient vastes, et il y avait des montagnes, des rivières et Dieu sait quoi d'autre entre elles et le château de Mab. S'y rendre leur prendrait toute la treizaine – à supposer que cela suffise.

Reprenant leur sac, elles entreprirent de se frayer un chemin entre les racines et les branches mortes. Comme il n'y avait aucun sentier aux alentours, leur progression était très lente à travers les fourrés et les taillis. Peu à peu, les bruits du palais s'éloignèrent et disparurent.

Puis, derrière elles, une cavalcade fit trembler le sol. Avant qu'elles aient eu le temps de se cacher, Floriano apparut entre les arbres et les rejoignit en trottinant.

— Alors, on va par où ? demanda-t-elle d'un ton guilleret.

Marabel poussa un soupir résigné. Elle ne pourrait obliger la licorne à retourner à l'écurie, et elle n'avait visiblement aucune envie de le faire. Elle regarda Ellie, qui à son tour haussa les épaules.

— D'accord, fit la princesse à contrecœur. Tu peux venir avec nous.

— Youpi ! s'écria Floriano en se mettant à danser sur place. On part à l'aventure !

Marabel espéra qu'elle avait raison. En cet instant, le sauvetage de son frère ressemblait plus à une énorme erreur qu'à un acte héroïque.

*

D'ailleurs, au début, leur aventure manqua singulièrement d'aventures. Souhaitant se diriger vers l'est,

Marabel chercha de quel côté se levait le soleil, mais le feuillage était si épais qu'il lui cachait presque le ciel. Quand elle parvint enfin à se repérer, elle utilisa un truc que lui avait appris Lucius : pour aller droit, choisir deux points ; depuis le premier, en aligner un troisième avec le deuxième, et ainsi de suite. Les trois voyageurs avancèrent en se relayant. Marcher en tête était fatigant, car il fallait se frayer un chemin entre les branches sans glisser sur les feuilles mortes ni trébucher sur les racines.

Pendant quelque temps, les deux jeunes filles et la licorne progressèrent le long d'un ruisseau dont le gargouillis avait quelque chose d'hypnotique. Marabel sentait ses paupières se fermer. Au bout de plusieurs kilomètres, Floriano lança :

— Au fait, on va où ?

— Vers l'est, vers la Muraille, répondit-elle, laconique.

Elle était si épuisée d'avoir veillé toute la nuit qu'elle ne se sentait pas la force de parler.

— Quelle muraille ? demanda la licorne.

Ellie et Marabel s'arrêtèrent. Floriano s'immobilisa à son tour et se mit à brouter une touffe d'herbe sans se rendre compte que les deux filles la regardaient, sidérées.

— Tu es sérieuse ? demanda Ellie. Tu n'as jamais entendu parler de la Muraille ?

Floriano secoua son élégante tête avant d'avaler son herbe.

— Je vous l'ai dit, tout ce qui intéresse les chevaux et cet âne stupide, c'est manger et dormir. S'ils ont parlé d'un mur, je n'ai pas entendu. Qu'est-ce qu'on va faire là-bas ?

Manger et dormir, se dit Marabel, *ce serait une très bonne idée en ce moment*. Elles marchaient depuis des heures, sans avoir pris le temps de se reposer ni de se nourrir.

— Asseyons-nous un peu, le temps que je te raconte, suggéra-t-elle.

Elles n'aideraient pas Marco en s'épuisant dès les premières heures de leur quête.

Après avoir bu au ruisseau, toutes trois s'installèrent donc confortablement à l'ombre d'un grand arbre. Floriano s'assit sur son arrière-train, comme un gros chien bleu. Ellie tira un peu de pain et de fromage de son sac. Entre deux bouchées, Marabel entreprit de raconter l'histoire de la Muraille à Floriano.

— Il y a mille ans, Magikos était une terre sauvage où les Monstres s'ébattaient librement, jusqu'à ce que...

— Les Monstres ? coupa la licorne. Quels « Monstres » ?

— Les créatures magiques, répondit Ellie. Tu sais, les elfes, les géants, les ogres, les li...

Elle s'arrêta net.

— Les li-*quoi* ? demanda Floriano d'un ton soupçonneux. Les lycées ? Les libraires ?

Le visage d'Ellie affichait une expression embarrassée.

— Les libellules ?

— Oh, ça va, Floriano, interrompit Marabel. Tu sais ce qu'elle veut dire. Les créatures magiques sauvages. Pas domestiques comme toi.

L'animal se redressa sur ses pattes, écumant.

— Une créature domestique, vraiment ? C'est comme ça que tu me vois ? Tu crois que je suis domptée ?

— Bon, je te raconte l'histoire de la Muraille, ou pas ? soupira Marabel.

Comme la licorne ne répondait pas, elle poursuivit :

— Donc, mon ancêtre, le roi Manfred, triompha des Mon... des ennemis, et les expédia dans les Landes Désolées, à l'est du pays. Quelques humains furent exilés avec eux, mais la plupart restèrent à Magikos. Le mage de Manfred, Callum, construisit un mur qui coupait le royaume en deux, une muraille faite de pierre et de magie, pour que les M... pour que personne ne puisse la traverser. Quand ma tante Mab fut envoyée dans les Landes, elle déclara que c'était un royaume indépendant, dont elle serait la souveraine.

— Mais elle a tort, précisa Ellie. Les Landes Désolées font toujours partie de Magikos.

— Donc, ce que vous êtes en train de me dire, lâcha Floriano, l'air toujours froissée, c'est qu'il y a davantage de licornes de l'autre côté de cette muraille vers laquelle nous nous dirigeons ?

— On peut le supposer, répondit Marabel. De licornes, et d'autres... choses.

— Alors, allons-y ! s'écria Floriano en se relevant élégamment.

Marabel fit un tour sur elle-même, lentement, pour tenter de repérer le soleil de l'après-midi. Elle aperçut entre les branches un filet de lumière. Sauf que la lumière était violette, qu'elle étincelait et semblait même se déplacer de branche en branche. *Un peu comme une luciole,* songea la princesse. Mais personne n'avait jamais vu de luciole violette.

La lumière se posa sur une branche juste devant elle. La princesse se pencha avec précaution, pour ne pas lui faire peur. Elle retint son souffle. Ce qu'elle avait sous les yeux, c'était à n'en pas douter une fée – une fée ailée, pas un faye, ces créatures qui tentaient d'attirer les voyageurs dans leur monde. La fée en question portait une longue robe violette, et son visage, ses mains ainsi que ses pieds nus rayonnaient si fort qu'on avait du mal à distinguer ses traits. La lumière émanait de sa robe, sortant des manches et du col.

— Oh... s'extasia Ellie à l'oreille de Marabel.

Floriano tendit l'encolure, comme un chat en colère, naseaux palpitants.

La petite créature semblait parler, mais sa voix était si ténue que Marabel dut se pencher et relever son capuchon pour l'entendre.

— Qu'avez-vous dit ?

Elle crut distinguer, sans pouvoir être sûre, les mots « Faites attention ! Servez-vous de vos yeux ! » Elle regarda autour d'elle sans parvenir à voir de quoi parlait la fée – d'ailleurs, dans le sous-bois obscur, elle n'y voyait pas grand-chose. Quand elle voulut interroger la minuscule créature, celle-ci s'envola en zigzag entre les branches et disparut en un clin d'œil.

— Et maintenant ? demanda Ellie.

Observant la direction dans laquelle était partie la fée, Marabel remarqua un groupe d'arbres étranges, qui semblaient différents des autres, comme si, au lieu d'être cylindriques, ils étaient plats.

— Essayons par là, dit-elle.

Elle se fraya un chemin dans un fourré particulièrement épais et piquant. Quand elle leva la tête, elle s'aperçut que ce qu'elle avait pris pour des arbres plats était en fait des planches. Elle se trouvait devant une énorme porte.

D'impressionnants gonds de métal ornaient un de ses côtés, mais on ne voyait ni serrure ni poignée. C'était la plus grande porte qu'elle ait jamais vue, plus grande même que le portail qui barrait le pont-levis du palais. Et cette porte se dressait toute seule, entourée d'arbres et de taillis. De chaque côté, le soleil filtrait à travers le feuillage. Quelques écureuils gambadaient sur les troncs. C'était un sous-bois tout à fait ordinaire – à part qu'il y avait une porte gigantesque qui se dressait toute seule en plein milieu.

Ellie rejoignit Marabel.

— Au nom du Livre, que fait une porte en plein milieu des bois ?

— C'est peut-être une sorte de blague, hasarda la princesse. Pourquoi diable se fatiguer à l'ouvrir alors qu'on peut la contourner ?

Elle voulut joindre le geste à la parole, mais se cogna contre une surface invisible et se retrouva sur les fesses, à se frotter le nez. Au même moment, un éclair vert crépita, et, là où l'instant d'avant il n'y avait rien, on vit se dresser un mur de pierre colossal qui s'étendait de chaque côté. Il était haut comme dix hommes.

— La Muraille ! s'écria Marabel. Elle devait être protégée par un sort d'invisibilité jusqu'à ce que quelqu'un la touche !

Époustouflée par leur taille et leur ancienneté, elle éprouva du bout du doigt la solidité des pierres massives, recouvertes de mousse et de lichen.

— Vous croyez qu'on peut l'ouvrir ? demanda Ellie.

L'immense porte de bois semblait étonnamment solide pour être restée exposée pendant des siècles au vent, à la pluie et au soleil ; quant à ses gonds – dont chacun était plus gros que les deux mains de Marabel réunies –, ils étaient d'un métal noir totalement dépourvu de traces de rouille. De la magie, évidemment. Mais, même depuis que l'éclair vert avait révélé le mur, il était impossible de distinguer une poignée, une serrure ou même simplement un marteau.

— Il doit y avoir un moyen, dit Marabel. À quoi servirait une porte qui ne peut pas s'ouvrir ?

— Essayons de la pousser, suggéra Ellie.

Mais les deux filles eurent beau s'arc-bouter, la porte ne bougea pas d'un pouce. Elles tentèrent de glisser leurs doigts entre les planches pour les écarter, mais en vain. Un bref instant, Marabel envisagea d'escalader la Muraille, mais elle semblait bien trop haute. Pour finir, les deux amies se laissèrent tomber sur le sol, épuisées.

— Et maintenant, qu'est-ce qu'on fait ? demanda Ellie.

— On cherche une façon de contourner ce mur, répondit Marabel. Il doit y avoir une autre ouverture. Mab a bien dû passer quelque part, n'est-ce pas ? Oh, et à propos...

Elle s'était redressée.

— Quoi ? fit Ellie.

— Tu ne vois pas ? Là, là et là, regarde : des empreintes de pas. Quelqu'un est venu ici il y a peu. Et là ! Des traces de griffes. C'est sans doute le dragon qui les a faites. Non, c'est bien par cette porte que Mab et son mage ont dû passer.

— Et quand bien même ? dit Ellie. Ça ne nous aide pas à l'ouvrir. On a tout essayé.

Floriano se racla la gorge.

— Tout, peut-être pas...

— Que veux-tu dire ?

Malgré sa fatigue, sa colère et son inquiétude, Marabel avait fait de son mieux pour ne pas lui parler méchamment. Ce n'était pas à cause de la licorne que la mission de sauvetage venait d'échouer. C'était *elle* la responsable, et c'était donc sa faute à elle.

— Oh, je ne sais pas, continua la créature d'un air distant. Je me disais que je pouvais faire quelque chose, mais peut-être que vous n'avez pas envie qu'un *Monstre* vous aide.

— Oh, arrête, rétorqua Ellie. Tu sais très bien que je ne parlais pas de toi.

Comme si elle ne l'avait pas entendue, Floriano continua :

— Je ne vous en veux pas, notez. Si vous aviez une *vraie* licorne avec vous, une qui a encore de la magie en elle...

Sur ces derniers mots, sa corne étincela faiblement.

— De la magie qui, justement, agit spécialement sur les serrures et les sortilèges d'enfermement...

La lueur se fit plus forte.

Marabel n'était pas sûre de comprendre.

— Tu veux dire que les licornes ont leur façon d'ouvrir les portes et tout ce genre de choses ?

Floriano ne répondit pas, pas plus qu'elle ne bougea ; mais sa corne brillait à présent comme un soleil. Feignant le désintérêt, Marabel poussa un soupir.

— Je suppose que tu as oublié comment faire. Il fallait s'en douter. Toutes ces années dans une étable à côté d'un âne, ça doit vous enlever toute magie. Ça vous domestique.

La corne de Floriano étincela si fort que les filles durent plisser les yeux pour ne pas être éblouies. Avec un hennissement puissant, la créature se cabra tandis que des éclairs fusaient de son rostre. Elle battit l'air de ses sabots. En retombant, elle effleura de sa corne le lourd portail. Celui-ci s'ouvrit d'un seul coup, comme propulsé par une rafale de vent. Puis ce fut le silence. Bouche bée, les deux filles regardaient le passage. Floriano haletait.

— Alors c'est comme ça que tu es sortie de ton box ! s'écria Marabel.

Floriano inclina la tête. Sa corne, quoique toujours dorée, ne brillait plus.

— C'est un petit talent que nous avons développé, nous autres les licornes. Les gens essaient toujours de nous piéger, tu sais. Ils nous attirent dans leur jardin, on pose la tête sur les genoux d'une jeune fille. On adore ça. Et les jeunes filles nous donnent toujours à manger. Mais soudain on se rend compte que les jardins ont des grilles, et que quelqu'un les referme, et paf ! nous voilà prisonnières.

Marabel se rendit compte qu'elle ignorait d'où venait Floriano – si elle était née en captivité ou si elle avait été capturée parmi les rares troupeaux de licornes sauvages que l'on apercevait parfois à Magikos.

— C'est comme ça qu'on t'a capturée ?

La créature eut un reniflement de dédain.

— Si c'était si facile de capturer une licorne, nous serions des centaines dans vos zoos et vos écuries, en compagnie d'ânes stupides. Mais on n'en attrape qu'une ou deux par siècle. Non, mes ancêtres ont été faits prisonniers il y a bien longtemps. Ma famille vit avec les humains depuis des générations.

— Pourquoi ne pas en avoir parlé plus tôt ? demanda Ellie. Ça t'a fait rire de nous voir essayer, alors que tu savais très bien que tu pouvais ouvrir la porte avec ta corne ?

— Un tout petit peu, admit Floriano. Mais, surtout... j'ignorais si ça marcherait sur cette porte-là. Parce que s'il y a d'autres licornes, de ce côté-là du mur...

Elle désignait la forêt au-delà du portail.

— ... alors pourquoi ta tante ne s'en est-elle pas servie pour ouvrir la porte ? Pourquoi attendre aujourd'hui pour enlever ton frère ?

— Je l'ignore, répondit Marabel. Mais nous perdons du temps. Mettons-nous en marche, nous y réfléchirons plus tard. Il ne nous reste que douze jours.

— Après vous, dit Floriano.

Avec un courage feint, Marabel franchit la porte, suivie par Ellie puis par la licorne.

Quand elles se retournèrent, elles virent le mur disparaître derrière elles.

*

Toute sa vie, Marabel avait entendu répéter que les Landes étaient terriblement dangereuses. C'était, disait-on, une terre sans loi, peuplée de Monstres prêts à dévorer le premier humain qui s'y serait aventuré.

Au lieu de quoi, cet endroit semblait tout à fait familier. Les feuilles bruissaient doucement dans le vent, tout comme du côté magikien ; les arbres avaient un aspect semblable, et les rayons de soleil qui transperçaient les ramures avaient le même éclat pâle que chez Marabel.

Elle ne put s'empêcher de ressentir un certain dépit. C'était de *ça* qu'elle avait eu peur toute sa vie ? D'une forêt très ordinaire ?

— On se croirait à Magikos, dit Ellie.

Soudain, un ours déboucha devant elles. À en juger par son chapeau à fleurs, c'était une ourse. Avec un petit salut poli de la tête, elle lança d'une voix un peu enrhumée :

— Belle journée, n'est-ce pas ?

Là-dessus, elle disparut. Les trois autres en restèrent bouche bée.

— Ellie, dit Marabel, je crois bien que nous avons quitté Magikos.

6

— Et maintenant, par où allons-nous ? demanda Floriano.

Marabel réfléchit pour tenter de retrouver dans sa mémoire la grande carte accrochée dans la salle d'études du palais.

— Il devrait y avoir un sentier qui suit la Muraille, dit-elle. Cherchons-le, puis nous trouverons quelqu'un pour nous indiquer la direction du château de Mab.

Elles marchèrent longtemps, mais le sentier, s'il était encore là – car le planisphère dans la salle de classe était au moins aussi vieux que le roi Matthew, et les sentiers disparaissent vite quand personne ne les foule –, s'avéra impossible à dénicher. À la grande déception de Marabel, elles ne rencontrèrent pas non plus d'autres créatures magiques.

Le vent se leva, apportant la pluie. Elles progressaient courbées, tentant vainement de se protéger de l'humidité.

Soudain, un son inattendu retentit. Quelqu'un toussait. Ellie, qui marchait en tête, manqua de se cogner contre un homme appuyé à un arbre. Il était vêtu comme un bûcheron ou un paysan. Elle bondit en arrière, mais il leur sourit d'un air amical, découvrant des dents blanches dans une barbe fournie.

— Bonjour à vous, fit Marabel aussi poliment qu'elle le put.

— Mauvais temps, répondit l'homme.

Les deux jeunes filles acquiescèrent. Floriano préféra rester en arrière, martelant nerveusement le sol de ses sabots et humant l'air.

— Et où allez-vous, par cette pluie ? demanda l'homme.

Ellie se pencha vers Marabel pour lui murmurer à l'oreille :

— Il y a quelque chose de louche. Regardez Floriano. Ne dites pas à cet homme où nous allons, princesse.

Marabel déglutit péniblement. En effet, Floriano semblait agitée. Qu'est-ce qui l'inquiétait ? La princesse décida de suivre le conseil d'Ellie. La seule excuse qui lui vint fut :

— Nous allons chez ma grand-mère.

— C'est un peu tard dans la journée pour lui rendre visite, non ?

— Elle est malade, embraya Ellie en désignant son baluchon sur son épaule. Nous lui portons des biscuits et des couvertures.

— Comme c'est gentil, fit l'homme sans bouger d'un pouce. Je me demandais si vous pouviez m'aider ? J'ai trouvé quelque chose.

La question prit Marabel de court. Avec un espoir soudain, elle demanda :

— Un garçon ? Nous cherchons un garçon, à peu près de notre âge.

Elle choisit d'ignorer le coup de coude que lui décocha Ellie. L'homme hocha la tête.

— Un garçon, exactement. Il est gravement blessé.

— Marco ! s'écria Marabel.

Ainsi, il avait pu échapper à leur tante ? C'est sans doute ainsi qu'il avait écopé d'une blessure... L'homme acquiesça de nouveau :

— Oui, c'était bien son nom. Et il a dit que deux jeunes filles et une licorne le cherchaient à travers la forêt. Il m'a demandé d'aller les chercher.

L'espace d'un instant, le cœur de Marabel se mit à battre plus fort. Pourtant quelque chose n'allait pas. Comment Marco aurait-il pu savoir qu'Ellie et elle étaient à sa recherche, sans même parler de Floriano ?

En réalité, l'homme n'avait pas dit qu'il avait trouvé un garçon. C'était Marabel qui en avait parlé la première. L'autre s'était contenté d'approuver.

— Tentons quelque chose, murmura-t-elle à Ellie. Fais comme moi.

Se tournant vers l'homme, elle tenta de lui sourire.

— Merci, monsieur. J'espère que la blessure n'est pas trop grave. Notre... notre taureau lui a donné un coup de corne hier.

— Oui, c'est ce qu'il m'a dit. Il s'est enfui en courant et il s'est perdu dans les bois.

— Je suis surprise que vous l'ayez repéré, avec ses cheveux noirs, enchaîna Ellie.

— J'ai de bons yeux. Allons-nous rester ici à bavarder, ou voulez-vous aider votre ami ? demanda l'homme, impatient.

Les nuages se dissipaient un peu, laissant passer un rayon de soleil. Marabel put enfin distinguer le visage de l'homme. Elle comprit alors qu'il n'avait pas qu'une barbe.

Tout son visage était recouvert de fourrure. Il avait un nez pointu comme un museau et ses yeux étaient rouges. Elle poussa un gémissement horrifié, et l'inconnu découvrit ses dents. Deux longs crocs étincelèrent. *Un Monstre !*

Ellie hurla, Floriano hennit. Sans réfléchir, Marabel saisit son épée en bois à sa ceinture et frappa l'homme-loup à la tête. Il poussa un cri inhumain.

— Fuyez ! hurla-t-elle.

Les deux filles s'élancèrent à travers les arbres. Avec un grognement, le Monstre bondit à leur poursuite. Marabel sentit qu'il la tirait en arrière – il s'agrippait à son baluchon ! Elle s'en débarrassa d'un geste pour continuer à courir en trébuchant sur les branches et les racines.

Jetant un coup d'œil en arrière, elle vit Floriano virevolter pour asséner à l'homme-loup une ruade si puissante qu'il décolla de terre et alla s'écraser contre un arbre. Il hurla à nouveau, mais se releva et plongea sur la licorne. Marabel se détourna pour se remettre à courir dans la forêt. Elle rattrapa Ellie. Quelques secondes plus tard, Floriano les dépassa en criant :

— Courez ! Courez !

Marabel n'avait pas assez de souffle pour lui répondre : « Parce qu'on fait quoi, là, à ton avis ? »

Alors, elle courut.

Elle courut jusqu'à ce que ses poumons et ses jambes lui fassent mal. Mais, au moment où elle pensait s'effondrer, ce fut Ellie qui tomba, mains en avant. Bondissant dans sa direction, Marabel l'aida à se relever. Malheureusement, son amie poussa un cri de douleur et se laissa choir à nouveau.

— Ma cheville ! dit-elle. Je me la suis tordue.

Au petit trot, Floriano les rejoignit. Des gouttes d'eau dégoulinaient de sa corne. Elle leva la tête et huma l'air.

— On peut s'arrêter, annonça-t-elle. L'animal ne nous suit plus. Je savais qu'il n'était pas net. Son odeur n'était pas normale.

— Tu es sûre qu'il est reparti ? demanda Marabel.

La licorne acquiesça.

— Il ne peut pas tenir la distance. Ces créatures sont rapides, mais elles n'ont pas d'endurance. Au contraire des licornes.

Marabel se détendit un peu, tentant de reprendre son souffle. Ellie tâta sa cheville et grimaça.

— Tu peux marcher ? interrogea la princesse.

Son amie secoua la tête. Marabel questionna Floriano du regard.

— Quoi ? fit la licorne.

La princesse désigna Ellie.

— Ah, d'accord. Je suppose que tu veux que je la porte ? Une licorne, tu sais, ce n'est pas juste un cheval avec une corne. Je suis une créature magique.

Ellie massa sa cheville en poussant un petit gémissement de douleur. Floriano lui jeta un coup d'œil et son expression s'adoucit. Avec un soupir théâtral, elle annonça :

— Bon, d'accord, s'il n'y a pas le choix... Mais je ne pourrai pas aller vite avec elle sur mon dos, et pas très loin non plus. Il va nous falloir trouver un abri rapidement.

Marabel aida Ellie à s'installer sur le dos de la licorne et elles se remirent en marche. Les sabots de Floriano patinaient dans la boue.

La pluie tomba sans discontinuer pendant des heures. Il leur fallut faire des pauses de plus en plus fréquentes. Au bout d'un certain temps, Marabel se rendit compte qu'Ellie avait elle aussi perdu son baluchon. Mais il était trop tard pour aller le récupérer, sans compter que l'homme-loup les attendait peut-être toujours là-bas. Alors, elles continuèrent à avancer, la princesse en tête. Elle avait faim et, à en juger par les gargouillis qui s'élevaient de l'estomac d'Ellie, celle-ci aussi.

Même le chant des oiseaux dans les arbres avait quelque chose de lugubre. Les nuages s'amoncelaient, l'obscurité devenait oppressante. Un grondement de tonnerre retentit, et la pluie se fit plus forte, au point que les gouttes transperçaient le feuillage pour les tremper. On ne pouvait voir à plus d'un ou deux mètres de distance, et Marabel et Floriano ne cessaient de glisser. La princesse désespérait de trouver un endroit au sec sous un arbre, sans parler d'une cabane.

Puis le son des sabots de Floriano changea, et un écho s'éleva. La pluie cessa d'un seul coup.

— Ellie ! Floriano ! s'écria Marabel. Nous sommes dans une grotte !

Bien sûr, le mot « grotte » terrifia Ellie. Elle sauta à bas de sa monture et tenta de s'enfuir. Marabel dut la retenir par la manche.

— Nous devons rester ici pour l'instant, dit-elle avec fermeté. Nous serons au sec et à l'abri du vent. Tu peux rester assise près de l'entrée pour ne pas te sentir enfermée.

Il lui fallut déployer des trésors de persuasion, mais Ellie finit par céder. Marabel fit prudemment le tour de la caverne. Elle était immense – dans la pénombre, on ne parvenait pas à voir le plafond – mais n'avait qu'une seule entrée. L'air était sec et le sol pas trop dur. La situation aurait pu être bien pire.

En tout cas, celle de Marco l'était certainement. D'après le peu que Marabel savait de sa tante, Mab n'était pas gentille du tout. Elle ne montrerait aucun égard pour son otage, en particulier si elle avait pour intention de le transformer en crapaud ou en serpent. Pourvu qu'elles n'arrivent pas trop tard, quand le prince serait condamné à passer sa vie dans un terrarium et à gober des mouches !

Elle ne parvint pas à retenir ses larmes. Heureusement qu'il faisait sombre et qu'on ne pouvait la voir, elle ne voulait pas inquiéter Ellie... Pourtant, quand un sanglot lui échappa, son amie s'approcha d'elle pour la prendre dans ses bras. Elle ne dit rien. C'était inutile. Elles restèrent ainsi, silencieuses et affligées, jusqu'à ce qu'Ellie souffle :

— Nous devons rentrer.

Marabel se redressa vivement.

— Je refuse d'abandonner Marco !

— Nous n'avons plus rien à manger, fit remarquer Ellie. Plus de bougies, plus d'argent pour acheter des provisions même si nous trouvons un village. Nous avons failli nous faire dévorer par un homme-loup. Ma cheville va mieux...

Elle tendit la jambe et la fit pivoter pour appuyer ses dires avant d'enchaîner :

— ... mais que se serait-il passé si je me l'étais cassée ? Floriano ne peut pas me porter jusqu'au château de votre tante.

Floriano leva son élégante tête.

— Rentrer ? C'est maintenant que vous y pensez ? Si nous avions fait demi-tour plus tôt, nous aurions évité la pluie et la faim...

— Mais songez à Marco ! protesta Marabel. Ça doit être encore plus terrible pour lui.

— On fait n'importe quoi ! s'écria Ellie. Je n'aurais pas dû vous laisser me persuader. J'aurais dû aller trouver votre père pour lui dire ce que vous complotiez !

— Ellie a raison, approuva Floriano. Je voulais une aventure. Ça, ce n'est pas une aventure, c'est une erreur. Rentrons chez nous.

— Faites ce que vous voulez, dit Marabel. Rentrez à la maison. Ça me va. Je continuerai toute seule. Je ne peux pas abandonner mon frère.

— Mais si nous rentrons sans vous, Floriano et moi, gémit Ellie, nous aurons de gros problèmes. On va nous reprocher de vous avoir abandonnée. Si vous continuez, je dois aller avec vous. Je dois rester à vos côtés, vous vous rappelez ?

— Ta mère ne pensait certainement pas que je m'enfuirais du palais, répliqua Marabel. Tout ce qu'elle voulait, c'est que tu sois avec moi pour te rendre utile.

Sans répondre, Ellie croisa les bras, l'air furieux, avant de s'allonger par terre. Dos tourné, elle lança :

— Si vous ne me voulez pas avec vous, Marabel, vous n'avez qu'à le dire.

Et, sans attendre, elle s'endormit.

*

Marabel resta éveillée longtemps, écoutant la respiration de ses compagnons. Elle était désolée d'avoir blessé Ellie, mais cette quête pour sauver Marco était la mission la plus importante de sa vie. Sa meilleure amie aurait dû le comprendre...

Pourtant, peu à peu, le découragement gagna la princesse. Seule, que pouvait-elle faire ? En outre, elle était responsable de la sécurité d'Ellie et Floriano. Elle devait les ramener au palais, et tant pis si...

Non, souffla une voix dans sa tête. *L'important, c'est ma quête. Si les autres veulent vraiment rentrer à la maison, je les accompagnerai un bout de chemin. Et puis je trouverai un forestier ou un fermier, quelqu'un qui pourra les reconduire jusqu'à la porte, et je poursuivrai ma route jusque chez tante Mab.*

Sans provisions ? Sans rien à manger ? Et pourrait-elle arriver avant l'émissaire de son père ? Elle s'endormit l'esprit en feu. Toute la nuit, elle fit des cauchemars où Marco, enfermé dans une horrible geôle, tendait la main à travers les barreaux pour la supplier de venir l'aider. Elle rêva aussi que les murs de la grotte autour d'elle se mettaient à trembler, menaçant de s'effondrer et de l'emmurer vivante.

Lorsque Marabel ouvrit les yeux, un timide rayon de soleil éclairait la caverne. Ellie et Floriano dormaient toujours, la respiration paisible. On n'entendait d'autres bruits que le chant des oiseaux du matin et le vent dans les feuilles. Dans la faible lumière, la grotte s'avéra encore plus immense qu'elle ne l'avait cru. Ses parois, en revanche, avaient un aspect tout à fait normal, et ne menaçaient pas de s'effondrer comme dans ses cauchemars.

Floriano se réveilla à son tour. La licorne battit des paupières pour révéler ses pupilles en forme d'étoile à cinq branches. Elle jeta un coup d'œil à Marabel avant de se lever en s'étirant et de lancer :

— Je suppose que le petit déjeuner n'est pas prévu ?

Un bâillement s'éleva de l'endroit où dormait Ellie, évitant à la princesse de répondre. Sa suivante et amie se leva à son tour pour se précipiter vers l'entrée de la caverne. Elle ne boitait presque plus.

— Je veux m'en aller, gémit-elle, les yeux fixés vers l'extérieur.

Marabel et Floriano la rejoignirent. Elles sortirent ensemble dans les bois. Le soleil se décida enfin à apparaître entre les feuilles, nimbant le sous-bois d'une lumière verdoyante. La princesse regarda autour d'elle.

— C'est par là que nous sommes venues, dit-elle. Retournons sur nos pas. Je vous accompagnerai pendant un certain temps, puis nous trouverons quelqu'un pour vous ramener au palais. Vous pourrez dire à mes parents que je vous ai forcées à rentrer, et ils ne vous puniront pas pour m'avoir laissée.

Contre toute attente, Ellie répondit :

— Non.

— Non ? répéta Marabel.

— Je me suis réveillée cette nuit et j'y ai repensé, fit son amie, l'air décidé. Et une petite voix dans ma tête m'a rappelé que je suis magikienne. Qu'une femme est venue enlever notre prince. Alors, à condition de ne plus jamais dormir dans une grotte, je suis avec vous.

Avec un soupir exaspéré, Floriano maugréa :

— Je ne laisserai pas dire qu'une licorne a abandonné deux humains dans une aventure. Moi aussi, je viens avec vous, princesse.

Marabel était si émue qu'elle eut du mal à parler :

— Ici, je ne suis plus la princesse. Si nous devons continuer ensemble, nous serons tous à égalité, d'accord ?

Ils hochèrent la tête.

— Je suis désolée de ce que j'ai dit hier, Mara, murmura Ellie. Vous êtes...

— À égalité, Ellie, d'accord ? Désormais, on se tutoie.

— D'accord. Tu es mon amie et je...

— Je sais. Moi aussi.

Floriano toussota, l'air gêné. Les deux jeunes filles se tournèrent vers elle.

— Euh... puisqu'on en est aux précisions... Je m'appelle Floriano, je suis *un* licorne, d'accord ? Je préfère que ce soit clair entre nous.

Marabel et Ellie acquiescèrent, un peu mal à l'aise, avant de se mettre en route.

Et c'est ainsi que toutes trois – pardon, tous trois – prirent la direction de l'est. Ellie marchait beaucoup mieux à présent, et ils purent à nouveau se relayer. Tandis que Marabel allait en tête, pensant que cela faisait des heures qu'ils avançaient dans le vent glacial, un écureuil se mit à pépier près d'elle. En levant la tête, elle aperçut quelque chose de clair – une forme immobile, à peu près de sa taille, toute droite parmi les branches tordues. Floriano la vit à son tour.

— Hé ! Qu'est-ce que c'est ? lança-t-il.

Marabel s'en approcha et la toucha du doigt. C'était une planche recouverte d'inscriptions en lettres noires.

— Qu'est-ce que c'est ? répéta Floriano.

— Une pancarte, répondit la princesse. Vous voyez ?

Une flèche indiquait : REPAIRE DES GÉANTS, DEUX JOURS DE MARCHE. Ils ne risquaient pas d'emprunter cette direction !

— Et ça, dit Floriano en désignant de sa corne deux autres flèches, de l'autre côté. Qu'est-ce que ça dit ?

— « Le château par le pont, cent cinquante mille cailloux », déchiffra Ellie. Et « le château par bateau, trois cent cinquante mille cailloux ».

— Des cailloux ? répéta Marabel.

— Pour payer ? devina Ellie. On n'a pas d'argent, mais des pierres, on peut en ramasser.

— Plus de trois cent mille ? interrogea Floriano, dubitatif.

— Peut-être pas, admit Marabel. De toute façon, le pont semble une meilleure idée.

— Sans compter que moi, je ne monte pas sur un bateau. Je crois que j'en suis incapable. Nous les licornes, nous ne sommes pas faits pour ce genre de trucs.

Ils suivirent donc la flèche qui montrait le pont. Quelques instants plus tard, ils émergèrent de la forêt devant une haute colline. Tandis qu'ils avançaient, ils entendaient un bruit sourd, qui se transforma en un grondement continu. Ils ne s'étaient tout de même pas trompés en lisant la pancarte – ils n'allaient pas tomber sur un repaire de géants hurlants ?

Au détour d'un virage, ils débouchèrent sur une gorge étroite. Tout au fond du précipice, un torrent cascadait parmi les rochers pointus et les troncs d'arbres. Ça avait l'air dangereux, d'accord, mais au moins aucun géant n'était en vue.

Et, coup de chance, le pont était tout près. Il avait l'air solide, avec un parapet en planches épaisses sur un tablier en pierre. Marabel se réjouit. Ils étaient sortis du bois, il faisait beau, le pont était large et sûr. À ce train-là, ils seraient au château de Mab en un rien de temps !

Elle aperçut alors un autre panneau, pendu au-dessus du pont, si mal écrit qu'elle ne parvint pas à le déchiffrer. Elle faillit se cogner à Ellie, qui s'était arrêtée net.

— Qu'y a-t-il ? demanda Marabel.

Puis elle le vit à son tour, et il lui sembla qu'un immense nuage venait d'obscurcir le monde.

On aurait dit... Oui, c'était un troll.

7

Cette fois, Marabel parvint à lire le panneau qui pendait au-dessus du pont : ATTENTION, PÉAGE. Une flèche tordue sur la droite portait la mention MERCI DE FAIRE L'APPOINT. Une autre, vers la droite, indiquait CONTROLLEUR.

Le troll était assis sur une vieille souche, les pieds posés sur une pierre. Il était aussi laid que le prétendaient les descriptions de trolls – avec des touffes de poils verdâtres parsemant son crâne noueux, un nez criblé de verrues et des yeux minuscules. Il portait une tunique bleu sombre et un pantalon assorti qui semblaient vouloir constituer un uniforme. Le pantalon en question lui arrivait juste au-dessous des genoux, laissant voir ses chevilles noueuses et ses pieds difformes. Le troll tenait quelque chose dans sa main tordue.

— Il ne nous a pas vus, murmura Marabel à Ellie. Filons d'ici.

Avant que son amie ait eu le temps de répondre, le troll se leva et les fixa dans les yeux. Ellie poussa un petit cri et se dissimula dans le dos de Marabel. Celle-ci tenta de dire quelque chose, mais aucun son ne sortit de sa gorge. Floriano piaffait nerveusement.

— Oh, salut, dit le troll.

Ce n'était peut-être pas la dernière phrase à laquelle Marabel se serait attendue dans la bouche d'un controlleur, mais ça s'en rapprochait certainement. Pourquoi pas quelque chose d'un peu plus trollesque, comme : « Qui ose traverser mon pont ? » Alors, ravalant sa terreur, elle répondit simplement :

— Salut.

— Vous n'imaginez pas depuis combien de temps je suis là, à attendre que quelqu'un arrive, dit le troll en découvrant ses dents brunâtres dans un sourire qui n'arrangeait pas vraiment sa figure. Payez, maintenant.

Marabel secoua la tête.

— Nous n'avons pas d'or.

Une grimace de dépit vint tordre le visage du troll de façon abominable.

— Des pierres précieuses ?

La princesse secoua à nouveau la tête.

— De la soie ? Du velours ?

Elle dut le décevoir encore une fois.

— Alors, il ne reste qu'un moyen, déclara le troll en s'avançant.

Les filles se serrèrent l'une contre l'autre, avec Floriano qui tentait vainement de se dissimuler derrière elles. *Va-t-il nous manger tous les trois d'un coup, ou l'un après l'autre ?* songea Marabel avec effroi.

— Vous devez répondre à trois questions, dit le troll. Si vous y parvenez, je vous laisserai traverser.

Les trois amis se consultèrent du regard.

— Allons-y, dit Ellie. Qu'avons-nous à perdre ? Si nous n'y arrivons pas, nous trouverons certainement un autre pont un peu plus loin – et sans troll, avec un peu de chance.

— D'accord, dit Marabel en se tournant vers le controlleur. Nous acceptons.

— Et bien sûr, continua l'autre, si vous ne pouvez pas répondre, je devrais vous jeter du haut du pont.

Ils baissèrent les yeux vers les rochers pointus et le torrent furieux, avant de regarder à nouveau le troll. Celui-ci haussa les épaules d'un air piteux.

— Je suis désolé, mais ce sont les règles.

Il tapota la couverture de cuir du livre qu'il tenait, sur laquelle étaient inscrits en lettres d'or les mots *Lois et réglementations concernant la traversée de ponts, passerelles, gués et digues. Guide pratique du controlleur.*

— Prêts pour votre première question ? demanda-t-il d'un ton léger, comme si ce n'était qu'un jeu.

— Une minute, dit Marabel. Vous nous avez roulés. Vous ne nous avez pas annoncé à l'avance ce à quoi nous disions oui. Ça ne marche pas. Personne ne répond à aucune question et personne ne jette personne du haut du pont. Ellie, allons-nous-en.

Le troll poussa un cri furieux. L'instant d'après, trois autres trolls, tous plus laids et massifs les uns que les autres, vinrent leur bloquer le passage. Ils portaient le même uniforme bleu que le controlleur.

— Ça vous apprendra, dit le plus gros et le plus laid des trois, à ne pas accepter quelque chose avant d'avoir lu toutes les mentions, y compris celles en petits caractères. Le règlement, c'est le règlement. C'est une leçon à retenir.

— Même s'ils n'auront pas l'occasion de s'en resservir ! railla un deuxième troll, efflanqué et d'une couleur violette.

Les trois créatures éclatèrent d'un rire grinçant. Le controlleur du pont prit un air embarrassé.

— Ce sont mes superviseurs, expliqua-t-il.

L'air menaçant, ceux-ci se placèrent en ligne derrière la princesse et ses amis. En les regardant, Marabel comprit qu'elle n'avait pas le choix : il allait falloir répondre à leurs questions. Elle se redressa et inspira profondément – Lucius disait que c'était la meilleure méthode pour se calmer.

— Allez-y, posez-nous vos trois questions, lança-t-elle avec toute la bravoure dont elle était capable.

— Non ! répondit le troll. C'est trois questions chacun !

— Désolée, rétorqua Marabel en imitant sa voix rogue. Ça vous apprendra à ne pas dire oui à quelque chose avant d'être certain de tout savoir à son sujet. Vous nous regardiez tous les trois quand vous avez parlé de « répondre à trois questions ». Ça voulait dire trois questions *en tout*. Alors, quelle est la première ?

Le troll jeta un coup d'œil contrarié à ses superviseurs. Le troll violet lança :

— Elle a raison, je le crains. Le règlement, c'est le règlement. La prochaine fois, pense bien à dire que *chaque voyageur* doit répondre à trois questions. Mais rassure-toi, ils n'y arriveront pas. Personne n'y arrive jamais.

Cette phrase parut rasséréner le controlleur. Il devait se préparer depuis longtemps, car il lança sans hésiter :

— Combien de brindilles vont dans un nid d'oiseau ?

— Quel genre d'oiseau ? demanda Marabel.

— Ça n'a pas d'importance, répondit le troll.

Si ça n'a pas d'importance, réfléchit la princesse, *c'est qu'il n'y a pas de réponse exacte. C'est une question piège, une sorte de charade.* Elle ferma les yeux et réfléchit. Mais ce fut Ellie qui répondit :

— Aucune.

— Aucune ? répéta le troll.

— Aucune. Les brindilles n'ont pas de jambes. Elles ne vont nulle part. Aussi, aucune brindille ne *va* dans un nid d'oiseau – ni nulle part ailleurs, en fait. Voilà la réponse.

Les trois trolls dans leur dos émirent une série de grognements désapprobateurs, mais le controlleur se montra beau joueur.

— D'accord, concéda-t-il. Ce n'était pas la réponse que j'attendais, mais ça n'est pas bête, alors je l'accepte. Voyons... Et celle-ci : combien de queues de petit veau faut-il pour faire une corde assez longue pour attraper la lune ?

— C'est facile, répondit Floriano.

Les deux filles et le troll se tournèrent vers lui. Il fouetta l'air de sa queue élégante.

— Une seule, si elle est assez longue.

— Ça fait deux ! s'écria Marabel ravie en serrant Ellie contre elle. Plus qu'une !

Le controlleur fit la grimace, et les trois autres trolls grognèrent de plus belle.

— Tu ferais bien d'en poser une bonne, fit le plus gros et laid. Si tu laisses passer tes premiers voyageurs sans les faire payer, tu n'auras jamais ta promotion.

Les créatures s'approchèrent, et leur odeur faillit faire suffoquer Marabel. Le controlleur regarda ses pieds, puis le ciel, se tapotant les lèvres pour réfléchir.

— Nous n'avons pas toute la journée, lança la princesse.

Il lui fit signe de se taire. Puis son visage s'illumina.

— Je sais ! Celle-là, vous allez l'adorer, fit-il à l'adresse des autres trolls.

Ouille, songea Marabel. Le troll se tourna vers elle :

— Quel est mon nom ?

Elle recula, abasourdie. Son *nom* ? Comment aurait-elle pu le connaître ?

— Ce n'est pas juste ! s'écria Ellie.

Mais Marabel savait qu'il était inutile de protester. Rien dans les règles ne stipulait ce qu'il avait le droit de demander ou non.

Les règles. Ces cochonneries de règles. Toute sa vie, elle avait suivi les règles, celles du Livre, celles de Magikos. Et pour quel résultat, finalement ?

Les trois trolls s'avancèrent, menaçants. Le plus gros se léchait les babines.

Et soudain la réponse lui vint, évidente. *Comment n'y ai-je pas pensé plus tôt ?* Fixant sur le controlleur un air de triomphe, elle lança :

— Vous vous appelez Paul.

Les trois superviseurs éclatèrent de rire. Le controlleur devint tout vert – sans doute sa façon de rougir de colère – et rétorqua :

— Mais pas du tout ! Les trolls n'ont pas des noms comme Paul ou des trucs de ce genre ! Nous nous appelons Bruidentrailles ou Mangebouc !

— C'est bien dommage, répondit Marabel d'un ton hautain. Vous avez dit que nous devions répondre à trois questions. C'est fait, alors laissez-nous traverser à présent.

— M-m-mais... bégaya le controlleur.

— Vous n'avez pas précisé que nous devions y répondre *correctement.* Vous nous avez seulement demandé de vous donner une réponse. Les règles sont les règles, vous l'avez dit. Floriano, Ellie, allons-y.

Et ils s'engagèrent sur le pont. Ellie poussa un petit gémissement en passant au niveau du controlleur, mais Marabel garda la tête haute, sans même lui accorder un regard. La créature les regarda partir, estomaquée. Floriano se mit à trottiner en balançant la queue d'un air moqueur.

Ils se trouvaient au beau milieu du pont quand un hurlement les fit sursauter. Ellie regarda en arrière et saisit Marabel par le bras.

— Les superviseurs ! Ils nous poursuivent ! cria-t-elle.

Mais, avant que Marabel ait eu le temps de réagir, le controlleur s'interposa.

— Vous ne passerez pas avant d'avoir répondu à trois questions *chacun*, et d'y avoir répondu *correctement,* lança-t-il aux autres trolls.

La cavalcade de pieds noueux sur le parapet laissa place à une discussion fiévreuse et ponctuée de grognements. Bientôt, Marabel et ses compagnons se retrouvèrent en sécurité sur l'autre rive, et le bruit de la dispute fut étouffé par le fracas du torrent. À présent, ils étaient en route pour le château de Mab.

Et pour retrouver Marco.

8

Marabel, Ellie et Floriano marchèrent tout le jour, tellement ravis par leur victoire sur le controlleur qu'ils ressentirent à peine la fatigue et la faim, jusqu'au moment où le soleil tomba sur l'horizon et que les ombres s'allongèrent. Ils campèrent dans une clairière abritée près d'un petit ruisseau. Les filles se confectionnèrent des matelas de feuilles sèches et de brindilles. Floriano se coucha non loin d'elle, pelotonné comme un gros chien.

Depuis son lit en aiguilles de pin, Marabel regarda les étoiles se lever, repensant au banquet d'anniversaire au palais, trois jours plus tôt.

Où es-tu, Marco ? se demandait-elle. *Mab t'engraisse-t-elle dans une cage pour pouvoir te manger ?* L'idée des tourments que sa tante faisait sans doute subir à son adorable frère la rongeait. *J'arrive,* pensa-t-elle. *Quoi qu'il m'en coûte, je te trouverai et je te sauverai. Nous rentrerons tous les deux au palais.*

Elle se tournait et se retournait sur sa couche, incapable de trouver le sommeil. L'émissaire de son père avait-il déjà atteint le château de Mab ? Quelle réponse lui donnerait sa tante ? Les deux camps se préparaient-ils à la guerre ? Elle ne parvenait pas à l'imaginer. Cela faisait des siècles, depuis l'époque du roi Manfred et de son mage Callum, qu'aucun conflit n'avait éclaté à Magikos.

Elle entendit un éclat de rire, au loin.

Je dois rêver, se dit-elle. Qui donc rirait en plein cœur de la forêt, au milieu de la nuit ? Se retournant sur les aiguilles piquantes, elle ferma les yeux. Mais comment s'endormir quand on avait si faim ? Cela faisait des heures, voire des jours, qu'elle n'avait pas mangé.

Puis elle entendit le bruit à nouveau. Sauf que cette fois des notes de musique accompagnaient les rires. On aurait dit du violon.

Marabel se redressa sur les coudes. *Je vais juste jeter un coup d'œil,* se dit-elle en se levant. *Si c'est un danger, je reviendrai prévenir Floriano et Ellie pour que nous puissions fuir en douce. En attendant, pas la peine de les inquiéter pour rien.*

Aussi silencieusement que possible, elle s'avança en direction de la musique, se dissimulant dans les fourrés. Très vite, elle découvrit un spectacle merveilleux. Dans une clairière, des musiciens jouaient du tambourin, du violon et de la trompette. Le feu de camp jetait des reflets joyeux sur les instruments. Un groupe de personnes dansaient en cercle, riant et bavardant. Ils montraient à des enfants comment danser et, quand ils se trompaient, ils riaient encore plus fort.

Soudain, Marabel sentit une main sur son épaule. Surprise, elle ouvrit la bouche et se figea sur place, incapable de se retourner. La main pesait trop lourd pour être celle de son amie, mais elle tenta pourtant un timide :

— Ellie ?

Un petit rire lui répondit, bien trop grave pour provenir de sa suivante. La princesse baissa les yeux vers son épaule.

Ce n'était pas une main humaine. Elle était énorme, avec de longs doigts osseux, et des griffes jaunâtres à la place des ongles. Marabel hurla.

La musique s'arrêta net, et des exclamations jaillirent parmi les danseurs.

— Que diable se passe-t-il ?

— Quelqu'un sait d'où ça venait ?

— J'espère que ce n'est pas encore une de ces banshees qui s'amuse à jouer des tours...

Marabel s'arracha à la main osseuse et voulut s'enfuir, mais ses jambes refusaient de bouger. Incapable de parler, elle regarda la créature. Dans l'obscurité, elle la distinguait à peine, mais on aurait dit une personne qui avait grandi bien plus que n'importe quel humain, avec une peau orange pâle qui se reflétait sous la lune. Et son visage grimaçait – non, il souriait. Ses bras et ses jambes étaient longs et noueux, et sa grosse tête était coiffée d'une touffe de cheveux de la couleur des blés.

Marabel s'en voulut de ne pas avoir mieux écouté les cours d'histoire naturelle où on lui présentait les différentes espèces de Monstres qui hantaient les Landes. Qu'est-ce que c'était ? Un gobelin ? Un ogre ? Une créature dont elle n'avait jamais entendu parler ?

— Point ne vous épouvantez, gente damoiselle, fit l'étrange créature. C'était une facétie ! Je fais amende honorable de vous avoir ainsi alarmée.

Elle ponctua ses paroles d'une révérence surprenante. Marabel ne sut que répondre :

— Euh...

Un bruit de galop accompagné d'un hennissement furieux s'éleva, tout proche. Floriano fit irruption dans la clairière, lançant :

— Dis donc, toi ! Laisse Marabel tranquille !

La créature leva les mains.

— Point n'ai de malice, sire Licorne, dit-elle. La damoiselle s'est méprise sur mes intentions.

Les fourrés s'écartèrent, révélant un petit groupe de gens qui les observaient de près. Sur les visages, la curiosité laissa vite place à des sourires. Une petite dame rondelette s'avança.

— Cornélius ! gronda-t-elle. Tu t'amuses encore à faire peur aux gens ?

*

Peu après, Marabel se retrouva attablée devant un souper tardif, pendant que Floriano et Cornélius allaient chercher Ellie.

— Pardonnez à mon Cornélius, dit la petite dame tandis qu'on posait devant la princesse un bol fumant et une cuillère en bois. Il voulait vous jouer un tour, pas vous faire peur. Il ignorait que vous veniez de l'autre bord.

— De l'autre bord de quoi ? demanda Marabel.

— Vous venez de Magikos, n'est-ce pas ? Le royaume de l'autre côté de la Muraille, sur lequel règne le vil roi Matthew.

Marabel allait défendre son père, mais elle s'avisa qu'elle risquait ainsi de révéler son identité et de compromettre sa quête. Soufflant sur sa cuillère de ragoût, qui sentait délicieusement bon, elle changea de sujet :

— Vous ne devez pas souvent croiser de Magikiens par ici, n'est-ce pas ?

— De toute ma vie, je n'en ai vu que trois, répondit la femme. Le premier, c'était un marchand ambulant qui passait tous les ans, quand j'étais jeune. Et dire qu'il m'aura fallu des années avant d'en voir deux autres – et seulement à un jour d'intervalle !

Elle rit.

— Vous voulez dire que je suis la troisième ? s'enquit Marabel.

— Exactement.

— Et le deuxième était... ?

— Quelqu'un qui venait de l'autre bord, et qui est passé par notre village hier.

— Un humain ? demanda Marabel, le cœur battant.

— Absolument. Un homme. Vêtu de bleu et d'or.

Marabel reposa sa cuillère. La nouvelle lui coupait l'appétit. Bleu et or. Les couleurs royales de Magikos. Il ne pouvait s'agir que de l'émissaire de son père. Bien sûr, elle se doutait que celui-ci était en route, mais apparemment il avait réussi à les devancer. Ils allaient devoir faire vite.

— Que voulait-il ? reprit-elle.

— Il a simplement demandé le chemin du château. Nous espérions qu'il pourrait nous aider à résoudre notre problème, mais hélas, non.

— Quel problème ? interrogea Marabel en essayant de ne pas se montrer trop curieuse.

Par chance, la femme semblait d'humeur bavarde. Avec un soupir, elle s'assit à côté d'elle.

— Voilà plusieurs années que nous le remarquons : les créatures magiques ne se comportent plus comme avant. Quand j'étais enfant, n'importe qui pouvait traverser les bois sans craindre de se faire attraper par une sorcière ou dévorer par un dragon. Tout le monde s'entendait bien, magie ou pas. Mais c'était il y a longtemps. Désormais, les bêtes magiques agissent de façon étrange, et nous ignorons pourquoi. Nous espérions que l'homme aurait quelque chose à nous dire à ce sujet, mais apparemment il ne faisait que passer.

Marabel reprit sa cuillère.

— Était-il à cheval ?

— Non, à pied, et Cornélius – mon fils, celui que vous avez rencontré dans la forêt – a dit qu'il se plaignait de ses belles chaussures qui lui donnaient des ampoules.

— Cornélius, c'est votre fils ? s'étonna Marabel. Êtes-vous... Je veux dire, vous n'avez pas l'air...

Elle s'arrêta.

— Oh, nous l'avons adopté ! répondit la femme. Mon mari et moi, nous sommes des humains, comme vous. Mais Cornélius était orphelin et nous l'avons recueilli.

— Mais, c'est... un ogre, non ?

— Bien sûr ! Mais pour nous ça ne fait pas de différence. Nous l'aimons.

Resservant une généreuse portion de ragoût à Marabel, la dame continua :

— Un enfant, c'est un enfant. Et c'est un gentil petit gars.

— Vous voulez dire qu'il est encore jeune ?

La femme étouffa un petit rire.

— Il n'aimerait pas me l'entendre dire, mais oui, c'est encore un gamin. Je pense qu'il est à peine plus âgé que vous. Vous avez quoi, douze ans ?

— Treize, répondit Marabel.

C'était la première fois qu'elle le disait à voix haute, et cela lui rappela le jour de leur anniversaire. Une vague de tristesse l'envahit à la pensée de Marco. Pourtant, tout espoir n'était pas perdu. Si l'émissaire était à pied et qu'il souffre d'ampoules, ils pouvaient encore, à condition de se hâter, le battre de vitesse et arriver avant lui au château... En espérant que sa tante n'aurait pas perdu patience et demandé à Vénéficus de changer Marco en crapaud avant la fin de la treizaine.

Peu à peu, néanmoins, l'appétit de Marabel revint – le ragoût était tout bonnement savoureux. Elle prit un morceau de pain noir en observant la danse qui reprenait. Une licorne dorée rejoignit le cercle. Marabel s'extasia devant l'harmonie de leurs mouvements, humains et créatures unis. Une jeune femme saisit la licorne par sa crinière tandis que, de l'autre côté, un homme s'accrochait au brocart attaché à sa corne. Personne ne semblait surpris ou gêné de la présence de la bête fantastique. En regardant mieux, Marabel s'aperçut que le cercle incluait aussi au moins un gnome et quelques autres non-humains.

Cornélius et Floriano revinrent, accompagnés par une Ellie peu rassurée. Mais elle se détendit en voyant Marabel confortablement attablée. Elle la rejoignit avec Cornélius, qui engloutit un poulet rôti, carcasse comprise, en deux bouchées. Floriano eut droit à un gâteau d'avoine.

— Maintenant que vous avez mangé, dit la mère de Cornélius, voulez-vous me dire ce que vous faites ici ?

Marabel allait tout lui avouer, mais un toussotement d'Ellie la mit en garde. Elle hésita. Au fond, pouvait-elle faire confiance aux villageois ? La dame avait l'air charmante, mais elle était peut-être de mèche avec Mab. Et, même si ce n'était pas le cas, l'attrait d'une récompense pourrait la pousser à les dénoncer. La princesse se contenta donc d'expliquer :

— Nous menons une quête, nous avons trouvé une porte dans les bois, et Floriano l'a ouverte. Nous avons voulu voir ce qu'il y avait de l'autre côté.

Ce n'était pas l'entière vérité, mais au moins ce n'était pas un mensonge.

— Floriano, c'est vous ? demanda la mère de l'ogre au licorne.

Il acquiesça fièrement, la bouche pleine d'avoine, des miettes sur les naseaux.

— La corne d'une licorne est très puissante, dit la femme. Si seulement il était aussi aisé d'ouvrir le portail depuis notre bord !

— Je brûle de voir un jour la contrée de Magikos, fit Cornélius d'un ton rêveur. On en dit mille merveilles.

— La magie de licorne n'est pas assez forte pour vous permettre d'entrer dans Magikos depuis ce côté ? s'enquit Floriano, apparemment vexé qu'on puisse mettre en doute la puissance de sa corne.

— Pas pour se rendre dans la partie occidentale, je le crains, lui répondit la gentille dame. Le fourbe Callum, qui a bâti la Muraille, l'a enchantée de telle sorte que les voyageurs venus de l'ouest puissent passer sans grands encombres, pourvu qu'ils aient avec eux un des vôtres ou un bon sort d'ouverture. D'ailleurs, des Magikiens en profitent parfois pour se glisser ici en cachette et enlever des gens de chez nous, qu'ils exposent dans des cages.

Marabel baissa les yeux en se souvenant du plaisir qu'elle et Marco avaient pris à chacune de leurs visites à la réserve naturelle. Les créatures qu'ils y observaient n'auraient-elles pas dû se trouver ici, en liberté ?

Il était aussi étrange d'entendre la mère de Cornélius traiter Callum de « fourbe », tout comme elle avait qualifié le roi Matthew de « vil ». Peut-être que, du point de vue des gens des Landes, Callum et le roi étaient mauvais. Jamais Marabel n'avait pensé qu'il puisse exister une autre façon que la sienne de voir le monde.

— Mais pour aller de votre côté, conclut la femme, il faut une magie très puissante.

— Vénéficus ! souffla Marabel.

La dame lui jeta un regard suspicieux.

— Pourquoi parlez-vous du magicien de la reine ?

Zut, songea Marabel. *Comment lui répondre sans révéler qui je suis ?* Ce fut Ellie qui la tira de ce mauvais pas.

— Si quelqu'un possède une telle puissance, c'est certainement un mage comme Vénéficus, n'est-ce pas ? Voilà ce que voulait dire mon amie.

Marabel reposa sa cuillère, soudain inquiète. Si une corne de licorne ne suffisait pas à ouvrir la porte au retour, comment pourraient-ils regagner le palais pour mettre Marco à l'abri ? Seraient-ils contraints de rester ici pour toujours ? *J'aurais dû écouter mon père, rester à la maison et laisser l'armée régler le problème.* Sa quête était-elle sans espoir ?

— Il suffit, beaux compagnons ! intervint Cornélius en se levant. Joignons-nous aux festivités et à la farandole !

Il les prit par la main pour rejoindre le cercle des danseurs.

— Il parle tout le temps comme ça, souffla Floriano à l'oreille de Marabel. *Tout le temps*. J'ai cru devenir fou quand on est allés chercher Ellie.

Même si elle n'avait pas très envie de danser, Marabel se laissa entraîner. Un nouveau cercle se formait. Un sympathique nain la prit par la main gauche tandis que Cornélius la tenait par l'autre main. Très vite, elle apprit les pas et se mit à danser et sauter avec les autres. En face d'elle, Ellie gambadait joyeusement, faisant valser ses longs cheveux dorés, son visage baigné de transpiration brillant à la lueur du feu.

Ils dansèrent ainsi pendant des heures. Personne ne vint dire à Marabel que c'était une honte de se conduire de la sorte pour un membre de la famille royale, personne ne lui demanda de donner l'exemple au jeune prince et aux princesses, et personne ne lui récita le *Livre du Destin* pour lui interdire de s'amuser.

La musique, la danse, la gentillesse des villageois et des créatures faisaient chaud au cœur. *Si seulement Marco n'avait pas été enlevé,* songea-t-elle en s'écroulant, haletante et ravie, sur l'herbe fraîche, *ce serait la meilleure nuit de ma vie.*

Quelques minutes plus tard, Cornélius la rejoignit et s'assit près d'elle, ses genoux serrés entre ses bras osseux.

— Par ma foi, me voilà recru de toutes ces danses, dit-il, et il me plairait fort de vous entendre narrer les merveilles de votre contrée. Si peu des nôtres s'y sont aventurés que je brûle de savoir si leurs récits sont véridiques.

— Qu'as-tu entendu ? demanda Marabel, en priant pour qu'il ne pose pas trop de questions sur la géographie du royaume, ni sur l'ensemble des sujets auxquels elle n'avait jamais vraiment prêté attention pendant ses cours particuliers.

— Est-il vrai que vous possédiez un livre qui commande vos actions ? demanda l'ogre. Merveille des merveilles ! Je désirerais ardemment le voir.

— Il ne nous commande pas réellement, dit Marabel. Il nous annonce juste ce qui va arriver.

Cornélius resta songeur un instant, avant de répondre :

— En vérité, je ne suis pas sûr de saisir la différence.

À la réflexion, il n'avait pas entièrement tort. *Il faudra que j'en parle à Symposia, un jour,* se dit la princesse.

— D'aucuns ont rapporté que la magie est interdite à Magikos, poursuivit Cornélius, et que des créatures comme moi seraient jetées au cachot si on les y trouvait. Sont-ce là des menteries ?

Marabel hésita, puis décida de se montrer honnête.

— Je l'ignore. Je n'ai jamais vu de... gens comme toi à Magikos, et je ne sais pas ce qui pourrait t'arriver. Et la magie n'est pas exactement interdite. Il y a seulement des règles pour son utilisation – qui peut s'en servir, où et comment.

— Par ma foi, de telles règles existent céans aussi. Peut-être ne sont-elles pas aussi strictes que les vôtres, car parfois nous les changeons, si d'aventure un nouveau sort est inventé, ou si l'on redécouvre une magie ancienne dont on ignore l'usage.

— Vous changez les règles ? répéta Marabel, étonnée. Comment ça ? Les règles sont éternelles, non ?

Ce fut au tour de Cornélius de paraître surpris.

— Que nenni, damoiselle ! Les gens ont le droit et le loisir de les modifier si nécessaire. N'en va-t-il pas de même parmi les Magikiens ?

Marabel ne sut que lui répondre. Le *Livre* et ses enseignements faisaient à ce point partie de sa vie qu'elle n'y avait jamais réfléchi.

— Le *Livre du Destin*... commença-t-elle. Eh bien, c'est un livre, donc, et il nous indique tous les événements importants qui vont se produire. Il... il sait tout.

— Un livre qui sait absolument tout ? s'écria Cornélius. Par ma foi, c'est assurément un ouvrage magique !

— Oh non, répondit Marabel. Il n'est pas magique, mais il est très sage. Il est écrit dans une langue ancienne, difficile à comprendre. Parfois même, je me dis qu'il est possible que les prêtres se trompent en l'interprétant.

En tout cas, elle l'espérait. Si les prêtres avaient raison sur le fait que Marco allait se sauver lui-même, sa quête n'était qu'une dangereuse perte de temps.

— Point n'oserais-je manquer de respect à un volume si ancien et si noble, fit observer Cornélius, mais se pourrait-il que les prêtres n'y lisent que ce qu'ils souhaitent y trouver ?

Jamais il n'était venu à l'esprit de Marabel que les prêtres puissent se servir des mots du *Livre* à leurs propres fins. Cette pensée était si nouvelle et si étrange qu'elle ne trouva rien à répondre.

Quand la musique et les danses s'éteignirent enfin, Cornélius montra à Marabel une cabane munie de plusieurs couchettes, avec de l'eau et de la nourriture à disposition. Il expliqua qu'il était de coutume, dans cette région, d'accueillir les visiteurs en leur offrant un endroit où s'installer. Elle découvrit Ellie pelotonnée sur un des lits.

— La gente damoiselle qui vous escorte sommeille déjà profondément, vous le voyez. Et votre compagnon licorne est par-deçà, en une pâture avec ses congénères.

Il désigna un pré où Marabel distingua plusieurs silhouettes à corne unique dans l'obscurité.

— Si plus de rien n'avez besoin, damoiselle, permettez que je me retire.

Cachant son épée de bois sous son matelas par sécurité, Marabel s'allongea sur la couchette voisine de celle d'Ellie. Le lit était si chaud et confortable qu'elle n'eut même pas le temps de songer à l'émissaire du roi avant de sombrer à son tour dans un sommeil profond.

9

Le matin suivant, la mère de Cornélius tenta de les convaincre de rester quelques jours de plus pour se reposer, mais Marabel refusa poliment. L'idée que l'émissaire avait déjà une journée d'avance sur eux l'inquiétait, et elle n'attendit même pas que le soleil soit levé pour remercier leur hôtesse et repartir en forêt.

Quatre longues et épuisantes journées de marche suivirent, et à nouveau les filles connurent la faim. La mère de Cornélius leur avait donné des provisions suffisantes quand elles avaient quitté le village, mais les difficultés de la progression sous les bois leur donnaient un appétit féroce, et elles eurent presque tout avalé en quarante-huit heures.

Au début, ça ne les inquiéta pas. Elles commencèrent par se rationner à chaque repas, en se disant qu'elles trouveraient vite de quoi subsister. Mais apparemment cette partie des Landes Désolées était réellement désolée : elles ne croisèrent pratiquement personne, ni hommes ni créatures, et aucun champ cultivé. Bientôt, il ne leur resta que quelques petites pommes trouvées sur un pommier sauvage. Floriano, lui, avait de quoi brouter à l'envi, et les ruisseaux et autres mares leur fournissaient au moins de quoi ne pas souffrir de la soif, mais Marabel s'inquiétait de plus en plus. Sans compter qu'elle avait faim.

— Qu'est-ce qu'il nous reste ? demanda-t-elle au huitième matin après leur départ du palais, à la suite d'un petit déjeuner composé seulement d'une pomme et d'un petit morceau de pain et de fromage pour chacune.

— Une seule pomme, à nous partager. Ça nous fera quelques bouchées pour le repas de midi.

Ellie enveloppa précautionneusement le fruit dans une feuille, qu'elle glissa dans le capuchon de sa tunique, dans son dos. Puis elle se leva. Elle poussa son amie du bout du pied.

— Allez, debout !

— Encore une minute, geignit Marabel, le dos et les jambes douloureux.

— « Chat qui dort n'attrape pas de souris », lança Ellie – une citation du *Livre du Destin*.

À son tour, Marabel se mit debout.

— Je crois que le Livre ne sait pas ce que c'est de marcher toute la journée avec un juste une demi-pomme à manger, maugréa-t-elle. Et je n'ai aucune envie d'attraper des souris.

Ils reprirent leur route à travers la forêt jusqu'à ce que le soleil se trouve à la verticale. Marabel n'en pouvait plus.

— Ça suffit, dit-elle. On se repose un peu.

Elle ne pensait qu'à une seule chose – la demi-pomme qui l'attendait. Floriano se mit à brouter, et la princesse se tourna vers Ellie, l'eau à la bouche. Mais, lorsque celle-ci porta la main à son capuchon, elle ne trouva rien.

— Où est-elle passée ? s'écria-t-elle en fouillant de plus belle.

Marabel lui prêta main-forte, mais sans plus de résultat. Elle faillit en pleurer de rage et de frustration.

— Ellie ! Qu'est-ce que tu as fait ? Comment as-tu pu perdre notre...

Elle se mordit les lèvres. Crier sur son amie ne leur ramènerait pas le précieux fruit.

— Retournons sur nos pas, proposa Ellie. La pomme a pu tomber quand nous avons gravi ce dernier petit raidillon.

Elles eurent beau regarder partout et fureter sous les feuilles, elles ne la retrouvèrent pas, et finirent par abandonner leurs recherches.

— Je suis désolée, s'excusa Ellie. J'ignore ce qui s'est passé. Peut-être qu'elle est tombée pendant que nous escaladions le rocher, ou quand j'ai glissé dans la boue près du ruisseau...

Ces deux endroits étaient trop éloignés pour qu'elles y retournent, surtout le ventre vide.

— Peu importe, fit Marabel en feignant l'indifférence.

Mais un long gémissement venu de son estomac vint la contredire. Elle eut beau penser à Marco, qui n'avait sans doute que du pain moisi et de l'eau claire au fond d'un cachot, l'idée de continuer à marcher Dieu sait combien de temps le ventre vide la désespérait.

L'air toujours aussi coupable, Ellie proposa :

— Continuons. Avec un peu de chance, nous trouverons des noix ou des noisettes...

Ils reprirent donc leur chemin dans les fourrés jusqu'à ce que, coup de chance, ils tombent sur un vrai sentier, beaucoup plus facile à suivre. Cela leur mit un peu de baume au cœur, d'autant plus que la présence de cette voie signifiait sans doute la proximité d'une ville. Ils hâtèrent donc le pas... mais, au lieu d'un bourg, ils découvrirent à l'orée du bois un gigantesque précipice au-dessus duquel était tendu un pont de lianes. La gorge semblait continuer à l'infini, longeant une montagne qu'on ne parvenait pas à distinguer complètement dans la brume.

— Qu'est-ce qu'on fait ? demanda Floriano.

— Je propose qu'on revienne sur nos pas pour chercher un embranchement du sentier, dit Ellie. Cette passerelle n'a pas l'air assez solide pour nous trois. Il doit y avoir un autre chemin.

Marabel hésita. Elle n'avait pas particulièrement le vertige, mais le gouffre était terriblement profond et le pont semblait bien fragile. Seul point positif : aucun troll en vue.

— Nous devons continuer tout droit pour pouvoir espérer atteindre le château avant l'émissaire, déclara-t-elle après réflexion.

Floriano protesta, mais il emboîta tout de même le pas à Marabel et Ellie lorsqu'elles s'avancèrent sur le pont. Après un coup d'œil vers le bas qui lui donna le vertige, la princesse décida de regarder droit devant elle. De gros oiseaux tournoyaient au-dessus de leurs têtes. Ils s'approchèrent, émettant un bourdonnement bizarre, un peu comme des oiseaux-mouches, avant de s'éloigner à nouveau. Un roulement de tonnerre retentit au loin. C'était étrange, car le ciel était d'un bleu parfait, et il n'y avait eu aucun éclair. Le petit groupe se hâta. En s'approchant de la montagne, ils découvrirent que le précipice l'entourait entièrement. Quand ils posèrent le pied sur la terre ferme, leurs jambes tremblaient.

Mais, de l'autre côté, le sentier se perdait très vite. Même la forêt avait l'air différente. Les troncs d'arbres étaient verts et souples, et de minces plantes se balançaient au-dessus de leur tête. Ellie leva les yeux.

— Comment se peut-il que...

Marabel suivit son regard. L'arbre le plus proche était surmonté par d'immenses pétales, semblables à ceux d'une pâquerette – mais chacun d'eux était grand comme un lit.

Floriano avait lui aussi levé la tête, humant l'air nerveusement. Marabel l'interrogea du regard.

— Je crois que je sens de la nourriture, dit-il, faisant bouger ses oreilles d'avant en arrière. Mais je n'entends rien. J'ai l'impression qu'il n'y a personne ici.

De la nourriture ? Marabel cessa sur-le-champ de s'intéresser à l'étrange arbre-fleur.

— Je vais aller voir, annonça-t-elle. Vous deux, restez ici.

— Pas question ! s'écria Ellie en la retenant par la manche. De la nourriture au beau milieu d'une forêt, ce n'est pas normal, surtout avec personne à la ronde.

Tu oublies où nous sommes ? Les Landes Désolées ! Les Monstres rôdent. C'est sans doute un piège. Une créature attend peut-être qu'on lui vole sa soupe pour...

— Ne sois pas bête, la rassura Marabel. Je vais juste regarder. Restez à l'abri si vous ne voulez pas me suivre.

— Ça me va, fit Floriano. Va voir, reviens nous dire. Si tu rencontres des gens sympathiques, demande-leur s'ils ont de l'avoine. À force de manger de l'herbe, je vais avoir une indigestion.

— Pas question, répéta Ellie. Je refuse qu'on se sépare. On y va tous ensemble ou on n'y va pas.

— Je vote pour qu'on reste ici, dit Floriano.

— Parfait, lança Marabel. Faites comme vous voulez. Moi, j'y vais.

Et elle partit sans un regard en arrière. Au bout de quelques instants, elle entendit des pas précipités derrière elle, et Ellie glissa sa main dans la sienne.

— Ma mère m'a dit...

— De toujours rester avec moi, compléta Marabel. Mais si tu as trop peur, Ellie, tu n'es pas obligée.

— Je n'ai pas plus peur que toi, rétorqua bravement son amie.

Avec elle à ses côtés, Marabel se sentit davantage en confiance. Ensemble, elles se glissèrent jusqu'à l'endroit d'où s'élevait la délicieuse odeur. Elles découvrirent une clairière, et ce qu'elles y virent les laissa pantoises.

Une immense nappe à carreaux rouges et blancs était étalée sur le sol, recouverte d'assiettes et de saladiers remplis de nourriture. Des tranches de pain doré étaient empilées plus haut que leur tête. Dans un plat, elles aperçurent ce qui ressemblait à un gratin de légumes. Plusieurs bouteilles étaient remplies d'un liquide rose. Il y avait encore d'autres mets, qu'elles ne parvinrent pas à identifier.

— Tu entends ? murmura Ellie.

Marabel s'immobilisa. Elle perçut en effet un bourdonnement grave. C'est alors qu'elle comprit ce qu'elle avait sous les yeux. Son cœur se mit à battre la chamade. Ce qu'elle avait d'abord pris pour une petite colline n'était autre qu'un gros homme barbu allongé sur le dos. Sa poitrine se souleva et laissa échapper un nouveau grondement sonore.

C'était un géant, et il ronflait.

Ellie saisit Marabel par la manche de sa tunique.

— Allons-nous-en ! chuchota-t-elle. Et s'il se réveillait ? Le Livre dit : « Ne réveillez jamais un géant qui dort. »

Mais Marabel ne pouvait détacher le regard de l'amoncellement de nourriture.

— Reste ici, ordonna-t-elle à son amie. Je vais nous chercher quelque chose à manger.

Elle se libéra avec un sourire pour la rassurer, avant de s'avancer dans la clairière sur la pointe des pieds. À chaque pas, elle pensait aux contes où les géants dévorent les humains. Et s'ils étaient vrais ? Ce plat, là, était-il plein de... gens rôtis ? Elle faillit faire demi-tour. Mais au même moment elle entendit Ellie pousser un cri. Faisant volte-face, elle découvrit son amie aux prises avec un tronc d'arbre... un arbre qui portait une salopette. Ce n'était pas un arbre, non, mais un enfant – un enfant gigantesque – qui serrait Ellie dans son poing.

— Papa ! s'écria la jeune géante d'une voix tonitruante. Regarde ce que j'ai trouvé !

Son pas fit trembler la terre tandis qu'elle se dirigeait vers son père, frôlant Marabel sans la voir.

— Oh-oh-oh ! fit le géant en s'étirant.

Quand il se redressa avec un bâillement, son énorme tête cacha le soleil. Marabel resta estomaquée par la taille de ses bras.

— Alors, qu'as-tu trouvé, ma chérie ?

La fille du géant tendit Ellie vers lui et la laissa tomber dans ses mains. En voyant cela, Marabel ne put réprimer un cri d'horreur. Au même moment, quelque chose la saisit par la taille. Une autre géante ! Marabel se débattit, tentant d'écarter les doigts qui la serraient si fort qu'elle parvenait à peine à respirer. Sa ravisseuse se précipita avec un rire joyeux vers le reste de sa famille, secouant la princesse comme un prunier.

— Papa, j'en ai une aussi !

— Oh, mais ç'est vrai ! clama-t-il d'une voix de stentor. Une chacune ! C'est merveilleux. Vite, rangeons-les ici.

Il ouvrit le gigantesque panier posé par terre et y laissa tomber Ellie et Marabel, avant de se pencher sur elle pour les examiner un instant – les empestant au passage de son haleine épouvantable. Puis il referma le couvercle. Les deux jeunes filles se retrouvèrent collées l'une à l'autre dans une soudaine obscurité.

— Nous sommes tombées dans un pays de géants, dit Ellie d'une voix tremblotante. Tu sais, ces grands arbres qu'on a vus depuis le pont ? C'étaient des fleurs gigantesques.

— Et les troncs verts, c'était sans doute des brins d'herbe, renchérit Marabel. Quant aux oiseaux qui se sont approchés quand nous étions sur la passerelle... Des abeilles. Des abeilles énormes !

Elle frissonna en pensant à ce qui se serait produit si l'un d'eux s'était fait piquer.

— Ma douce ! s'écria le géant. Venez voir ce que nos filles ont trouvé, ces petits cœurs !

Sa voix était si tonitruante que, même depuis leur panier, les filles durent se boucher les oreilles. Au même moment retentit une série de chocs sourds. *Boum-boum-boum.* Marabel comprit que le grondement entendu plus tôt n'était pas le tonnerre, mais le pas des géants. Le couvercle du panier se rouvrit, et quatre têtes gigantesques apparurent, les fixant d'un regard curieux.

— Comme c'est mignoooon ! gloussa la maman géante.

Tendant son énorme main, elle caressa la tête de Marabel, puis celle d'Ellie, d'un doigt pesant. La princesse rassembla tout son courage pour demander :

— Allez... allez-vous nous manger ?

Une des filles poussa un cri de dégoût, et l'autre fit semblant de vomir. La maman géante se redressa avec une expression horrifiée.

— Vous *manger* ? Quelle idée ! Jamais de la vie ! Nous sommes tous végans ! Nous ne laissons pas le moindre morceau de viande franchir nos lèvres.

Les trois autres acquiescèrent vigoureusement.

— Voulez-vous partager notre repas ? poursuivit la géante. Nous avons si peu de visites, à cause de ce ravin qui entoure notre montagne, que nous ne rencontrons que très rarement de nouvelles têtes ! Je vous en prie, joignez-vous à nous.

— Partager votre repas ? répéta Marabel, hésitante.

Si les géants ne mangeaient pas de chair, que mangeaient-ils ?

— Nous avons une délicieuse salade de quinoa et de chou kale, proposa le père. Ainsi que du pain maison, de la limonade...

— Du houmous ! ajouta une des filles.

— Du gratin de légumes ! s'écria l'autre.

Marabel et Ellie échangèrent un regard. Après deux jours quasi sans manger, la perspective leur semblait délicieuse.

— Merci, accepta timidement la princesse.

Le papa géant les retira du panier pour les déposer sur la nappe à carreaux. Ses deux filles se penchèrent, un peu trop près. Ellie tressaillit lorsqu'un énorme pied faillit la renverser parce qu'une des deux filles venait de croiser les jambes.

— Abigail et Sophia, dit leur mère, faites attention. Ne les blessez pas, et essayez de ne pas les effrayer.

— Où est... commença Marabel en se tournant pour chercher le licorne du regard.

Ellie la retint d'un coup de coude dans les côtes.

— Où est quoi ? fit une des deux petites géantes – Abigail ou Sophia.

— Où est, euh, le sel ? pépia Marabel.

— Le sel est un poison, répondit la maman géante en prenant dans une cuillère ce qui, pour elle, n'était sans doute qu'une petite portion de salade. Nous ne salons jamais.

Elle fouilla dans le panier, cherchant visiblement quelque chose d'assez petit pour servir d'assiette à Marabel et Ellie, mais finit par renoncer et déposer la cuillère directement sur la nappe.

La salade quinoa-kale était en effet délicieuse, même si c'était un petit peu compliqué de la manger avec les doigts à cause de la vinaigrette. Apparemment, les géants n'aimaient pas plus le sucre que le sel, car, malgré sa couleur rose ravissante, la limonade aux fruits était si aigre que Marabel et Ellie ne purent en avaler plus d'une goutte. Mais le pain était succulent, tendre et croustillant à la fois. La géante déposa dans un bol assez de houmous pour en remplir une baignoire.

Quand elles furent rassasiées, Marabel et Ellie se levèrent pour accomplir leur plus belle révérence. Abigail et Sophia s'extasièrent.

— Elles sont si mignooonnes !

— Merci pour ce délicieux repas, dit Marabel. À présent, nous devons partir.

Quatre regards stupéfaits se posèrent sur elle.

— Partir ? dit le papa géant.

— Partir ? dirent les filles géantes.

— Partir ? dit la maman géante. Vous n'irez nulle part !

10

— Que voulez-vous dire par « vous n'irez nulle part » ? répéta Marabel, incrédule. Nous devons nous en aller.

Ampoules ou pas, l'émissaire de son père était certainement déjà proche du château de Mab. Mais le papa géant secoua la tête.

— Le vaste monde est bien trop dangereux pour de minuscules créatures comme vous. De toute façon, vous avez vu comme nos filles vous adorent ?

Les deux jeunes géantes affichaient un sourire ravi.

— Nous apprécions beaucoup vos enfants, nous aussi, répondit Marabel d'une voix mal assurée. Merci pour ce délicieux repas et pour nous avoir mises en garde contre le sel. Mais nous devons vous laisser, maintenant.

Peine perdue – le géant fit mine de ne pas l'entendre. Il se contenta de rire comme on rit quand on voit un petit chien ou un singe faire quelque chose qui paraît humain. La maman géante saisit Marabel et Ellie par la taille, leur faisant malencontreusement se heurter la tête l'une contre l'autre, avant de les enfermer dans sa besace, qu'elle jeta par-dessus son épaule. Elles se retrouvèrent secouées en tous sens.

— Allons-y, les petites ! lança joyeusement la géante avant de se mettre en marche.

— Et maintenant, qu'est-ce qu'on fait ? gémit Ellie en se frottant le crâne.

Son genou écrasait le nez de Marabel. Celle-ci repoussa son amie pour tenter de se frayer un chemin entre un paquet de mouchoirs, un tube de rouge à lèvres monstrueux, un miroir qui lui renvoya une image difforme et cauchemardesque d'elle-même, ainsi que d'énormes pièces de monnaie qui, en s'entrechoquant, menaçaient de les blesser. La sacoche tressautait et se balançait à chaque pas de la géante, mais Marabel eut à peine le temps de passer la tête par l'ouverture que la formidable femme, l'apercevant du coin de l'œil, referma la fermeture éclair.

— Petite canaille ! lança-t-elle d'une voix aussi enjouée que tonitruante.

Chaque pas de leur ravisseuse secouait Marabel et Ellie, et l'espace fermé devint rapidement moite et irrespirable, sans compter l'odeur du similicuir.

— Laissez-moi sortir ! cria Ellie d'une voix paniquée. Je crois que je vais être malade.

Elle poussa un gémissement pitoyable.

— Oh, non ! fit Marabel, partagée entre son inquiétude pour Marco, la crainte qu'Ellie vomisse et le souci qu'elle se faisait pour Floriano.

Par chance, juste au moment où Ellie portait les deux mains à sa bouche, la géante posa négligemment son sac par terre, ouvrit la fermeture éclair et en tira les jeunes filles, les cognant à nouveau l'une contre l'autre. Elle les laissa tomber sur un immense morceau de bois qui, comprit Marabel, était une table. Sautant sur ses pieds, la princesse observa la gigantesque pièce où elles se trouvaient. À ses côtés, Ellie restait immobile, mais son visage reprenait peu à peu des couleurs.

Le panier de pique-nique était rangé dans un coin, et le reste de la pièce était jonché de grands jouets, de livres et de feuilles. Ça ressemblait beaucoup à l'ancienne salle de jeux de Marabel et Marco.

L'air à peu près frais et l'immobilité semblèrent revigorer Ellie, qui parvint à s'asseoir et à repousser en arrière ses cheveux trempés de sueur.

— Maintenant, on va leur trouver une jolie boîte pour les installer, fit la maman géante. Il faudra prendre soin d'elles, les filles, et attention de ne pas les casser comme vos derniers animaux de compagnie.

Les *casser* ? Des *animaux de compagnie* ? Marabel et Ellie échangèrent un regard terrifié.

— Je veux celle aux cheveux jaunes ! s'écria la plus grande des deux filles.

— Mamaaan ! pleurnicha l'autre, Sophia veut me prendre la mienne ! C'est moi qui ai trouvé la jaune ! Elle, elle a trouvé l'autre !

— Chut, mes bébés, dit la mère. Vous pouvez vous les prêter.

Cela déclencha une nouvelle série de protestations, que la géante ignora. Saisissant Marabel et Ellie, qui se débattirent en vain, elle les déposa dans une boîte profonde. Puis elle déchira une feuille de papier et la plaça sur le fond, avant de déposer délicatement un bol de porcelaine – sans doute celui d'une poupée, mais d'une taille tout à fait normale pour les deux jeunes filles – dans un coin. Elle remplit celui-ci d'eau avant de se relever.

— Maintenant, il faut les laisser tranquilles un moment, dit-elle. Les premières nuits, elles pleureront peut-être un peu, comme les autres, mais elles se calmeront vite. Je suis sûre que vous vous amuserez beaucoup, tant qu'elles marchent. Attention, ne les laissez pas sortir de leur boîte ! Vous vous rappelez ce qui est arrivé avec le gnome que vous aviez trouvé ?

— Il s'est enfui, geignit la plus petite – Abigail.

— On ne l'a jamais retrouvé, renifla Sophia.

— Exactement, approuva leur mère. Cette boîte suffira pour la nuit. Demain, je vous en donnerai une meilleure. Et attention, ce sera à vous de les nourrir, de les promener et de nettoyer leurs saletés. Je ne le ferai pas à votre place.

Là-dessus, en dépit des appels de Marabel, elle quitta la pièce. Ellie, terrifiée, s'accrocha au bras de son amie.

— Qu'est-ce qu'elle a voulu dire par « une meilleure boîte » ? Elle veut dire une maison de poupées, avec des portes et des fenêtres, qu'on pourra quitter à notre guise ?

— Sans doute, répondit Marabel pour la rassurer. Mais je pense qu'elle veut dire plus solide, aussi.

Quelque chose d'autre l'inquiétait : la maman géante avait dit « tant qu'elles marchent ». Frissonnant d'appréhension, elle donna un coup de pied dans le mur, qui tremblota.

— En quoi est faite cette boîte, de toute façon ? On dirait une sorte de carton...

— Et quand bien même ? demanda Ellie, lugubre. Quoi que ce soit, c'est bien trop dur pour qu'on passe à travers.

Les deux filles géantes s'étaient tues et les observaient avec intérêt.

— Qu'est-ce que vous voulez, vous ? demanda Marabel, qui se moquait bien de se montrer impolie.

Ce qu'elles voulaient, apparemment, c'était jouer avec leurs nouvelles créatures. Abigail attrapa Marabel et Sophia Ellie. En les tenant par la taille, elles les « firent marcher » sans ménagement sur la table, puis par terre.

— Merci d'être venue boire le thé ! s'écria Sophia d'une voix de fausset.

— Merci de m'avoir invitée ! dit Abigail sur le même ton.

Marabel et Ellie tentèrent de se mettre debout, mais c'était difficile sur le tapis, dans lequel elles s'enfonçaient jusqu'aux genoux.

Les deux géantes sortirent une table de poupée en bois et quatre tabourets miniatures. Sur l'un d'entre eux, elles installèrent une souris en peluche, sur l'autre une figurine de troll. Puis elles posèrent sur la table des tasses ébréchées, des soucoupes et des assiettes remplies de fausse nourriture. Elles jouèrent à la dînette, puis s'amusèrent à habiller leurs nouveaux jouets. Elles en étaient là quand Abigail bâilla longuement, découvrant des dents monstrueuses et une langue de la taille d'une descente de lit, avant de se frotter les yeux. Elle laissa tomber Ellie sur le tapis – de pas trop haut, heureusement.

— Je m'ennuie, dit-elle.

— Qu'est-ce que tu as envie de faire ? demanda Sophia.

Mais elle bâilla à son tour en battant des paupières.

Cela donna une idée à Marabel. Elle ne savait pas si ça fonctionnerait (et, dans ce cas, si ça leur serait utile), mais rien d'autre ne lui vint à l'esprit.

— Vous voulez que je vous raconte une histoire ? proposa-t-elle d'une voix aussi enjouée que possible.

— Une histoire ? répéta Sophia, dubitative.

Ellie ne semblait guère plus convaincue.

— Oui ! insista Marabel. C'est une histoire très connue à Ma... à ma maison. Mais je ne sais pas si vous êtes assez grandes pour la comprendre.

— Si ! Si ! On est assez grandes ! protesta Abigail, indignée. On est plus grandes que vous !

C'était la réaction qu'escomptait Marabel, même si, pour ce qui était de l'âge, elle en doutait sérieusement, vu le comportement des gamines. Mais elle se contenta de soupirer :

— Bon, je veux bien essayer, mais il va falloir que vous fermiez les yeux pour tout bien vous représenter dans votre tête.

Les deux géantes échangèrent un regard et haussèrent les épaules.

— D'accord, dit Sophia.

Elle jeta Marabel et Ellie dans la boîte, renversant à moitié le bol d'eau et leur laissant à toutes deux des bleus aux côtes.

Oh, non, pensa Marabel. *C'est fichu, maintenant.*

— Vous pouvez nous ressortir de là ? demanda-t-elle à voix haute.

— Vous devez rester dans la boîte, répliqua Sophia. C'est maman qui l'a dit.

Marabel se retint de lui faire remarquer que, malgré les instructions de « maman », les gamines avaient joué avec elles tout l'après-midi.

— D'accord, dit-elle. Pas de problème. Maintenant, fermez les yeux pour mieux vous concentrer.

Les géantes obéirent. Abigail disparut de leur champ de vision. Marabel, qui ne pouvait pas voir par-dessus les bords de la boîte, espéra qu'elle avait mis la tête dans ses bras. Le conte, tiré du *Livre du Destin*, était censé illustrer la ténacité... sauf qu'elle ne savait pas comment il se terminait, parce qu'elle s'était toujours endormie avant la fin.

— Il était une fois au fond de l'océan un tout petit crabe. Il redoutait toujours d'être mangé par un animal plus gros . Or, presque toutes les créatures de l'océan étaient plus grosses que le petit crabe. Alors, un jour, le petit crabe décida de se construire une maison très solide. Il se choisit un bel endroit et commença à empiler des galets autour de lui, un par un, tandis que le courant allait de gauche à droite, puis de droite à gauche...

Au dessus d'elle, Marabel vit les paupières de Sophia se fermer ; mais, dès qu'elle s'interrompit, la géante les rouvrit.

— Comme il n'avait plus de galets à proximité, le petit crabe s'éloigna sur le sable, perché sur ses petites pattes. Il ramassa deux petits cailloux, qu'il rapporta dans son abri, pour les ajouter aux autres. Puis il retourna marcher sur le sable sur ses petites pattes. Un peu plus loin, il ramassa deux autres galets.

Les yeux de Sophia se fermèrent, et cette fois ne se rouvrirent pas. D'une voix de plus en plus douce, Marabel continua :

— Il rentra dans son repaire et les déposa sur les galets précédents...

Un ronflement l'interrompit. Une des deux filles s'était endormie. Mais l'autre ? Elle échangea un regard avec Ellie.

— Abigail ? lança celle-ci.

Pas de réponse.

— Sophia ?

Toujours rien.

— Elles doivent dormir, chuchota la jeune fille. Mais comment allons-nous sortir d'ici ?

— Peut-être qu'on peut quand même casser les murs, répondit Marabel sur le même ton. La mère a parlé d'un gnome qui s'était enfui.

— Les gnomes ont toujours des pelles et des pioches avec eux, fit remarquer Ellie avant de tâter la solidité de la paroi. Comment pourrions-nous faire un trou sans le moindre outil ?

— Oh !

Marabel prit le bol et jeta l'eau qui y restait sur le mur. Celui-ci l'absorba. Une tache sombre se forma. Lorsqu'elle appuya dessus, la princesse sentit la paroi s'enfoncer, mais elle restait bien plus solide que du carton normal. Impossible de passer le poing à travers. Peut-être qu'en se lançant toutes les deux contre le mur, elles parviendraient à faire basculer la boîte ? Sauf que c'était peu probable, et que de toute façon cela ferait beaucoup de bruit, ce qui réveillerait Sophia et Abigail. Ou bien...

— Marabel ? fit Ellie.

— Attends un peu, tu veux ? Je réfléchis.

— Mais, Marabel, ton *épée !* s'écria son amie en montrant la paroi de carton.

La princesse observa l'arme passée à sa ceinture d'un air de doute.

— Tu crois qu'elle est assez pointue ?

— On n'a rien d'autre sous la main, alors autant essayer, répondit Ellie, terre à terre.

Marabel dégaina son épée. Si elle la cassait, Lucius lui en voudrait sans doute. D'un autre côté, si elle n'essayait pas, il ne la reverrait jamais. Et donc elle serra la poignée de l'arme avant de la planter dans le carton, là où l'eau l'avait ramolli.

La lame le traversa pratiquement d'un seul coup, jusqu'à la garde. Cette facilité surprit Marabel. Elle retira son épée, perça un autre trou, puis un autre, pour tracer le contour d'une ouverture. Elle craignait que Sophia et Abigail se réveillent, mais la respiration des deux géantes restait lente et paisible.

— Tu vas te fatiguer, observa Ellie au bout d'un moment. Laisse-moi essayer.

Marabel lui tendit l'épée. Mais à sa grande surprise, quand son amie tenta de la plonger dans la paroi, la lame rebondit, laissant à peine une marque.

— Ça ne devait pas être un endroit mouillé, suggéra Marabel.

Ellie recommença, sans plus de succès.

— Étrange. Avec moi, ça marchait.

Reprenant l'arme d'exercice, la princesse l'appliqua une nouvelle fois contre le mur et appuya. La lame de bois traversa le carton aussi aisément que les fois précédentes. Elle continua donc à le percer, avant de donner un grand coup de pied dans l'ouverture qu'elle venait de tracer. Celle-ci se détacha d'un seul coup. Parfait !

Ellie se glissa la première par le petit orifice. Marabel la suivit, et se figea en découvrant l'énorme visage d'Abigail juste devant elle. Par bonheur, la jeune géante, immobile, continuait à ronfler doucement.

Les deux filles s'accrochèrent à une chaise pour rejoindre le sol, redoutant à chaque bruit d'éveiller les dormeuses. Le cœur battant, Marabel se sentait prête à tout. Elles allaient retrouver Floriano et fuir le territoire des géants. Puis elles se rendraient au château et...

Elle se cogna à Ellie, qui s'était arrêtée net.

— Qu'y a-t-il ? murmura-t-elle avant de suivre le regard de son amie.

La porte de la salle de jeux était fermée, et la poignée était bien loin au-dessus de leur tête. Ellie poussa un soupir de découragement, et une subite envie de pleurer envahit Marabel. Mais, faisant de son mieux pour la dissimuler, elle affirma :

— Nous allons construire un escalier ou une échelle.

— Regarde, Mara ! chuchota Ellie en désignant une boîte sur laquelle étaient dessinés des blocs de bois, comme dans le jeu de construction auquel Marabel et Marco avaient souvent joué quand ils étaient petits.

Les deux filles ouvrirent la boîte et s'empressèrent de commencer à fabriquer une sorte d'escalier. Elles empilèrent ainsi plusieurs blocs les uns sur les autres, faisant des allers-retours dans le carton de jeu. Elles disposèrent très vite d'une série de marches qui montait jusqu'au bouton de la porte. Arrivée là-haut Marabel se dressa sur la pointe des pieds et tenta de le faire tourner.

Une nouvelle fois, la déception la gagna. Oui, elle pouvait atteindre la poignée, mais celle-ci était si ronde et lisse qu'elle ne parvenait pas à la manœuvrer. Ellie tenta à son tour, mais sans résultat.

— Zut de peste ! s'écria Marabel, peu soucieuse de réveiller Abigail ou Sophia – désormais, ça ne comptait plus.

Une voix amusée leur parvint d'en bas :

— Vous avez besoin d'un coup de main ?

Marabel sursauta si fort qu'elle faillit perdre l'équilibre. Se penchant par-dessus le rebord des blocs empilés, elle vit une tête familière émerger du panier à pique-nique.

Floriano !

Celui-ci sortit de la corbeille en bâillant et en s'étirant.

— Je me suis glissé là-dedans pendant que vous déjeuniez avec les géants, expliqua-t-il. Je me suis régalé, il y avait une autre salade à l'intérieur ! Mais je me suis endormi. Je me suis réveillé tout à l'heure en entendant les filles jouer avec vous. Vous, vous n'aviez pas l'air de vous amuser tant que ça...

Il rit bruyamment. Marabel et Ellie agitèrent les bras pour le faire taire, en direction des jeunes géantes.

— Quoi ?

Regardant autour de lui, Floriano sursauta à la vue d'Abigail et Sophia. Il se hâta de s'éloigner d'elles pour rejoindre la base de l'escalier.

— À leurs voix, je me doutais qu'elles étaient grandes, mais pas à ce point ! fit-il, d'un ton beaucoup plus bas, ses pupilles en étoile dilatées par la terreur. J'ai cru qu'elles étaient parties pendant que tu racontais cette histoire. À leur place, c'est ce que j'aurais fait. Je n'avais jamais rien entendu d'aussi rasoir. Pourquoi on reste là ? Vous n'avez pas peur qu'elles se réveillent ?

— On essaie de s'en aller ! siffla Marabel, furieuse. Sauf qu'on n'arrive pas à ouvrir la porte.

— Dis donc, ce serait vraiment génial si vous aviez avec vous une créature magique capable de se jouer des serrures, lança Floriano avec un sourire avantageux.

Il jeta un coup d'œil à la porte, et à nouveau sa corne se mit à luire. Il se cabra avant de retomber en avant, poussant contre le chambranle. Les filles attendirent un déclic... mais rien. Floriano piaffa nerveusement et essaya de nouveau, battant l'air de ses sabots avant de frapper avec sa corne. Pourtant, la porte resta hermétiquement close.

— Peut-être que tu devrais essayer au niveau de la serrure, suggéra Ellie à voix basse. Rejoins-nous en haut et essaie.

— D'accord, fit le licorne.

Il gravit l'escalier. Les filles se mordaient les lèvres : le bruit de ses sabots d'or sur les marches risquait à tout instant d'éveiller les géantes. Enfin, il les rejoignit en haut.

— Maintenant, descendez, leur ordonna-t-il du ton le plus sérieux qu'elles l'aient jamais entendu utiliser. Tenez-vous prêtes à vous enfuir dès que la porte s'ouvrira. Ne m'attendez pas, je vous rejoindrai.

— Fais attention ! lui lança Marabel en dévalant les escaliers avec Ellie.

Mais Floriano n'écoutait pas. Sa corne se mit à briller et il frappa le sol de ses sabots. Les deux filles arrivèrent en bas au moment où il se cabrait. Du bout de sa corne, il toucha la serrure.

Le bouton tourna avec un déclic bruyant et la porte s'ouvrit en grand, renversant les blocs et projetant Floriano au sol. Avec un hurlement de terreur, il atterrit sur le tapis épais, où il demeura inerte. Était-il mort ? Marabel allait se précipiter vers lui, mais la géante Abigail releva soudain la tête et battit des paupières d'un air surpris. La princesse recula, tentant de voir, sans y parvenir, si le licorne respirait toujours. Puis elle épia Abigail.

Celle-ci jeta un coup d'œil à l'intérieur de la boîte en carton. Marabel et Ellie retinrent leur souffle tandis que la gigantesque gamine secouait sa maison de poupées. Par bonheur, le trou n'était pas très visible, et elle dut prendre les petits morceaux de papier déchirés pour les silhouettes endormies de ses deux prisonnières. Satisfaite, elle reposa la tête dans ses bras.

Floriano, lui, ouvrit les yeux et regarda autour de lui. Il semblait désorienté, mais il se remit très vite sur ses sabots. Marabel porta la main à sa poitrine, infiniment soulagée. Les deux jeunes filles rejoignirent leur ami en courant, le bruit de leurs pas étouffé par le tapis.

— Tu as réussi, Floriano ! murmura Marabel.

Puis tous trois s'échappèrent de la pièce.

Les filles étaient arrivées dans la maison à l'intérieur d'une sacoche, et Floriano à l'intérieur du panier à pique-nique. Ils ignoraient donc comment sortir. Ils suivirent plusieurs immenses couloirs en rasant les murs, sans trouver quoi que ce soit qui ressemble à une porte d'entrée. Enfin, ils virent passer une géante vêtue d'un uniforme de servante, qui portait un seau. Ellie donna un coup de coude à Marabel.

— Suivons-la, murmura-t-elle. Elle sort vider l'eau sale.

Marabel hésita. Suivre quelqu'un dans ce couloir vide était risqué, car il y avait très peu d'endroits où se cacher.

— Comment sais-tu qu'elle ne va pas juste passer la serpillière dans une autre pièce ?

— C'est la fin de la journée, répondit Ellie. Tu peux me faire confiance, je sais comment les serviteurs s'occupent du ménage. Elle a terminé ses tâches.

Ils s'élancèrent donc tous trois sur les traces de la servante et la rattrapèrent au moment où elle ouvrait une porte de service, laissant entrer la lumière de la fin d'après-midi. Blottis dans un recoin, ils la regardèrent jeter vigoureusement le contenu de son seau. Une gerbe d'eau, plus haute que toutes les fontaines de Magikos, s'éleva dans le ciel puis s'écrasa au sol. Avant que la femme ait eu le temps de refermer la porte, Marabel, Ellie et Floriano se précipitèrent dans l'ouverture. Ils traversèrent la cour au triple galop, bien plus vite qu'ils s'en seraient crus capables.

Au loin, Marabel entendit une plainte aiguë :

— Mamaaaaan !

Suivie d'un cri :
— Papa !
— Plus vite ! s'écria-t-elle.
Le pont était-il encore loin ? Elles n'étaient pas restées très longtemps dans la sacoche de la maman géante, mais, vu les enjambées de celle-ci, elles avaient pu parcourir plusieurs lieues pendant ce bref laps de temps.
— Par ici ! s'écria Floriano.
Les filles le suivirent vers un pont de lianes, qui se mit à se balancer dangereusement sous leurs pas. L'autre rive était toute proche lorsqu'un rebond inattendu les fit trébucher. Les filles parvinrent à se raccrocher aux cordes, mais Floriano faillit tomber dans le précipice. Il poussa un hennissement de terreur. Au dernier moment, Marabel parvint à le retenir par la corne, tandis qu'Ellie saisissait sa queue. La princesse découvrit par-dessus son épaule une vision d'horreur : le géant était au bout du pont, qu'il secouait avec des hurlements de rage.
En retenant Floriano entre elles, agrippées d'une main à la liane qui servait de rambarde, les deux filles se précipitèrent vers l'extrémité de la passerelle malgré les terribles secousses.
— Je... crois... que... je... n'y... arriverai pas..., gémit Floriano.
— Tiens bon ! lança Marabel. On y est presque !
Enfin, ils parvinrent à l'extrémité du pont, et sautèrent sur la terre ferme. Ils se mirent à courir sans s'arrêter avant de s'être enfoncés loin à l'abri des arbres. Ils redoutaient d'entendre derrière eux le *boum-boum-boum* de pas gigantesques ; mais ils ne

perçurent aucun autre bruit que celui de leurs propres pas, les cris des oiseaux et des écureuils dans les arbres et le vent dans le feuillage.

Après avoir repris son souffle, Ellie demanda, anxieuse :

— Tu crois qu'ils vont nous poursuivre ?

— Le pont est trop petit pour eux, répondit Marabel. Et ils ne sont quand même pas assez grands pour enjamber le précipice.

Elle frémit à la pensée que, s'il y avait un sentier qui menait à la passerelle, c'était qu'un certain nombre de personnes – et sans doute de créatures magiques – étaient parvenues jusqu'à la montagne des géants. Comment Mab pouvait-elle admettre un tel péril sur ses terres ? Si elle était vraiment la reine, comme elle le prétendait, elle aurait dû assurer la sécurité de ses sujets !

Marabel aurait adoré rester ici, dans une forêt avec des arbres et des fleurs de taille normale, mais le temps pressait. Sur la treizaine donnée, il ne restait que cinq jours. Il fallait repartir. Marabel se leva et regarda au loin.

— Tiens donc...

Les autres suivirent son regard.

— Qu'y a-t-il ? demanda Ellie.

— Nous sommes de l'autre côté de la montagne. Ce n'était pas le même pont que celui par lequel nous sommes arrivés. Regardez.

Elle montrait le soleil à travers les nuages.

— On est à l'est du sommet, maintenant. Or, on venait de l'ouest quand on a pénétré dans le territoire des géants. Puis on est allés dans leur maison...

Ellie frissonna en y repensant.

— ... et de là on a traversé ce pont-ci. On est de l'autre côté.

— Plus près du château, donc, conclut Ellie.

Marabel acquiesça.

— Sans doute beaucoup plus près. Peut-être même qu'on peut y arriver à temps.

Elle était ravie, et son amie lui rendit son sourire.

— Voyons si on peut trouver avant la nuit une route, ou au moins un sentier qui aille dans la bonne direction, suggéra Floriano.

Au bout de quelques minutes de marche, le licorne se mit à rire :

— Vous n'auriez pas aimé voir la tête de ces gamines quand elles ont compris que vous étiez parties ?

Ellie éclata de rire à son tour. Cela faisait une éternité qu'ils n'avaient pas ri ensemble. Marabel ne put s'empêcher de se joindre à eux. Floriano hurlait de rire.

— Et la mère ! continua Ellie en imitant la maman géante. « Partir ? Vous n'irez nulle part ! » Bien fait pour elle !

— « Attention à ne pas les casser comme les autres ! » renchérit Marabel. Ha !

Leur soulagement de s'en être tirés vivants et d'avoir repris la route était immense. Ils avaient le ventre plein, ils avaient échappé aux géants, et il leur restait plusieurs heures de jour devant eux. La chance avait sûrement tourné en leur faveur, et ils allaient trouver une route pour le château avant la nuit.

Sûrement.

11

Ils marchèrent trois jours de suite sans trouver le moindre sentier, la moindre route ni la moindre pancarte. Peu à peu, l'inquiétude s'installa dans le cœur de Marabel. Elle ignorait à quelle distance se trouvait le château de sa tante, et elle ne savait pas davantage comment ils délivreraient Marco une fois sur place.

Un écureuil poussait de petits cris dans leur direction. Ils crurent qu'il tentait de leur dire quelque chose, mais quand ils s'en approchèrent l'animal s'enfuit dans son arbre et disparut.

Fatigués, affamés, ils durent faire des pauses de plus en plus longues, au terme desquelles il devint de plus en plus difficile de convaincre Floriano de se remettre en route.

— Je ne vois pas pourquoi on se presse, maugréa-t-il après qu'elles l'eurent pratiquement relevé elles-mêmes, un après-midi. Il nous reste encore deux jours pour y arriver, et nous ne sommes sans doute pas loin. Pourquoi ne dormirait-on pas ici cette nuit ?

— Il faut qu'on continue, insista Marabel. Même si nous arrivons au château sous peu, nous ignorons combien de temps il nous faudra pour retrouver Marco et le libérer.

— Le Livre me soit témoin, s'écria Floriano, vous ne pourrez pas le libérer !

Marabel s'arrêta net et le fusilla du regard.

— Qu'est-ce que tu veux dire ? Pourquoi sommes-nous là, d'après toi ?

— Je n'en sais rien, répondit le licorne. Moi, je suis juste venu pour l'aventure. Le reste, c'est ton problème, pas le mien. Et, en parlant de problème, tu ne m'as pas dit que Mab dispose d'un puissant mage à son service ?

— Si, avoua Marabel, mal à l'aise.

— Alors, ça m'étonnerait que tu puisses arriver comme une fleur, demander : « Dis, Tatie, où est mon frère ? » et repartir tranquillement avec lui.

— Il faut pourtant qu'on fasse quelque chose, affirma Marabel en affichant plus de confiance qu'elle n'en éprouvait réellement. Je ne peux pas le laisser là-bas.

Elle repartit, suivie par Ellie, sans se retourner pour voir si Floriano les suivait. Les propos du licorne l'inquiétaient, car, même si elle détestait l'admettre, il n'avait pas tort.

— Attendez ! s'écria leur ami.

Marabel et Ellie ne répondirent pas.

— J'en ai assez de l'écouter, maugréa Marabel, inquiète et en colère. S'il veut se reposer, qu'il le fasse. Il nous rattrapera plus tard.

— Les filles, je vois quelque chose dans la forêt ! lança le licorne d'une voix plus tendue.

— Qu'est-ce que c'est ? lança Marabel par-dessus son épaule.

Elle ne ralentit pas, persuadée que c'était juste une excuse pour une nouvelle pause.

— Quelque chose de joli ! Venez voir !

Sa voix s'amenuisait à mesure que les filles avançaient.

— Quelque chose de joli, tu parles ! grommela Ellie.

— Dans sa tête, certainement, renchérit la princesse. On continue.

— Pas fâchée de ne plus avoir à l'écouter pleurnicher, approuva Ellie.

Mais au bout de quelques minutes Marabel éprouva un pincement de culpabilité. Floriano restait souvent à la traîne, mais jamais aussi longtemps. Elle s'arrêta.

— Bon, je suppose qu'il va falloir retourner le chercher, fit-elle à contrecœur.

Elles hélèrent le licorne, mais n'obtinrent aucune réponse – pas même un écho. *S'il s'est perdu, ce ne sera pas ma faute !* songea Marabel. Mais, en réalité, elle savait qu'ils auraient dû rester ensemble.

— Où est-il passé, d'après toi ? demanda Ellie.

Avant que Marabel ait eu le temps de répondre, elles entendirent avec soulagement un bruit de sabots sur les feuilles mortes, et un éclair bleu pâle et or surgit entre les arbres. Floriano apparut en trottinant. Marabel poussa un soupir de soulagement.

— Mes très chères petites ! lança le licorne avec un sourire qui découvrit ses dents étincelantes.

Marabel et Ellie échangèrent un regard surpris. « Très chères petites ? » Jamais auparavant il ne les avait appelées comme ça. Qu'est-ce qui lui prenait ?

— Désolé de vous avoir fait attendre, continua-t-il. La journée est si délicieuse que j'ai perdu la notion du temps.

— Euh... très bien, répondit Marabel.

L'enthousiasme de leur ami était étrange. De plus, elle lui trouvait un air différent, sans savoir pourquoi. Il avait la même taille, la même couleur, la même corne que d'habitude, mais son allure avait quelque chose d'inhabituel.

— Et à la vérité, poursuivit Floriano, j'ai trouvé en bas de cette colline quelque chose de tout à fait *charmant*. Venez, je vais vous montrer. Vous serez captivées.

Il repartit en remuant la queue vers l'endroit d'où il était venu, et se retourna pour les inviter d'un regard à le suivre. Voyant qu'elles ne bougeaient pas, il parut contrarié, mais se reprit et insista, avec une douceur dont il faisait rarement preuve :

— Eh bien, qu'attendez-vous ?

— Ce « quelque chose de charmant »... qu'est-ce que c'est, exactement ? demanda Ellie.

— Oh, je ne peux pas vous le décrire, répondit le licorne avec un rire léger. Il faut le voir de ses propres yeux. Mais vous serez enchantées, je vous le garantis.

Et il se remit en route.

Les filles échangèrent un regard indécis. Puis Marabel haussa les épaules.

— Quel mal y a-t-il à s'écarter un peu du chemin ?

— Je n'aime pas ça, répondit Ellie. Son comportement n'est pas normal.

— C'est juste parce qu'on s'est disputés, protesta Marabel d'une voix pourtant peu convaincue. On n'a qu'à le suivre un peu, on pourra toujours faire demi-tour.

— Mes chèèèèères ! lança Floriano avec à nouveau cette douceur inhabituelle. Je vous attends.

Marabel fit un pas dans sa direction, mais Ellie la retint par le bras.

— Non ! Je suis sérieuse, Marabel. Quelque chose ne va pas. Tu l'as entendu... ?

— Il ne l'a pas vraiment décrit, répondit la princesse. Il a juste dit que c'était charmant.

— Et qu'on serait captivées. Et enchantées, compléta Ellie. Charme ? Captivité ? Enchantement ?

Marabel n'en crut pas ses oreilles.

— Tu essaies vraiment de me dire qu'il a vu quelque chose de magique qui pourrait nous jeter un sort ? Tu ne crois quand même pas que Floriano est...

Comme par magie, le licorne réapparut, les naseaux dilatés par la colère, et les fusilla du regard.

— Que se passe-t-il ? Un problème ?

C'est alors que Marabel comprit ce qui était différent.

— Ses yeux ! s'écria-t-elle en tirant Ellie en arrière. Regarde ses pupilles ! Elles ne sont pas en étoile, elles sont juste rondes !

Au moment où les mots franchissaient ses lèvres, Floriano disparut dans un éclair vert suivi d'un nuage de fumée. À sa place, elles découvrirent un grand homme à la silhouette élégante, avec une petite moustache noire et une barbiche en pointe. Il portait une longue tunique d'une belle étoffe bleue et violette, et son chapeau était orné de plumes qui brillaient au soleil.

— Espèce de petites morveuses ! cria-t-il, furieux. Vous avez détruit mon bel enchantement !

— Qui êtes-vous ? demanda Marabel en se dirigeant vers lui d'un pas décidé, poings serrés. Qu'avez-vous fait de Floriano ?

Comme aspiré par une force invisible, l'homme se mit à glisser en arrière, en direction des bois. Il se débattit, tentant de se raccrocher aux branches et aux buissons, mais ils lui échappèrent et il disparut en quelques secondes.

— Je vous crache sur la tête ! l'entendit-on hurler à destination de Marabel. Je vous jette de la boue au visage !

Puis ce fut le silence. Même les oiseaux, troublés, s'étaient tus.

— Qu'est-ce que c'était ? demanda Ellie d'une voix tremblante.

— Je n'en suis pas sûre, répondit Marabel, mais je pense que c'était un faye qui avait pris l'apparence de Floriano par magie. Il n'avait pas dû bien regarder ses yeux, parce qu'ils étaient ronds, tu as vu ?

Ellie hocha la tête.

— Il essayait de nous duper. Les fayes tentent d'attirer les voyageurs dans leur monde, tu sais, et ils les retiennent pendant des années et des années en leur faisant perdre la notion du temps.

— Et je suppose que, quand tu as décelé le sortilège, il a été rompu et le faye a repris son aspect normal, conclut Ellie. Mais alors, où se trouve le vrai Floriano ?

— Je ne sais pas, répondit Marabel.

Et soudain, elle n'y tint plus.

— Je ne sais rien, en fait. Je n'en sais pas plus que toi sur les fayes, les géants, la magie ou quoi que ce soit d'autre dans ce royaume.

Elle s'assit lourdement sur une souche, effarouchant une volée de moineaux, qui s'envolèrent en pépiant.

— Je suis désolée, Ellie, continua la princesse. Ce n'est pas ta faute. Je suis tellement inquiète pour Marco, et voilà que Floriano disparaît à son tour, et j'ignore ce que nous allons faire...

Elle se mordit la lèvre pour s'empêcher de pleurer. Ellie s'assit à côté d'elle, tentant de la réconforter.

— Ça va aller, murmura-t-elle. Je suis ton amie, d'accord ?

La princesse se blottit contre elle, désespérée.

— Nous n'aurions jamais dû venir, fit-elle. Nous ne retrouverons pas Marco, et maintenant nous avons perdu Floriano. Je ne vois même pas comment nous pourrions rentrer à la maison : impossible de traverser à nouveau la montagne des géants sans risquer de nous faire prendre. Il nous faudra la contourner, mais ça peut prendre des jours, parce qu'elle est immense. Et, même si nous parvenons à libérer Marco, l'armée de Mab nous poursuivra sans doute jusqu'à la Muraille. Comment la franchir sans Floriano ? En plus, tous les sujets et les créatures du royaume seront à notre recherche.

Cette fois, elle ne tenta même pas d'essuyer les larmes qui lui inondaient le visage. Ellie lui tapota la main jusqu'à ce qu'elle se calme. La princesse finit par se moucher dans une feuille.

— Il vaudrait mieux rentrer, fit-elle. Mon père doit être furieux que je lui aie désobéi, et mon frère et mes sœurs me manquent.

— Ma mère me manque, renchérit Ellie d'une voix douce. J'espère qu'elle n'est pas trop inquiète à mon sujet. Mais nous ne pouvons pas faire demi-tour maintenant, tu le vois bien. Nous sommes allées trop loin. Pas question d'abandonner Marco, ni Floriano. Il faut que quelqu'un arrête Mab, et je crois que nous sommes les seules à vouloir nous en charger.

— Mais que pourrions-nous faire, seules contre Mab et tous ces Monstres ?

Ellie se releva.

— Je ne sais pas, dit-elle fermement, mais il n'y a qu'une seule façon de le découvrir.

Elle tendit la main à Marabel pour l'aider à se redresser. La princesse doutait encore, mais son amie avait raison : elle se devait d'essayer, ne serait-ce que pour Marco.

— Merci, Ellie. Merci, en particulier de m'avoir rappelé ce qui est important. Mais avant de partir, cherchons encore un peu Floriano.

Elles retournèrent ensemble à l'endroit où elles avaient vu le licorne pour la dernière fois, et entreprirent de fouiller les buissons avoisinants. Ellie vit quelque chose qui ressemblait à des traces de sabots, mais elles se perdaient très vite. Elles appelèrent leur ami, effrayant les oiseaux et les écureuils. Mais rien ne leur répondit.

Comme la nuit tombait, elles décidèrent de dormir sur place. Si Floriano n'était pas revenu au matin, elles reprendraient la route sans lui. Elles dénichèrent quelques noix et une poignée de mûres encore intactes sur les ronces, malgré l'automne qui approchait à grands pas. Ellie trouva aussi une plante dont elle savait les racines comestibles. Longues et bleues, celles-ci n'étaient guère appétissantes, d'autant que les deux filles n'avaient rien pour les faire cuire ; mais, même crues, c'était mieux que rien.

Au matin, le temps ne contribua pas à les mettre de meilleure humeur : il faisait gris et froid, et à peine se furent-elles mises en route qu'un léger crachin se mit à tomber. Non, ce n'était pas une belle journée. Et, surtout, c'était le douzième jour de la treizaine accordée par Mab. Rongée d'anxiété, Marabel se demandait si sa tante lancerait son attaque le matin suivant, ou bien si elle attendrait le soir. Et, même si elle patientait jusqu'à la treizième minute de la treizième heure de la nuit – soit exactement une treizaine après son ultimatum –, Marabel aurait-elle assez de temps pour atteindre le château, y pénétrer, trouver Marco et le délivrer d'une manière ou d'une autre ? Cela semblait sans espoir, mais elle essaierait tout de même.

La pluie s'arrêta quelques heures plus tard. Marabel grimpa dans un arbre pour cueillir une poignée de noix et les lancer à Ellie. Elle s'apprêtait à regagner le sol quand une cavalcade retentit dans les bois. Le bruit se fit de plus en plus fort.

— Cours ! cria Marabel, qui entreprit de descendre en hâte.

— Pas sans toi ! répliqua Ellie. Est-ce que tu vois quelque chose, de là-haut ?

À travers les feuilles, la princesse vit arriver une forme massive. Elle dégringola le long du tronc en s'agrippant aux branches.

Quelqu'un lança :

— Hé là !

C'était une voix familière. Elles se figèrent. Une longue silhouette apparut entre les arbres. C'était le faye de la veille, avec derrière lui... Floriano ! Décidément, le licorne réapparaissait toujours quand on s'y attendait le moins. Il caracolait, fier comme s'il venait de conquérir un royaume. Le faye s'immobilisa devant Marabel.

— Voici votre licorne. Il faut *absolument* que vous le repreniez. Il est tellement pénible ! Il ne fait que se plaindre. Nous ne voulons pas...

Sans écouter la suite, les filles se précipitèrent sur leur ami et lui enlacèrent l'encolure. Marabel scruta attentivement ses pupilles – ouf, elles étaient bien en forme d'étoile ! Mais, étrangement, ses yeux étaient brouillés de larmes.

— Alors, vous le reprenez ? s'enquit le faye.

— Bien sûr que oui, répondit Marabel. Sans discuter.

De derrière son dos, le faye sortit un formulaire à remplir et le tendit à la princesse.

— Signez sous la croix, indiqua-t-il en montrant le bas de la page.

La feuille portait l'inscription *Retour de créature magique*, suivie des mots *Motifs du retour*, sous laquelle figurait une liste à cocher :

☐ *Marchandise non sollicitée*
☐ *Marchandise en mauvais état*
☐ *Ne correspond pas au descriptif*
☐ *Mauvaise taille/couleur (préciser)*
☐ *J'en ai déjà une*
☒ *Marchandise inadaptée*

Marabel signa sans hésiter là où on le lui demandait, avant d'ajouter son paraphe sous une mention que lui désignait le faye de son long doigt, et qui disait : *Tout retour est définitif. La marchandise ne pourra plus entrer au pays des fayes.*

— Dieu merci ! s'écria le faye en s'éloignant. Et oubliez-nous, d'accord ?

Il disparut. Les deux filles se tournèrent vers Floriano.

— Pourquoi l'as-tu suivi ? demanda Ellie en caressant sa crinière immaculée.

Le licorne se redressa, comme si c'était un exploit de se faire bannir du pays des fayes.

— J'ai vu la plus belle créature de ma vie, répondit-il. Dans un rayon de soleil, j'ai découvert un licorne bleu avec une crinière blanche et une corne dorée. Il me regardait.

Les filles échangèrent un regard. C'était sa propre description.

— Il était d'une beauté incroyable. Comme vous ne vouliez pas venir, j'ai décidé de faire connaissance. Mais il ne m'entendait pas. Il était derrière une vitre et, chaque fois que je bougeais, il bougeait aussi.

Et pendant que je le regardais ce type – celui qui m'a ramené – m'a jeté un sort.

Floriano frissonna avant d'ajouter :

— Il m'a emmené dans un endroit étrange. Je crois que c'était le pays des fayes.

— Floriano, fit Marabel, c'était une glace. Tu as aperçu ton reflet dans un miroir.

— J'ai aperçu mon quoi dans un quoi ?

— Un miroir. C'est un morceau de verre avec un côté peint d'une matière brillante pour qu'on puisse se voir, expliqua la princesse. Tu n'en avais jamais vu ?

Floriano leva les yeux au ciel.

— Tu crois qu'il y a ce genre de choses dans les étables ? Tu penses que les ânes ont envie de savoir à quoi ils ressemblent ?

— Mais tu as déjà dû voir ton reflet dans l'eau ! s'écria Ellie.

Floriano secoua la tête.

— Jamais de façon satisfaisante, je le crains. Là, c'était bien mieux. Bon, j'ai toujours su que j'étais beau, mais à ce point... Oh, continua-t-il joyeusement, quand on rentrera, pourrai-je avoir un de ces miroirs pour moi ? Je sais exactement où je le mettrai dans ma stalle !

— Maintenant, il va devenir complètement impossible à vivre, chuchota Ellie.

Le retour de Floriano remonta le moral de Marabel. C'est avec une énergie toute neuve qu'ils reprirent leur marche vers l'est. Bientôt, ils trouvèrent quelque chose qui leur fit oublier leur faim et leur fatigue.

C'était une route.

12

C'était une route à trois voies, très encombrée. Tout le monde ou presque était à pied, mais l'on voyait passer de temps à autre une charrette ou un carrosse. Accompagnée d'Ellie et Floriano, Marabel resta d'abord à l'écart pour observer.

Elle aperçut des nains, avec leurs pics et leurs pioches ; un magnifique cerf blanc qui trottinait d'un pas majestueux au milieu de la foule ; des fées et des fayes ; un groupe de jeunes magiciens et sorcières en uniformes verts qui marchaient joyeusement en chantant « Un kilomètre à pied, ça use... » ; un géant avec une massue sur l'épaule ; et à l'arrière d'une carriole, un réservoir rempli d'eau, dans lequel se tenait une femme, un bébé dans les bras.

La princesse se demanda pourquoi cette femme restait dans l'eau jusqu'au moment où elle tendit l'enfant à un homme à ses côtés. Marabel s'extasia en découvrant que le bébé avait une queue de poisson ; puis la femme plongea dans le réservoir, et sa propre queue recouverte d'écailles luisit brièvement à la surface. Un jour, Marabel et Marco avaient fait une excursion en bateau sur l'Océan Mauve pour aller observer les sirènes, mais ils n'en avaient vu aucune. Depuis, la princesse en rêvait.

À l'abri des arbres, Marabel et Ellie se consultèrent pour décider de la suite.

— On n'a plus beaucoup de temps, déclara Marabel. Ce serait bien plus rapide de suivre la route que de nous frayer un chemin dans la forêt. Certes, c'est plus risqué, mais je préfère cette solution.

— Mieux vaut rester dans les bois, objecta Floriano. Nous sommes certainement recherchés. Et si on tombe nez à nez avec l'émissaire qui t'inquiète tant ?

Ellie, d'habitude la plus prudente, les surprit en déclarant :

— Prenons la route. Je n'ai pas l'impression que ce soit très surveillé, et nous arriverons bien plus vite à destination.

— C'est réglé, alors, trancha Marabel en dissimulant sa joie pour ne pas blesser les sentiments si délicats de Floriano.

Ils attendirent que le flot de voyageurs se calme un peu.

— Allons-y, lança la princesse.

Une main sur son épée pour se donner du courage, elle s'avança, suivie par ses deux amis. Ils n'avaient pas remarqué un crapaud vert et rouge coiffé d'une minuscule couronne, qui dut faire un bond de côté pour les éviter.

— Dites donc ! Regardez où vous mettez les pieds !

— Désolé, fit Floriano, qui avait failli l'écraser.

— Y a pas de mal, répondit le batracien. Ça vous dérange de me porter un peu ?

Sans attendre de réponse, il bondit sur le dos du licorne ébahi.

— Merci, fit le crapaud en s'installant à son aise. Ça fait loin, à pattes. Vers où allez-vous ?

— Vers le château, répondit Marabel laconiquement.

Pour éviter d'autres questions, elle embraya :

— Et vous ?

— Je rentre chez moi, dans les marais. J'étais en vacances dans ma famille.

Par chance, ce n'était pas un crapaud bavard. Il n'ajouta pas un mot avant qu'ils atteignent un embranchement, où étaient plantées deux pancartes. L'une disait : MARAIS, 500 CAILLOUX, l'autre : CHÂTEAU, 2 000 CAILLOUX.

— C'est là que je descends, fit le crapaud en tapotant l'encolure de Floriano.

Marabel le prit délicatement pour le poser par terre.

— Avant de partir, pouvez-vous me donner un renseignement ? demanda-t-elle.

Le crapaud hocha la tête poliment.

— C'est la moindre des choses, vous m'avez transporté !

— Qu'est-ce que c'est, cette histoire de cailloux ? interrogea Marabel en montrant les panneaux.

Le crapaud la dévisagea d'un air curieux avant de faire de même pour Ellie et Floriano.

— On ne vous apprend *vraiment rien* à l'école, alors ? soupira-t-il.

— On voudrait savoir, insista Ellie.

— Un caillou est une unité de distance, répondit le crapaud. C'est l'espace qu'il faut laisser entre deux petits cailloux pour retrouver le chemin de sa maison quand vos parents vous abandonnent dans un bois pour que vous y mouriez de faim.

Il fit un bond avant d'ajouter :

— Voilà, ça, ça fait un caillou, plus ou moins.

— Merci ! lancèrent-ils d'une même voix tandis que l'animal s'éloignait vers les marais.

Ellie calcula quelques instants avant de conclure :

— Donc, deux mille cailloux, ça fait un peu plus d'une demi-lieue.

Ils sourirent, soulagés. Après avoir marché pendant des jours, une demi-lieue, ce n'était rien du tout. En effet, quelques minutes plus tard, ils découvrirent au détour d'un virage le château de Mab, au sommet d'une colline. Floriano poussa un petit hennissement de triomphe, et les deux filles se prirent la main. Elles avaient envie de crier de joie, mais se retinrent pour ne pas attirer l'attention.

Marabel découvrit que le palais de sa tante était ancien, bien plus vieux que celui où elle-même avait grandi. Construit d'énormes blocs de pierre grise, avec des donjons imposants, il était percé de minces meurtrières qui ne devaient guère laisser entrer de lumière.

Et c'est dans cet endroit sinistre que se trouvait Marco, sans arme et sans vêtements chauds. Était-il enchaîné au mur dans un cachot humide et sombre, avec les rats pour uniques compagnons et un seul repas quotidien à base de pain rassis ? La main de Marabel se resserra sur la poignée de son épée. Elle était prête à l'utiliser pour sauver son frère, même si c'était une arme de bois.

Ils gravirent la colline. Le soleil brillait, et les quelques personnes qui se trouvaient là les regardèrent sans curiosité particulière. Un groupe de gnomes était occupé à travailler dans le jardin. Des jardins, songea Marabel, qui n'avaient pas l'aspect adéquat – ils auraient dû être broussailleux, disgracieux et menaçants. Au lieu de ça, ils étaient soignés et magnifiques, ornés de fleurs multicolores, avec des buissons taillés aux formes étonnantes – flèches, globes et même quelques animaux.

Le plus étrange, c'est qu'il n'y avait pas de gardes en vue. Les douves étaient asséchées et le pont-levis ouvert. Mab semblait ne pas craindre d'attaque. Peut-être que les sujets de son royaume (de *son reinaume ?* s'interrogea Marabel) la redoutaient trop pour constituer une menace.

Ils échangèrent un bref regard avant de poursuivre leur chemin, tâchant de ne pas éveiller les soupçons. Ils durent y parvenir, car personne n'essaya de les arrêter. Marabel poussa un soupir de soulagement en atteignant la porte.

Là, elle découvrit une planche divisée en petits carrés, comme un échiquier. Dans chacune des cases se trouvait une petite poignée reliée à une ficelle, qui servait manifestement à actionner une clochette. À côté de chacune de ces sonnettes figurait une étiquette avec un numéro, et en dessous une liste disait :

SONNEZ 1 SI VOUS CONNAISSEZ VOTRE NUMÉRO D'ACCÈS

SONNEZ 2 SI VOUS AVEZ RENDEZ-VOUS AVEC LE CHANCELIER DE LA REINE

SONNEZ 3 POUR UNE LIVRAISON

SONNEZ 4 SI VOUS ÊTES UNE SORCIÈRE OU UN MAGE

SONNEZ 5 POUR TOUTE AFFAIRE MAGIQUE

SONNEZ 6 POUR TOUTE AFFAIRE NON MAGIQUE

... et ainsi de suite.

Aucune des seize étiquettes ne disait « Sonnez ici si vous voulez sauver votre frère » ou « Sonnez ici pour prendre le château d'assaut ». Quoi qu'il en soit, Marabel voulait avant tout ne pas éveiller les soupçons et éviter les questions. Elle tenta d'ouvrir la porte, mais bien entendu celle-ci était fermée. Elle se tourna vers Floriano.

— Est-ce que tu pourrais...

— Je me sens un peu comme un serrurier, grommela le licorne.

Mais il se cabra et toucha l'interstice du bout de sa corne. La porte s'ouvrit d'un seul coup sur un vaste vestibule en pierre. Pas de gardes ici non plus. *Est-ce que ça peut vraiment être si facile ?* songea Marabel, mal à l'aise. Elle entendit des conversations au loin, puis un rire à l'intérieur du château.

— Eh bien, allons-y, fit-elle. Faisons comme si de rien n'était, ça suffira peut-être.

Mais à peine s'étaient-ils avancés dans le vestibule qu'un homme se précipita vers eux.

— Vous voilà enfin ! s'écria-t-il, furieux. Vous êtes en retard ! Je ne vous ai même pas entendus sonner !

— N... Nous ne savions pas quelle sonnette... bégaya Marabel.

— Peu importe, la coupa l'homme, impatient. L'important, c'est que vous soyez là. Sa Majesté vous attend.

— Sa Majesté ? demanda Marabel.

— Elle nous attend ? répéta Ellie d'une voix blanche.

— Bien sûr. Comme vous êtes le clou du spectacle du dîner de ce soir, elle veut vous entendre pour être certaine que vous êtes aussi doués qu'on le dit. Elle vérifie tout elle-même.

— Mais... bredouilla Marabel.

— Vous n'allez pas commencer à discuter le prix, tout de même ? demanda l'homme. Votre agent a négocié un très bon tarif, et Sa Majesté ne donnera pas un écu de plus !

— Non, non, pas de problème pour le prix, dit Marabel.

— Alors quoi ?

— Nous avons marché longtemps et nous avons très soif, intervint Floriano. Nous devons économiser nos voix pour ce soir. Vous ne voudriez pas qu'on chante comme des casseroles enrouées devant tous les invités, n'est-ce pas ?

— Ce que je veux n'a pas d'importance. Ce qui compte, c'est ce que demande Sa Majesté, et Sa

Majesté a exigé que vous chantiez devant elle pour lui montrer votre talent. Allez, suivez-moi.

Marabel redoutait plus que tout de se trouver face à face avec sa tante – elle voulait juste récupérer Marco et s'en aller d'ici le plus vite possible. Elle ne savait pas si Mab l'avait bien vue ou non le jour où celle-ci avait enlevé Marco, et elle ne pouvait pas courir le risque d'être reconnue. Mais ils n'avaient pas le choix. Ils suivirent l'homme dans un long couloir bordé d'armures, de tapisseries et de vieux meubles en bois massif qui semblaient ne pas avoir servi depuis des siècles. Enfin, l'homme ouvrit une porte et les fit entrer dans une pièce.

Marabel s'attendait à une salle d'apparat, froide et élégante ; elle fut surprise en découvrant une petite pièce chaleureuse, avec des fauteuils visiblement confortables et un peu élimés, des petites tables où s'empilaient des livres et d'autres objets, quelques instruments de musique et des portraits au mur. Sur le tapis blanc devant la cheminée, deux petits chiens blancs sautèrent sur leurs pattes pour venir leur faire la fête.

Installée à son bureau, une femme leur tournait le dos. C'était Mab, bien sûr, songea Marabel. Elle baissa les yeux, espérant disparaître.

— Les chanteurs pour ce soir, Votre Majesté, dit l'homme.

Mab se leva pour les accueillir.

— Alors ?

— Alors quoi ? demanda Floriano.

— Eh bien, chantez, maintenant !

— Nous devons économiser nos voix pour ce soir, fit Ellie, nerveuse.

Du regard, Floriano lui signifia de se taire.

— Je vais chanter en solo, déclara-t-il à l'adresse de la reine. Les voix de ces demoiselles sont plus fragiles que la mienne.

Marabel voulut protester, mais il lui lança un coup d'œil plus impérieux encore, et elle se tut. Elle ferma les yeux, craignant le pire. Une voix de licorne, ça ressemblait à quoi ? S'il se mettait à hennir, leur imposture serait immédiatement découverte...

Quand Floriano ouvrit la bouche, Marabel découvrit, stupéfaite, non seulement qu'il ne hennissait pas, mais qu'il possédait une magnifique voix de ténor. Ellie le regarda bouche bée, et la princesse se rendit compte qu'elle faisait la même chose. Le licorne termina son morceau sur une élégante révérence. Après un silence admiratif, Mab déclara :

— Même si les filles chantent comme des crapauds, je vous prends. Tous les trois.

— En aucun cas je ne chanterais avec des crapauds, répondit Floriano, vexé. Ça gâcherait ma réputation.

— Balthazar, fit la reine à son serviteur, emmenez-les dans la chambre verte pour qu'ils se reposent, et offrez-leur un rafraîchissement. Je veux qu'ils chantent avant le dîner et de nouveau pendant. Le général et les savants sont-ils arrivés ?

— Pas tous, Votre Majesté, répondit l'homme – Balthazar, donc. Le ministre de la Gestion de la Magie aura un peu de retard, et le recenseur a envoyé son rapport. Il m'a chargé de vous dire que de plus en plus de cas de comportements anormaux ont été...

— Assez ! s'écria Mab. On ne parle pas de dossiers confidentiels en public.

— Mille pardons, dit Balthazar.

Il jeta un coup d'œil à Marabel et ses compagnons comme s'il avait oublié leur présence. Puis, ouvrant la porte, il leur fit signe de le suivre.

La princesse se détendit. Sa tante l'avait à peine regardée. Ils avaient passé l'épreuve sans faillir. Bouillant d'impatience, elle se dirigea vers le couloir. Mais, au moment où elle allait sortir, elle entendit la reine lancer derrière elle :

— Jeunes filles, je ne vois pas vos bagages. N'avez-vous pas de tenue plus festive pour votre spectacle ? Vos vêtements sont déchirés et pas très propres – pas vraiment appropriés pour un gala !

Marabel aurait voulu lui rétorquer : « Marchez dans une forêt pendant douze jours, et on verra un peu à quoi vous ressemblerez ! » Mais elle se tut. Ellie murmura une vague explication sur le fait qu'elles avaient perdu leurs sacs à cause de géants et d'un homme-loup.

— Vous ne pouvez pas vous montrer à mes invités habillées de la sorte, coupa la reine. Je dirai à ma femme de chambre de vous trouver quelque chose. Venez me voir, s'il vous plaît.

Que faire ? Marabel n'eut d'autre choix que de faire demi-tour pour rejoindre Ellie devant sa tante. Celle-ci dévisagea son amie des pieds à la tête.

— Jolie, de façon très classique.

Puis elle se tourna vers Marabel, qui se sentit rougir. Mab ouvrit la bouche, mais resta silencieuse, pensive. Au bout d'un moment, elle demanda :

— Nous sommes-nous déjà rencontrées ?

— Non, Votre Majesté, marmonna Marabel.

— Étrange, fit la reine en la scrutant d'un œil suspicieux. Je suis sûre de... Tu as un air familier.

— Si j'avais rencontré Votre Majesté, je m'en souviendrais, dit Marabel.

— C'est exact, répondit sa tante.

Puis, d'une voix décidée :

— Bien, il vous faut vous reposer et vous préparer. Je demanderai à ma femme de chambre de vous apporter des vêtements. Balthazar, accompagnez-les.

L'homme obéit. Les trois amis le suivirent.

Marabel sentit le regard de sa tante l'accompagner jusqu'à la porte.

13

Balthazar leur fit emprunter un escalier avant de les escorter dans un dédale de couloirs où Marabel perdit vite tout repère. Pour finir, il ouvrit une porte et leur fit signe d'entrer dans la pièce.

— Voici la chambre verte, déclara-t-il. Vous pouvez attendre ici que la servante ait trouvé des affaires pour vous.

Tous les meubles de la pièce étaient tapissés de brocart vert foncé, le sol couvert de dalles couleur émeraude, les murs peints dans des tons citron vert. Les rideaux avaient la couleur d'un feuillage d'été. Même la lumière du soleil qui filtrait par la fenêtre semblait verte.

— Nous avons besoin de repos, dit Marabel à Balthazar. Dites à la femme de chambre de laisser les vêtements dehors, pour ne pas nous déranger.

— Comme il vous siéra, mademoiselle.

Là-dessus, le conseiller s'en fut.

— Mettons-nous à la recherche de Marco tout de suite ! s'écria Marabel. Je ne peux plus attendre, et je ne veux pas qu'en venant déposer les costumes, on se rende compte que nous sommes partis. Allons-y.

La porte n'était pas fermée. Marabel l'entrouvrit pour regarder dans le couloir.

— C'est le moment, murmura-t-elle.

Mais, quand elle se retourna, elle se rendit compte que, si Ellie la suivait, Floriano, lui, restait dans la chambre.

— Qu'est-ce que tu fais ? lança-t-elle à mi-voix. Nous n'avons pas beaucoup de temps.

Floriano secoua la tête, dédaigneux.

— Je suis venu pour l'aventure. Pas pour secourir quelqu'un. Au palais, j'ai entendu des valets d'écurie parler de quelque chose qui s'appelle *Magikos a du talent* et, depuis, je sais que ce que je veux, c'est être une star. Chanter devant la reine, vous imaginez ce que ça va apporter à ma carrière ?

Les filles tentèrent de le faire changer d'avis, mais le licorne semblait déterminé.

— C'est la chance de ma vie, répétait-il. Allez-y, faites ce que vous avez à faire. Quand ils reviendront, je trouverai une excuse pour vous – le trac ou quelque chose comme ça.

Impossible de le convaincre, et Marabel n'avait plus de temps à perdre. Après un dernier au revoir, elle rejoignit Ellie et toutes deux se mirent en quête des cachots. La princesse se répétait qu'elles n'avaient pas besoin de Floriano, mais au fond d'elle-même le licorne vaniteux lui manquait déjà.

Le château était sombre et silencieux, avec une odeur d'humidité. De temps à autre, elles passaient devant un panneau SORTIE : CESTE DIRECTION, avec toujours en dessous une autre pancarte en plus petit qui disait : N'OUBLIEZ PAS DE VISITER NOTRE BOUTIQUE DE SOUVENIRS !

Leurs pas résonnaient dans les couloirs vides, et Marabel se demanda si elles trouveraient ou non les cachots. Elle craignait d'errer ainsi interminablement. Enfin, elles aperçurent un nouveau panneau avec un plan du château. Au milieu, un point rouge portait la mention VOUS ESTES ICI.

— Très bien ! fit Ellie. Et maintenant, où sont les cachots ?

— Voyons, marmonna Marabel, puisqu'on a passé le donjon, et que la poterne est à notre gauche...

Soudain, une porte s'ouvrit à la volée devant elles, et une grande femme vêtue d'une robe noire sortit d'une pièce et les fixa du regard. C'était une sorcière. Elle ne portait pas de balai ni de chapeau pointu, mais son air autoritaire et magique ne laissait aucun doute.

— Dites donc, vous deux ! lança-t-elle. Qu'est-ce que vous faites là ? Vous n'êtes pas censées être ailleurs ?

— Eh bien... commença Ellie.

— Si, dans la chambre verte, répondit Marabel.

— Et qui vous a donné la permission de la quitter ?

Comme elles n'avaient pas de réponse, elles gardèrent le silence.

— Faites-moi voir vos laissez-passer, ordonna la femme.

Elles se regardèrent. Ellie feignit de fouiller ses poches, puis son capuchon.

— J'ai dû les égarer, maugréa-t-elle. Ce n'est pas toi qui les as, des fois, Aurora ?

Aurora ? D'abord surprise, Marabel se reprit en comprenant ce que faisait son amie.

— Non, dit-elle. Je pensais que tu les avais, toi.

— Je me souviens maintenant. Je te les avais donnés ! protesta Ellie.

— Pas du tout, répondit la princesse, tout en se demandant combien de temps elles pourraient tenir comme ça.

— Un problème ? lança une autre voix.

Floriano apparut dans le couloir en trottinant.

— Vous n'êtes pas censées vous trouver ici, damoiselles ! lança-t-il.

— Qu'est-ce que... commença Marabel, mais le licorne la fit taire d'un coup d'œil.

— C'est exactement ce que je leur ai dit, lança la sorcière. Et vous, qui êtes-vous ?

— Le nouveau chef de la sécurité de Sa Majesté, annonça Floriano théâtralement. J'emmène ces deux-là avec moi. Quand je relaterai leur capture, je ferai mention de votre diligence. Allons, vous deux, en avant !

Les poussant du museau, il les entraîna dans le couloir.

— Bien joué ! approuva Marabel une fois à distance. Merci, Floriano.

Elle lui caressa la base de la corne.

— Pourquoi as-tu quitté la chambre verte ? demanda Ellie. Tu ne veux plus chanter pour la reine ?

Floriano haussa les épaules.

— Je me suis rendu compte que, comme aventure, ce n'était pas terrible. En plus, je peux toujours m'inscrire à *Magikos a du talent* quand on rentrera à la maison.

— Oh, avoue, fit Marabel. On te manquait.

Floriano hennit sans répondre.

La princesse ignorait où ils se trouvaient. Elle s'immobilisa, puis repéra un nouveau panneau SORTIE : CESTE DIRECTION. Cela lui donna une idée.

— Pourquoi tu t'arrêtes ? demanda Floriano.

— Les numéros sur le plan commencent dans les souterrains, n'est-ce pas ? Et les cachots sont au numéro deux ou trois, je crois. Ce qui veut dire qu'ils sont en bas.

— Comme toujours, acquiesça Ellie. C'est pour ça qu'ils sont froids et humides.

— Alors, cherchons des escaliers qui descendent à partir de l'entrée vers les souterrains ! conclut Marabel, enthousiaste. C'est là qu'on trouvera les cachots.

Ils essayèrent plusieurs portes, sans succès. Pour finir, Marabel en découvrit une à l'écart, dissimulée. Elle l'ouvrit, s'attendant à être une nouvelle fois déçue, mais elle tomba sur un large escalier qui disparaissait en colimaçon dans l'obscurité. C'était certainement là que se trouvaient les cachots !

— Attendez-moi ! lança-t-elle en descendant la première volée de marches.

Effectivement, l'escalier s'enfonçait encore. Marabel se dirigeait vers les entrailles du château. Le chemin lui parut si long qu'elle en vint à se demander s'il n'y avait pas là quelque enchantement ; mais, au moment même où elle se disait cela, elle faillit se cogner à une autre porte. Sur celle-ci on lisait :

RÉSERVÉ AU PERSONNEL AUTORISÉ – PORTE SOUS ALARME.

Zut de peste, pensa Marabel en remontant les escaliers pour aller prévenir les autres.

— Impossible, alors, conclut Ellie quand la princesse l'eut mise au courant de sa découverte. Si la porte est sous alarme, ils nous trouveront dès qu'on l'ouvrira, non ?

Marabel se tourna vers Floriano.

— Dans la magie d'ouverture de ta corne, y a-t-il quelque chose pour empêcher une alarme de se déclencher ?

Le licorne secoua la tête.

— Je crains que non. Elle ouvre les portes, mais c'est tout.

— Allons quand même y jeter un coup d'œil, suggéra Ellie. On peut peut-être se contenter de l'entrouvrir, ou y aller tout doucement pour ne pas déclencher le système de sécurité...

Ellie et Marabel descendirent l'escalier tandis que Floriano marchait en équilibre sur la rampe de pierre. Peu après, ils se trouvèrent devant la porte. Le licorne l'examina dans l'obscurité, la frôlant de sa corne.

— Beurk ! fit une voix.

Ils sursautèrent.

— Qui a dit ça ? demanda Ellie.

— Pas moi, répondirent Floriano et Marabel de concert.

— Moi, répondit une petite voix inconnue.

Ils regardèrent en haut, en bas, dans les coins, vers l'escalier – rien.

— Où êtes-vous ? demanda Marabel.

— Devant votre nez, répondit la voix. Mais ne me frappez pas ! Je ne suis qu'une simple porte ! Je ne vous veux pas de mal !

— Ne vous alarmez pas...

Marabel s'arrêta, prenant conscience de ce qu'elle venait de dire.

— Attendez. « Porte sous alarme », ça veut dire que... vous avez peur ?

— Bien sûr, gémit la porte. Il fait tellement sombre ici, il y a des araignées et des bêtes, et je vous jure que, la nuit, il y a un fantôme qui porte sa tête sous son bras et...

— Tout va bien, fit Ellie d'une voix apaisante.

Elle posa la main sur la porte et la caressa doucement. Le bois sembla frissonner à son contact.

— Nous ne vous ferons pas de mal. Nous voulons juste passer pour trouver les cachots.

— Les cachots ! glapit la porte. Mais c'est l'endroit le plus terrifiant du château !

— On sait, dit Marabel. Mais on veut y aller quand même. Si on vous ouvre, allez-vous rester silencieuse et ne pas nous trahir ?

— Je vais essayer, répondit la voix tremblotante. Mais faites vite. Si vous me laissez ouverte trop longtemps, Dieu sait qui peut me franchir. J'ai peur de crier !

Marabel tourna la poignée. Ils se glissèrent par l'entrée et refermèrent la porte derrière eux.

— Merci, murmura la princesse.

Ils se trouvaient dans un couloir sans fenêtre, éclairé par de rares torches. L'air sentait l'humidité et le moisi, et les murs étaient froids et suintants. Les doigts glacés d'Ellie saisirent ceux de Marabel.

— Je n'aime pas cet endroit, dit Floriano dans un murmure. Revenons sur nos pas.

— Tout va bien, le rassura Marabel. C'est juste vieux et vide. Rien à craindre.

N'empêche que son cœur battait à tout rompre. Ils ne pouvaient pas faire volte-face, pas si proches du but. Sans compter que la treizaine se terminait dans quelques heures à peine. Elle aurait voulu appeler son frère à voix haute, mais qui sait s'il n'y avait pas des gardiens, voire d'autres êtres étranges qui les guettaient ? Ils avancèrent donc en silence dans le corridor inquiétant. Chacun de leurs pas soulevait une épaisse poussière. Enfin, ils s'arrêtèrent devant une grande porte.

— Ça doit être ici, murmura Marabel.

— Sans blague ? lança Floriano.

De son sabot doré, il désigna au-dessus d'eux une pancarte qui disait CACHOTS.

Il y avait dans le grand portail une porte plus petite, avec une poignée normale, qui s'ouvrit sans difficulté.

Si le corridor était obscur, la pièce qui se trouvait là l'était plus encore. Elle était si noire que, lorsque Marabel s'avança à tâtons, elle ne comprit que trop tard qu'il y avait quelque chose devant elle. Elle se cogna à une surface froide et dure, qui lui parut reculer un peu, comme si... oui, elle bougeait.

La princesse bondit en arrière, bousculant Ellie. Elles roulèrent toutes deux dans les jambes de Floriano. Alors retentit un bruit terrifiant : celui de la porte qui se refermait derrière eux.

Paralysés par la peur, plongés dans les ténèbres, ils se blottirent les uns contre les autres, frissonnants. Floriano poussa un petit cri de terreur.

Une flamme lumineuse s'envola au-dessus de leur tête. Elle atteignit une torche fixée sur le mur, éclairant une énorme masse ondulante, comme un serpent gigantesque.

Deux yeux étincelants les fixaient, et une énorme gueule s'entrouvrit, découvrant des crocs jaunes luisants, aussi longs qu'un avant-bras humain. Un nuage de fumée s'échappa d'une gueule figée en un rictus grimaçant, et d'un seul coup ils comprirent : ils se trouvaient nez à nez avec la face écailleuse d'un dragon.

14

Comme c'est souvent le cas chez les dragons, ce dragon-là était couché sur un trésor. De l'or, de l'argent et des pierres précieuses scintillaient froidement à la lueur de la torche. Quand ses yeux se furent habitués à l'obscurité, Marabel distingua la couleur orange des écailles, grosses comme des assiettes. Le dragon était encore plus imposant que celui que Mab avait laissé devant le pont-levis du palais de Magikos. En fait, il était si grand que sa tête frottait contre le plafond chaque fois qu'il bougeait. De toute évidence, cela faisait longtemps qu'il se cognait ainsi, car les écailles de son crâne avaient fini par glisser au-dessus de ses yeux, ce qui lui conférait une expression plus malveillante encore.

Le dragon bâilla, découvrant à nouveau ses longs crocs acérés, ainsi qu'une langue d'un rose surprenant qui ressemblait à celle d'un chat.

— Qui êtes-vous donc ? demanda-t-il. Comment avez-vous fait pour entrer chez moi ?

— Nous... Nous ne sommes personne, parvint à articuler une Marabel terrifiée. Nous nous sommes perdus. Désolés pour le dérangement. Nous allons partir, maintenant.

— Je ne crois pas, non, fit le dragon.

Sa queue vint barricader la porte. Ellie blémit d'un seul coup. Marabel ne se sentait pas beaucoup plus vaillante.

— Je ne crois pas que vous soyez perdus. Personne ne vient ici par accident. Tout le reinaume sait que les cachots sont tout au fond du château, et que les cachots sont gardés par Troffort. C'est moi, au cas où vous ne le sauriez pas. Troffort.

— En fait, monsieur Troffort, nous ne sommes au courant de rien, dit Floriano. Nous sommes nouveaux dans le coin, et nous n'avons jamais entendu parler des cachots ni de vous.

— Inconcevable, fit le dragon avec un air écœuré, ouvrant la gueule plus largement encore. Je suis célèbre. Tout le monde me connaît, à part vous, bande de nuls. Tout le monde sait que les dragons, ça garde les trésors et les cachots. En fait, on est carrément les meilleurs dans ce domaine.

— Non, on ne connaît rien aux dragons, avoua Ellie en toute sincérité. Nous venons de... d'un endroit où il n'y en a pas beaucoup. On n'a entendu que des contes de fées à leur sujet.

— Pas croyable. Bon, mais, si vous connaissez les contes, je parie que vous vous imaginez savoir ce qui va se passer maintenant.

Marabel secoua la tête, incapable de parler, comme si sa langue avait été collée à son palais. Le dragon poursuivit :

— Je parie que vous vous dites : « Oh, en fait, il va s'avérer que c'est un dragon gentil, qui est tout triste parce que tout le monde a peur de lui alors qu'au fond il voudrait seulement des amis. »

Il y avait dans ce dernier mot un tel accent de mépris que Marabel se mordit les lèvres. Car, oui, elle avait bel et bien espéré quelque chose de ce genre. Après tout, malgré ce qu'on lui avait raconté sur les créatures magiques, la famille des géants n'avait jamais songé à les dévorer, le troll les avait laissés passer sur le pont, et Cornélius s'était révélé très sympathique, bien qu'il soit un ogre. Elle s'était donc figuré que les dragons pouvaient être moins féroces que ne le suggérait leur réputation.

— Si vous ne voulez pas d'amis, parvint-elle à croasser, ce n'est pas grave.

— C'est bien ce que je dis, oui.

Troffort s'étira autant que c'était possible dans cet espace confiné, et bâilla si fort que Marabel aperçut une lueur de braises au fond de sa gorge.

— Parce que je vais vous dire : un dragon avec des amis, ça n'existe pas. Croyez-moi, en général, on *déteste* avoir des amis. On est comme ça, nous autres. Sans amis. Féroces. Vous n'imaginez pas à quel point on peut être féroces. Plus féroce qu'un dragon, ça n'existe pas.

Un fin nuage de fumée sortit de sa gueule. Marabel et ses amis tressaillirent.

— Qu'allez-vous faire de nous ? gémit Floriano.

Marabel hésitait entre la peur qu'il les dévore et la crainte qu'il les écrase contre les murs de la petite pièce.

— Vous auriez dû y réfléchir avant de descendre ici, ricana Troffort, un nuage de fumée noire sortant de ses narines. Bande de nuls.

— Une minute, le coupa Marabel. (Qu'avait-il dit, juste avant ?) Vous gardez le cachot, c'est bien ça ?

— Ma pauvre fille, Troffort est le meilleur gardien de cachot du reinaume, d'accord ? Pas croyable que vous ne soyez pas au courant.

— D'accord, d'accord, acquiesça Marabel, vous êtes le meilleur gardien de cachot. Alors, où sont-ils ?

— Les cachots ? Ben, juste là, répondit-il en désignant un couloir derrière son pied garni de griffes impressionnantes.

— Et il y a des prisonniers à l'intérieur, en ce moment ? poursuivit la princesse.

Le dragon l'examina d'un air suspicieux.

— Vous êtes qui, vous, d'abord ? Ça vous regarde, qui se trouve dans les cachots ?

— On est en mission, tenta Floriano. On nous envoie vérifier si les prisonniers sont traités avec humanité.

— Oh, trop bien ! Avec humanité ? Mais pourquoi donc ? Ce sont tous des criminels. La reine ferait mieux de les balancer du haut du donjon, comme au bon vieux temps. Y a que comme ça qu'on peut assurer la sécurité du pays. Aujourd'hui, les malfaiteurs sont choyés, ça me dégoûte. C'est pas bon pour le reinaume, et c'est pas bon pour les honnêtes citoyens, si vous voulez mon avis.

— Peut-on aller le voir, je veux dire, aller *les* voir, je vous prie, messire ? fit Marabel, accompagnant ses paroles de sa plus belle révérence (et priant pour que ses leçons d'étiquette servent finalement à quelque chose).

Le dragon plissa les yeux, encore plus méfiant.

— Vous laisser entrer ? Pourquoi ? Qui vous envoie, hein ? C'est louche, tout ça.

— On devrait peut-être remettre notre inspection à plus tard, déclara Ellie en se dirigeant vers la porte comme si celle-ci n'était pas bloquée par la longue queue orange du dragon. Allons chercher les... euh, les documents officiels, nous reviendrons demain. Viens, Marabel.

Elle plaqua la main sur sa bouche – mais trop tard.

— Marabel ?

Le dragon se redressa d'un coup... et se cogna la tête au plafond.

— Ouille !

Il se frotta le crâne de sa patte griffue, jurant en langage dragon avant de lancer :

— Je crois que quelqu'un vous recherche, Marabel !

Et, avec un sourire diabolique, il écrasa du bout de sa griffe un bouton rouge sur le mur devant lui, déclenchant un fracas assourdissant de cloches et de sirènes.

La pièce était si exiguë que c'était à se demander comment y faire tenir une seule personne de plus ; mais, en moins de temps qu'il n'en faut pour le dire, Marabel, Ellie et Floriano se retrouvèrent encerclés de soldats.

Sauf que ce n'étaient pas des soldats humains, mais de petits êtres aux dents jaunâtres et aux yeux globuleux. Et violets, aussi – pas un joli violet, mais une espèce de mauve sale et maladif. Des gobelins ! *Les gobelins, c'est gentil ou méchant ?* tenta de se rappeler Marabel. Cela dit, à voir comment ils pointaient leurs lances sur eux, la situation ne s'annonçait pas brillante.

— Laissez passer la reine ! aboya celui qui semblait être leur chef.

Mab apparut, escortée de son mage, Vénéficus.

— J'espère que cette fois ce n'est pas une fausse alerte, Troffort, dit-elle.

— Je suis un grand admirateur de Votre Majesté, Votre Majesté, répondit celui-ci. Vraiment. Mais il peut vous arriver à vous aussi de vous tromper. Je sais déjà ce que vous allez dire quand vous verrez mon exploit, croyez-moi. Vous allez dire que je suis un type qui assure vraiment. Vous allez dire que je suis le meilleur gardien de cachot du monde. Regardez dans ce coin, Majesté, et dites-moi ce que vous voyez. Allez-y, dites-moi.

Mab pivota vers l'endroit où se serraient Floriano et les filles.

— Mes musiciens ! s'écria-t-elle, surprise. Que faites-vous ici ?

— C'est là que vous vous trompez, Votre Majesté, expliqua Troffort avec ce ton suffisant qui donnait à Marabel envie de lui donner des baffes. Ce ne sont pas des musiciens, vous voyez ? Oh, ça ne m'étonne pas que vous vous soyez laissé abuser, vous n'avez pas mon expérience. Des musiciens, moi, j'en ai vu à la pelle, ma chère, et eux, ce ne sont...

— Oh, ça suffit, maintenant, lança Mab.

À la surprise de Marabel, le dragon se tut, laissant échapper de ses naseaux un petit nuage de fumée furibond. La reine se retourna vers les trois amis. Au bout de quelques secondes, un mince sourire se dessina sur son visage.

— Il me semblait bien que tu avais un air familier, dit-elle à Marabel. Je te reconnais, maintenant. Tu es ma nièce, n'est-ce pas ?

Marabel se redressa fièrement. Inutile de dissimuler son identité plus longtemps, et pas question de mentir ou d'implorer la clémence.

— Oui, dit-elle, soulagée que sa voix ne tremble pas. Je suis la princesse Marabel et je suis venue chercher mon frère.

Sa tante éclata de rire.

— Et tu crois que je vais te le donner, comme ça ? Tu as commis une grave erreur en venant ici, jeune fille. Maintenant, j'ai *deux* otages royaux au lieu d'un !

— Pour ce que ça change... répliqua Marabel. Mes parents se fichent de ce qui peut m'arriver. Tu as Marco, c'est tout ce qui compte. Il est l'Élu, celui qui est censé sauver le royaume. Moi, ils ne bougeront pas le petit doigt pour me récupérer, tu peux le croire.

— Bou-hou-hou, fit Mab. Pauvre petite princesse oubliée – tout le monde s'occupe de ton frère et jamais de toi, c'est ça ? Ce n'est pas moi qui vais te plaindre – c'est l'histoire de ma vie, et regarde où ça m'a menée ! Tout ça, c'est à moi !

De la main, elle désignait la pièce, le trésor, le dragon. Mais Vénéficus s'impatientait.

— Demandez-leur comment ils sont arrivés ici, Votre Majesté, intervint-il. Quelqu'un a dû les aider.

— Alors ? demanda la reine. C'est mon frère qui t'envoie ? Ton escorte me paraît bien légère !

— Personne ne sait que nous sommes ici, répondit Marabel d'une voix qui ne tremblait presque pas. Nous ne sommes que tous les trois. Nous sommes venus à pied de Magikos pour sauver Marco.

— *Vous ?*

La voix de sa tante était teintée de surprise, mais pas de sarcasme. Marabel s'enhardit.

— Personne d'autre n'allait le faire. Mon père pense que Marco se libérera tout seul. Symposia, la grande prêtresse...

— Je sais qui est Symposia, la coupa sèchement Mab. Laisse-moi deviner : elle lui a déclaré qu'il fallait consulter le Livre, et le Livre a dit exactement ce que ton père voulait entendre ?

Que suggère-t-elle ? Marabel songea aux paroles de Cornélius. « Se pourrait-il que les prêtres n'y lisent que ce qu'ils souhaitent y trouver ? » avait demandé l'ogre... Mais ce n'était pas le moment de réfléchir à ça.

— Je ne sais pas, tante Mab, et je m'en fiche. Tout ce qui compte, c'est que personne ne voulait aller chercher Marco, alors j'ai dû m'en occuper. Et Ellie et Floriano m'ont accompagnée.

Le visage de Mab s'adoucit.

— Je dois dire que tu me surprends un peu. Qui aurait cru qu'une enfant de Matthew ait le courage de... Mais, bien sûr, tu es aussi la fille de Marianna.

Elle sourit, absorbée dans ses pensées, avant de reprendre son expression de dureté.

— Maintenant, mon frère sera contraint de me rendre justice ! La treizaine est presque écoulée. Mais j'ai encore le temps de vous punir pour vous être introduits dans mon château et avoir tenté de libérer un prisonnier. Vous serez enfermés dans le donjon, où vous allez devoir...

Mab s'arrêta, comme si elle cherchait une punition suffisamment cruelle. Marabel tremblait à l'idée de ce qu'elle allait inventer. Pour finir, exaspérée, Mab lança :

— Oh, je n'en sais rien ! Vous copierez chacun mille fois : « Je ne dois pas prendre le château d'assaut. » Voilà ! Ça devrait vous garder occupés le temps que je trouve quelque chose pour vous donner une vraie leçon.

Pourquoi nous laisse-t-elle nous en tirer à si bon compte ? s'interrogea Marabel. C'était peut-être une façon de leur faire baisser la garde, pour rendre plus terrible encore la future punition. La princesse décida de rester vigilante.

— Gardes ! appela Mab en se tournant vers les soldats. Jetez-les au cachot, et ne les laissez sortir que sur mon ordre.

— Non ! supplia Ellie, terrifiée. Par pitié, ne nous enfermez pas ! Je ne le supporte pas.

Marabel lui prit la main dans l'espoir de la réconforter. D'une voix désespérée, elle demanda à sa tante :

— Pourquoi ne pas libérer Marco ? Que t'a-t-il fait ?

— Rien, répondit Mab. Et vous non plus. Malheureusement pour vous, vous n'êtes que des pions dans la partie qui m'oppose à ton père depuis notre enfance. Gardes ! Jetez-les au cachot.

Marabel se mit à crier tandis que les gobelins saisissaient Ellie et elle par les bras et Floriano par un de ses rubans. Le licorne tenta de résister et se cabra, mais les soldats esquivèrent ses coups de sabot. La dernière chose qu'entendit Marabel avant que la porte des cachots se referme sur eux fut le rire sardonique de sa tante.

Ellie éclata en sanglots.

— Laissez-moi sortir ! Ouvrez ! Je vous en supplie, laissez-moi sortir.

Elle se mit à tambouriner sur la porte. Sans réponse. Marabel regarda autour d'elle, à la recherche d'une porte, d'une fenêtre, qui aurait pu aider Ellie à se calmer. Mais ce qu'elle vit lui fit tout oublier.

Marco. C'était Marco !

15

Marco les dévisagea avec stupéfaction et se leva au ralenti. Enfin, elle l'avait retrouvé ! Son jumeau, son meilleur ami, son allié. Contrairement à ce qu'elle redoutait, il n'était pas enchaîné à un mur ni enfermé dans une cage trop petite. Au lieu de ça, il était installé dans un grand canapé confortable, avec devant lui, sur une table basse, ce qui ressemblait à un bol de céréales et à un grand verre de jus de myrtilles.

Marabel s'avança vers lui.

— *Mara ?* fit-il d'une voix ébahie.

Traversant la pièce, elle se jeta dans ses bras. Ils s'étreignirent à s'en étouffer, riant et pleurant tout à la fois, dans une avalanche de phrases et de questions auxquelles ils ne se donnaient même pas le temps de répondre. Marco répétait sans cesse :

— Je n'y crois pas ! Vous êtes ici ! Je n'y crois pas !

Quand ils se calmèrent enfin, Marabel dit à son tour :

— Moi non plus, je n'y crois pas. On a réussi ! Et tu vas bien ! Je me suis fait tellement de souci...

Se rasseyant sur le canapé, Marco lui fit signe de venir s'installer à côté de lui. Marabel ne le quittait pas des yeux, comme si elle redoutait qu'il disparaisse.

— Je suis désolé que tu te sois inquiétée, dit Marco. Moi aussi, je me suis fait du souci à ton sujet. Personne ne voulait me dire ce qui se passait à Magikos.

— Ce qui se passait ? Oh, tu dois t'en douter. Ils ont fait un rituel, et Symposia a déclaré que tu n'avais pas besoin d'aide.

— Mais alors, que faites-vous ici ? demanda Marco. Tante Mab t'a enlevée toi aussi ?

— Euh, non, répondit Marabel. Je suis venue à ton secours.

Il désigna la porte close avec une grimace... et tous deux éclatèrent de rire devant l'absurdité de la situation. Puisque celle-ci était désespérée, que faire d'autre ?

— On a vraiment failli réussir, fit Marabel en reprenant son sérieux. On est arrivés jusqu'ici. Et tu sais, Marco, j'avais très peur qu'elle te fasse du mal.

— Me faire du mal ? Non, pas du tout. En fait, c'est plutôt chouette ici, à part qu'il y a un dragon cracheur de feu devant la porte. On est bien nourri, et il y a même le Wizfi, des tas de livres et des jeux.

Marabel entreprit de narrer toutes leurs mésaventures à son frère, en commençant par le passage secret. À mesure qu'elle lui racontait par le détail ce qui leur était arrivé, elle prit conscience de tout ce qu'elle avait appris en une treizaine.

— Où as-tu trouvé l'idée de frapper cet homme-loup avec cette vieille épée d'entraînement ?

demanda Marco. Je suis surpris qu'elle ne se soit pas cassée !

— Il fallait que je fasse quelque chose, et je n'avais que ça sous la main, avoua Marabel.

— Je n'aurais jamais eu autant de courage, commenta Marco, impressionné. J'aurais eu trop peur que la douleur le rende fou de rage. J'aurais plutôt tenté de le convaincre de nous laisser tranquilles.

Ça ressemblait tellement à Marco ! Il cherchait toujours à être raisonnable, tandis que Marabel allait au plus direct. Mais, au souvenir des longues canines de l'homme-loup et de son regard glacial, elle se dit qu'il n'aurait sans doute pas été facile à convaincre...

— Et comment es-tu parvenue à répondre à son énigme ? interrogea le prince quand Marabel lui raconta l'épisode du controlleur.

— Je n'avais pas vraiment le choix, en fait. Comme Ellie et Floriano lui avaient donné des réponses qui l'avaient surpris, ça m'est venu comme ça. Oh, et attends, je ne t'ai pas parlé du faye !

Elle termina son récit par leur rencontre avec Troffort. Quand elle parla du dragon, Marco secoua la tête.

— Quel crétin, celui-là ! s'écria-t-il. Je comprends qu'il soit agacé de rester tout le temps dans cette petite pièce, mais ce n'est pas une raison pour se comporter comme il le fait. Il dit que, quand il est venu ici, il était beaucoup plus petit et sa tanière lui semblait bien plus confortable. C'est juste une excuse, d'après moi. Il a sans doute été toujours comme ça, râleur et prétentieux.

Mais Marabel avait des questions plus importantes :

— Mab menace-t-elle toujours de demander à son mage de te changer en grenouille ?

Cette idée la tourmentait vraiment.

— C'est ce qu'elle dit. Ou en serpent, si Vénéficus trouve comment y arriver. Je pense que ce sera pareil pour toi, maintenant.

— Il faut sortir d'ici, déclara Marabel. On ne peut pas se laisser faire.

— Tu crois que je n'ai pas essayé ? La porte est fermée, il y a un dragon de l'autre côté...

— Et une sorcière, ajouta Ellie. Sans compter Vénéficus et Dieu sait qui d'autre...

— Et l'endroit est infesté de gobelins. Non, Marabel, c'est impossible. Soit Père fait ce que demande Mab, soit on finira tous les deux dans un terrarium. Ou dans les douves, si on a de la chance. Au moins, on aura un peu plus de place qu'ici...

— Un dragon et une sorcière, ce n'est peut-être pas si infranchissable. On a réussi à passer avec des trolls, des géants, et un ogre – même s'il faut avouer que lui, ce n'était pas vraiment un problème.

— Mais les autres, si ! fit remarquer Marco. N'empêche que vous vous en êtes sortis.

Marabel ne put s'empêcher de se rengorger.

— C'était un travail d'équipe, dit-elle humblement. Donc, nous pouvons peut-être vaincre un dragon.

— Vaincre un dragon ? demanda Marco, incrédule. Pas moyen. Sans compter que nous n'avons pas d'armes, sauf si tu comptes ça.

Il désignait du menton l'épée d'entraînement toujours accrochée à la ceinture de Marabel. Machinalement, elle porta la main au pommeau.

— Et si nous tentions la ruse ? proposa-t-elle. On pourrait dire à Troffort qu'on a des charmes ou une potion magique, non ?

Marco secoua la tête.

— Il ne marchera pas. Si tu avais un sort, tu l'aurais utilisé sur tante Mab ou sur les gobelins.

— On pourrait tenter de parlementer, suggéra Ellie.

— Ou d'ouvrir la porte ? dit Marabel. Attends de voir ça, Marco. Floriano, à toi de jouer !

Elle se tourna vers le licorne, qui se cabra. Sous les yeux ébahis du prince, sa corne étincela avant de toucher le verrou. Mais, à l'immense déception de Marabel, la porte resta hermétiquement close.

— Ben quoi ? fit Marco. Je ne vois rien.

— D'habitude, Floriano déverrouille les portes avec sa corne. Mais celle-là est peut-être coincée, dit Ellie. Souvenez-vous, les soldats ont dû donner de grands coups de pied dedans pour l'ouvrir.

Marabel tenta d'actionner la poignée, mais rien n'y fit.

— Zut, dit-elle, dépitée. Elle est toujours fermée à clé. Essaie encore, Floriano.

Avant que le licorne ait pu lui obéir, sa corne émit un bip et des lettres fluorescentes apparurent sur son front.

— Attends un peu, fit Marabel. Baisse la tête.

Autour de la corne de Floriano étaient apparus les mots : *Erreur. Veuillez mettre à jour la version 13.0.1. de Licornoïd.*

— Oh, non, gémit Marco.

— Tout va bien, le rassura Floriano. J'ai un compte sous Licornoïd, je peux télécharger la mise à jour si je me connecte au WizFi.

Ils tentèrent de pirater le mot de passe de Mab en tapant des lettres et des chiffres au hasard sur le petit clavier qui était apparu sur le front de Floriano. À leur grande frustration, rien ne fonctionna. Et l'horloge tournait. Il fallait agir, et vite !

Avec Floriano, ça ne marcherait pas. Ils devaient trouver autre chose. Il n'y avait aucune chance qu'on vienne à leur secours, et la guerre était toute proche. La situation s'était dégradée si vite ! Et que se passerait-il si l'armée de son père lançait une offensive ? Ils ne pouvaient pas rester là à attendre que Vénéficus vienne les changer en grenouilles ! Marabel frissonna.

— Courage, fit Marco. C'est bientôt l'heure du déjeuner. On réfléchira mieux après un bon repas.

À la faveur d'un éclair vert aveuglant, trois assiettes de sandwichs apparurent devant eux. Un seau d'avoine s'était matérialisé par terre. Floriano s'avança et y plongea le museau.

— Hmm, fit-il. C'est chaud. Délicieux.

Marabel prit un sandwich – au fromage fondu, son préféré – et s'apprêtait à y mordre à pleines dents lorsqu'Ellie l'arrêta.

— De la nourriture magique ? demanda-t-elle. Vraiment, tu comptes manger ça ?

— Je m'en nourris depuis douze jours, dit Marco. Ça ne m'a pas empoisonné.

— Si nous n'avalons pas quelque chose, nous allons mourir de faim, déclara Marabel en goûtant une bouchée. Et ça n'a pas le goût de magie.

Ellie céda, et elles engloutirent leur sandwich en un clin d'œil. Tandis que Marabel s'essuyait la bouche avec une serviette en papier, une pensée inquiétante lui vint. Avec toute cette nourriture, la sorcière cherchait-elle à engraisser Marco ? Avait-elle l'intention de le manger ? Certaines sorcières dévorent les enfants, non ? Et en effet, maintenant qu'elle l'observait, elle constatait que son frère avait pris un peu de poids en douze jours.

— Si on ne peut ni ouvrir la porte, ni connecter Floriano au WizFi, que peut-on faire ? soupira Ellie, désespérée.

— Quoi que ce soit, il faudra attendre le passage du gardien, répondit Marco. Il vient me voir tous les jours.

— Un garde ! C'est maintenant que tu le dis ? demanda Marabel. On peut essayer de le duper.

— C'est possible, approuva Marco. C'est un gars plutôt sympa, en fait, mais je ne sais pas s'il sera facile de le rouler. Il devrait arriver dans une heure. D'ici là, il y a une salle de bains dans ce coin.

Désignant une porte au bout de la pièce, il ajouta :

— Désolé de vous dire ça, mais un bain vous ferait du bien à toutes les deux...

Dans la pièce adjacente, les filles découvrirent deux immenses baignoires. Elles se récurèrent à fond, se rincèrent et recommencèrent l'opération. L'eau chaude parut apaiser un peu les inquiétudes de Marabel. Elle aida Ellie à essorer son épaisse chevelure, et sourit en pensant qu'une treizaine plus tôt à peine, c'était Ellie qui lui lavait les cheveux. À présent, il lui semblait parfaitement naturel de faire l'inverse. C'était bien.

Elles jetèrent leurs vêtements sales. Marabel se choisit une chemise beige à franges avec un pantalon assorti ; Ellie, une tenue bleue. Les vêtements étaient chauds et très doux, mais cela leur fit bizarre de revêtir autre chose qu'une tunique longue ; sans capuchon, elles se sentaient presque nues. Elles se brossèrent réciproquement les cheveux avant de rejoindre Marco dans la pièce d'à côté. Il était toujours installé dans le canapé.

— Pas de gardien ? demanda Marabel.

— Pas encore, répondit-il.

Elle poussa un grognement déçu.

— Tiens, lui dit son frère en lui tendant une petite boîte. Ça t'aidera à passer le temps.

La boîte était en métal brillant, avec une poignée de chaque côté et sur le dessus des boutons en pierres précieuses portant des symboles – un triangle sur un rubis vers la gauche, un sur un diamant vers la droite, le dessin d'un carré sur ce qui ressemblait à un saphir, et ainsi de suite.

— Qu'est-ce que c'est ?

— Je vais te montrer.

Il pointa la boîte vers un rectangle noir brillant accroché au mur d'en face et appuya sur un bouton.

— Oh ! s'écria Marabel en reculant sur le canapé.

Le rectangle venait de s'allumer, montrant une arène remplie de créatures de toutes sortes – humains, dragons, trolls, ogres, manticores, nains, géants, etc. – qui couraient dans tous les sens.

— C'est un jeu, expliqua Marco. Ça, ce sont les créatures de ce monde. Elles aiment jouer – c'est tout ce qu'elles font. Laisse-moi te montrer.

Marabel apprit ainsi à jouer à *Queen's Quest,* puis à *MagicCraft III* et à *Angry Phoenix.* Elle se retrouva à pointer des arbalètes chargées de phénix sur des sangliers (qui, pour une raison ou une autre, se trouvaient perchés dans des arbres), tellement absorbée qu'elle en oublia presque que la treizaine se terminait, qu'un dragon les retenait prisonniers, et que son frère et elle avaient toutes les chances de finir transformés en animaux à sang froid.

Au bout d'un moment, Marco regarda vers la porte.

— Étrange qu'il ne soit pas encore arrivé. J'espère qu'il n'est pas malade. C'est presque un ami. Il n'est pas beaucoup plus âgé que nous, et parfois on joue à *NainCraft* ensemble. Il me tient au courant de ce qui se passe dans le château, comme le fait que tante Mab doit se réunir ce soir avec des gens pour tenter de trouver une solution à leur problème de créatures magiques.

— Quel genre de problème ? interrogea Marabel.

— En quoi ça nous regarde ? demanda Floriano. On ne devrait pas plutôt chercher à sortir d'ici ?

— Attendez, dit Ellie. Marco, tu es l'Élu, n'est-ce pas ? Tu devrais avoir les réponses à tout ça.

Le prince prit un air embarrassé.

— J'ai tout essayé, avoua-t-il, mais je ne sais pas quoi faire.

— Le Livre ne dit pas qu'il doit trouver les réponses, constata Marabel. Il explique juste que l'Élu *agira*, quoi que ça signifie. Mon père a des tas de conseillers pour l'aider à prendre ses décisions, non ? C'est peut-être nous les conseillers de l'Élu.

— Pourrait-on persuader Troffort de nous laisser partir ? demanda Ellie.

Marco secoua la tête.

— Pourquoi accepterait-il ? Que pourrions-nous lui offrir en échange de notre liberté ? Rien ne l'intéresse en dehors de lui-même.

— Réfléchissons, intervint Marabel. Il a tous les trésors que pourrait contenir cette pièce, non ? Qu'aiment les dragons, à part l'or et les bijoux ?

— Le seul autre trésor de dragon dont j'aie entendu parler, répondit Marco, c'est... Non, laissez tomber.

— Quoi ? insista Marabel.

— La seule chose qui les apaise, reprit Marco à contrecœur – tu sais, quand ils dévastent les campagnes, dévorent les moutons, brûlent tout sur leur passage et...

— Oui, quand ils font des trucs de dragon, résuma Marabel. Et alors ?

— Bon, eh bien, qu'exigent-ils pour arrêter ?

— Oh... fit Ellie après un petit temps de réflexion.

— Ah oui, c'est vrai, enchaîna Marabel.

— Quoi ? demanda Floriano. Qu'est-ce qu'ils exigent ?

— Une jeune fille, répondit Marco, mal à l'aise. Pour la manger. En général, une princesse.

— Mab donne-t-elle vraiment des gens à manger à Troffort ? interrogea Floriano, horrifié.

— Je ne crois pas, dit le prince. S'il avait dévoré une vierge, je l'aurais entendu d'ici, je pense.

Tous frissonnèrent à l'idée du bruit que ça devait produire.

— C'est ça, votre plan, alors ? lui demanda Ellie. Offrir votre sœur au dragon ?

— Quoi ? s'écria Marco, choqué. Non ! Jamais !

— En fait, Troffort, que mange-t-il ? reprit Floriano.

— Je crois qu'il ne mange pas, répondit le prince. Il est tellement à l'étroit dans sa salle qu'à mon avis, il évite d'avaler quoi que ce soit pour ne pas grossir, parce que ça l'obligerait à déménager. Les dragons sont comme les bernard-l'hermite, il leur faut changer d'endroit chaque fois qu'ils grandissent.

Ils restèrent silencieux un instant, puis Marabel se leva.

— D'accord, fit-elle. On va lui dire qu'il peut...

Elle avala sa salive avant de terminer bravement :

— ... qu'il peut me manger s'il vous laisse partir.

— Hors de question ! s'écria Marco d'un ton ferme.

— Il n'y a pas d'autre solution. Je voudrais juste... Bon, tu feras des adieux à tout le monde pour moi, d'accord ? À père, à Maggie, aux petits...

Elle se figea. Au moment même où elle avait abandonné tout espoir de trouver une solution, une idée lui était venue. Une idée folle, qui ne marcherait sans doute pas – mais c'était toujours une idée.

— Attendez une seconde, dit-elle lentement, comme si elle craignait de perdre l'étincelle qui venait de la traverser. Je pense à quelque chose. Écoutez-moi.

Les autres l'entourèrent pendant qu'elle exposait son plan. Ils discutèrent à voix basse jusqu'à en avoir parfaitement réglé les détails.

— Je ne sais pas, dit Marco. Ça m'étonnerait que Troffort admette qu'il n'est pas au sommet en quelque domaine que ce soit, même si c'est vrai.

— Il faut tenter le coup, répliqua Marabel.

Son plan n'avait que très peu de chances de fonctionner, mais tout plutôt que de rester assis sans rien faire. Elle prit une grande respiration.

— À toi de jouer, Ellie !

16

Ellie s'éclaircit la gorge avant de se pencher vers le trou de la serrure pour murmurer de sa voix la plus douce :

— S'il vous plaît, monsieur Troffort ?

Pas de réponse.

— Pourrions-nous parler avec vous, monsieur Troffort ?

Ils entendirent le dragon bouger dans un tintamarre d'objets entrechoqués.

— Qu'est-ce que vous voulez ? lança le dragon d'une voix rogue. Je comptais mes boucliers d'argent, et à cause de vous j'ai perdu le fil. Il va falloir que je recommence tout.

— Nous avons une proposition à vous faire, déclara Marco. Pourriez-vous nous ouvrir une minute pour que nous en discutions ?

— Vous êtes fous, répondit le dragon.

Il souffla une petite flamme qui vint lécher le dessous de la porte. Ellie bondit en arrière pour ne pas être brûlée.

— Je ne vois pas quelle proposition de votre part pourrait m'intéresser, bande de nuls. Taisez-vous et laissez-moi compter.

— Vous, taisez-vous ! Et écoutez un peu, ordonna Marabel. Vous êtes capable de nous entendre à travers la porte ?

— Tu plaisantes ? J'ai une ouïe excellente. La meilleure. La plus...

— Ce qu'on voulait vous dire, poursuivit la princesse, c'est que vous semblez vraiment à l'étroit dans cette salle.

— Qu'est-ce que vous voulez dire ? fit le dragon d'un ton indigné. Cet endroit est immense ! Gigantesque ! Luxueux. C'est la maison de Troffort, et croyez-moi, Troffort n'accepte que le meilleur.

— Vous voyez ? murmura Marco.

Ignorant son interruption, Marabel continua :

— Vous êtes devenu trop grand pour elle.

— Vous vous cognez la tête tout le temps, fit observer Ellie.

— Vous ne pouvez même pas tendre votre queue, ajouta Marco.

— Le pire, c'est que vous êtes enfermé, enchaîna Marabel. Comment supportez-vous ça ?

— Vous êtes une créature magique, poursuivit Floriano. Vous méritez mieux. Vous ne devriez pas être enfermé ici comme... comme un âne dans une étable. Vous devriez habiter dans la nature, libre d'aller et venir à votre guise, sans recevoir d'ordres de personne.

Le dragon resta silencieux.

— Vous nous entendez ? demanda Marabel, inquiète.

— Alors, qu'est-ce que vous suggérez ? demanda le dragon, soudain bien moins vantard.

Ils échangèrent un regard, n'osant espérer que leur plan fonctionnait. Marabel prit une autre respiration.

— Pas loin d'ici, il y a une grande grotte. Elle mesure bien deux fois la taille de celle-ci. Nous y avons passé une nuit pendant notre périple, et elle est vraiment très confortable. Elle a une vue imprenable, et un ruisseau coule tout près.

Encore du silence. Puis :

— Une entrée privative ? demanda Troffort.

— Absolument, l'assura Marabel. Et largement assez grande pour vous.

— Le voisinage est bruyant ?

— Pas d'autres voisins que quelques oiseaux et des écureuils.

— Concept ouvert de plain-pied ?

Marabel n'était pas certaine de ce que ça signifiait, mais apparemment Troffort n'avait pas envie d'une succession de petites cavernes. Aussi, elle répondit :

— Très ouvert.

— L'électromaginier est neuf ?

De quel genre d'électromaginier un dragon avait-il donc besoin ?

— Pas d'appareils électromagiques. Comme ça, vous pourrez acheter ce qui vous plaît pour aménager à votre convenance. Et le tarif est imbattable.

— Combien en veulent-ils ?

— Rien. C'est gratuit. C'est resté inoccupé pendant un certain temps, mais tout est en bon état. Ce serait bien mieux pour vous.

— Facile à dire, répondit le dragon avec un manque d'assurance inhabituel. Pourquoi quitterais-je cet endroit ? Ça m'obligerait à faire des paquets. Je déteste déménager. Je n'ai même pas de cartons.

— Vous avez tous ces coffres à trésor, fit observer Marco.

— Vous pouvez déménager en plusieurs fois, ajouta Ellie.

Silence. Puis à nouveau Troffort demanda :

— Et si je le trouve à mon goût – ce qui m'étonnerait, mais supposons – quand pourrai-je m'y installer ?

Ils retinrent des exclamations de triomphe. Leur plan fonctionnait ! En tout cas, pour l'instant. *Une chose à la fois,* se répéta Marabel. D'un ton qu'elle voulait détaché, elle lança :

— À condition que vous nous laissiez sortir et que vous nous promettiez de ne le dire à personne, nous vous expliquerons comment la trouver.

— Si vite ?

— Si vite, confirma Marco.

Un silence plein d'appréhension... puis ils entendirent le bruit le plus délicieux de la création – celui de la serrure qui s'ouvrait.

Ellie se jeta sur la porte et la repoussa à toute volée, traversant la chambre du dragon comme une flèche avant de se précipiter vers le couloir. Marabel s'élança à sa poursuite, et ne parvint à la rattraper qu'en bas de l'escalier.

— Encore quelques minutes, lui assura-t-elle en la retenant par la manche. Quelques minutes, et on sort, d'accord ? Essaie de garder ton calme. S'ils t'entendent, ils nous jetteront à nouveau au cachot.

La menace suffit à calmer un peu Ellie, mais la panique était toujours présente dans ses yeux. Marabel comprit que son amie ne tiendrait pas très longtemps.

Floriano achevait de donner à Troffort les indications pour trouver la caverne, et le dragon entreprit de vider les coffres à trésor pour les remplir de ses effets personnels. Avant qu'il referme le couvercle, Marabel aperçut un coupe-ongles aussi long que son épée ; un flacon portant l'inscription LOTION POUR ÉCAILLES, PARFUM CITRON ; plusieurs extincteurs ; une énorme paire de charentaises d'aspect très confortable, avec des trous au bout pour laisser passer les griffes ; et, enfin, le portrait d'un dragon rouge avec le mot MAMAN en écriture tarabiscotée.

— Allez, déguerpissez, lança Troffort par-dessus son épaule tout en ouvrant un deuxième coffre. Bonne chance à vous et tout ça. Passez me voir à la caverne quand vous voulez.

Ellie tira Marabel par le bras.

— On y *vaaaa*, siffla-t-elle entre ses dents.

Marabel entrouvrit la porte pour regarder dans le couloir. Ne voyant personne, elle fit signe aux autres de la suivre, et ils se glissèrent dehors en direction des escaliers. Le sous-sol était désert, peuplé seulement de quelques araignées. L'air était humide et froid. Ils aperçurent un panneau SORTIE en lettres rouges, et se précipitèrent dans cette direction. Ils passèrent devant la boutique de souvenirs dont parlaient les pancartes. Par bonheur, elle était close. Un autre panneau les mena à une sortie dérobée. Ils échangèrent un regard nerveux et l'ouvrirent. Un beau soleil de fin d'après-midi les accueillit.

Il y avait quelques personnes dehors – des jardiniers, des serviteurs en train de nettoyer les carreaux, une sentinelle qui avait l'air de s'ennuyer... mais personne ne semblait les chercher.

— Prenez l'air dégagé, murmura Marabel, même si son cœur battait la chamade.

Elle aurait voulu se mettre à courir, mais réussit à se contenir, et se dirigea vers la route d'un pas qu'elle espérait normal.

— Plus que quelques mètres ! dit-elle pour donner du courage à ses compagnons.

Mais, juste au moment où ils allaient rejoindre la liberté, une trompette éclata derrière eux, et depuis le château une voix tonitruante lança :

— Les prisonniers ! Ils s'échappent ! Aux armes, aux armes !

Marabel, Marco, Ellie et Floriano se concertèrent du regard, horrifiés, avant de s'élancer sur la pelouse en direction de la forêt.

— Vite ! Vite ! criait Floriano.

Il aurait pu distancer les gardes sans peine, mais il restait avec eux.

— Fuis, Floriano ! lui cria Marabel. Rentre à la maison et va chercher du secours.

Mais le licorne répondit :

— Pas question que j'abandonne des humains !

Une nouvelle sonnerie retentit, et un nuage de poussière s'éleva sur la route. Quelques secondes plus tard, ils étaient encerclés. Floriano baissa la tête, tenant les gardes en respect avec sa corne.

Un gobelin à l'allure familière s'avança.

— C'est vous qui m'avez jetée au cachot ! s'écria Marabel, furieuse.

La créature fit la révérence.

— Général Bob Gobelin, pour vous servir, damoiselle, fit-il avec une courtoisie feinte.

Marabel préféra ignorer l'ironie.

— De quel droit nous arrêtez-vous ? demanda-t-elle.

— Je suis les ordres, damoiselle, répondit le gobelin, l'air amusé. Sa Majesté m'a donné l'ordre de ne vous laisser sortir sous aucun prétexte, sauf si elle me l'ordonne en personne. Comme je n'ai reçu aucun ordre en ce sens, je vais vous renvoyer au cachot, et cette fois je vous assure que vous n'en ressortirez pas.

— Et si nous refusons ?

— Nous vous y traînerons, alors.

— Quel courage ! ironisa Ellie. Vous êtes... combien... vingt ? Avec des épées, des écus et tout le reste. Et nous, nous ne sommes que quatre, et désarmés, sauf si on compte la corne de Floriano. Vous montreriez moins de cran si le père de Marabel était ici avec ses soldats.

— L'armée de Magikos ? lança le général Gobelin avec un air de mépris. Ça m'étonnerait qu'elle nous pose problème. Et vous avez une arme, de toute façon.

— Nous n'avons rien du tout, protesta Marco. Pas même un couteau à beurre.

Avec un sourire sarcastique, le général désigna l'épée de bois à la ceinture de Marabel. Ses soldats éclatèrent de rire.

— Je vais vous proposer quelque chose, reprit-il avec une suffisance qui donnait envie de le gifler. Un duel, moi avec mon épée, vous avec la vôtre. Si vous gagnez, je vous laisse partir, tous autant que vous êtes. Sinon, c'est retour aux cachots.

— Ne soyez pas ridicule, lui lança Floriano. Marabel n'a qu'une arme d'exercice, la vôtre est en acier !

— Ça me va, Floriano, coupa la princesse. Je préfère mourir en tentant de m'évader qu'être changée en grenouille.

Marco se tourna vers le général Gobelin.

— Nous accep...

— Attends ! s'écria Marabel, en se souvenant du controlleur. Une minute. Nous devons définir les termes du contrat.

— Pas de termes particuliers, répondit le gobelin. Les règles habituelles du duel. C'est à prendre ou à laisser.

Il dégaina son arme, un sabre d'aspect menaçant à la poignée épaisse. Marabel tira à son tour son épée de bois abîmée de sa ceinture et la tendit, pommeau en avant, à son frère. Mais celui-ci secoua la tête et cacha ses mains derrière lui.

— Mais, Marco...

Elle se tut, stupéfaite. Qu'est-ce qui lui prenait ?

— À toi de le faire, Mara. Tu dois te battre contre lui. Tu es une bien meilleure bretteuse que moi.

— Pas du tout ! Lucius m'a toujours affirmé le contraire !

— Et, à moi, il a toujours dit que tu étais la plus forte à l'épée.

Malgré sa terreur, Marabel ne put s'empêcher de rire.

— Il a dû nous raconter ça pour nous motiver tous les deux !

Marco rit lui aussi, et l'espace d'un instant ils eurent l'impression de se retrouver chez eux, partageant une blague qu'ils étaient les seuls à comprendre.

— Mais, Marco, reprit Marabel en redevenant sérieuse, tu es l'Élu ! Le Livre le dit : « Quand l'Élu se reconnaîtra, il triomphera. » Ça veut dire que tu es censé te mesurer à lui, non ?

— Mais c'est quoi, cette histoire de « se reconnaître » ? protesta son frère. Je ne reconnais rien du tout.

— Arrêtez de discutailler ! aboya le gobelin. Vous avez peur de vous battre ou quoi ?

Sans lui prêter attention, Marabel reprit l'épée par la poignée, pensant à toutes les heures passées dans la tour, et se rappelant comment Lucius lui avait enseigné la bonne prise en main, la bonne posture, l'attaque et la riposte, les règles du combat chevaleresque, les rudiments de la stratégie.

Quel dommage que son aventure se termine par une défaite après tout ce qu'ils avaient vécu ! Elle se souvint du moment où Ellie et elle avaient osé entrer dans le tunnel, de celui où elles avaient roulé le controlleur et échappé aux géants. Elle se rappela le moment où elle avait compris que le faux Floriano était un faye qui tentait de les attirer dans son royaume, et comment elle avait réussi à persuader Troffort de les libérer. Son cœur se gonfla de fierté, et son bras droit se mit à fourmiller.

Soudain, elle se rendit compte que tout le monde s'était tu. Tous les yeux étaient fixés sur elle – non seulement ceux de Marco, Ellie et Floriano, mais aussi ceux des soldats gobelins, qui l'observaient bouche bée.

— Qu'est-ce qui se passe ? lança-t-elle à la cantonade, intriguée.

— Marabel... fit Marco d'une voix rauque. Regarde l'épée, Marabel.

L'épée du général ? Non, apparemment. Elle suivit le regard de son frère vers sa propre main qui tenait l'arme en bois.

Sauf qu'elle n'était pas en bois. Elle était en acier et brillait comme une flamme. Un enchantement ? Marabel n'avait pas le temps de se poser la question. D'instinct, elle sut que le sentiment de fierté et de confiance qui lui réchauffait le cœur se transmettait à la lame étincelante.

Marabel se tourna vers le général Gobelin, en position d'attaque. C'était à son tour de se moquer.

— Tu veux toujours te battre, Bobby ?

Pour toute réponse, le général leva son épée. Ils se mirent à tourner l'un autour de l'autre, s'observant, chacun guettant une faille. Marabel remarqua que son adversaire avait un genou plus raide, ce qui le handicapait un peu. Du coin de l'œil, elle repéra les points faibles de son plastron de cuir. Elle se souvint que les gobelins ne portaient pas de chaussures ; si elle parvenait à cogner sur son pied nu, elle aurait certainement un avantage.

— Ah ! s'écria le général en se fendant.

Elle esquiva le coup sans peine, en prenant soin de tourner du côté de sa mauvaise jambe pour qu'il ne puisse pas la suivre trop vite. Afin de juger de sa capacité de réaction, elle feignit à son tour de porter une attaque.

Non sans un certain étonnement, Marabel se rendit compte que, malgré leur situation désespérée, elle s'amusait bien. C'était ce pour quoi Lucius l'avait formée – sans savoir qu'elle devrait affronter un gobelin quelque part au fond des Landes Désolées, mais tout de même. Elle était prête. C'était son destin.

Elle s'approcha du gobelin, à portée de sa lame, puis recula à nouveau. Il soufflait comme un bœuf. Avec tout ce cuir, il devait avoir trop chaud sous le soleil. Elle, en revanche, avait simplement mangé et joué à *NainCraft* tout l'après-midi, et sa nouvelle tenue était légère et souple. Si elle parvenait à le fatiguer...

C'est alors qu'elle commit une erreur. Elle l'avait laissé s'approcher de trop, la lame du gobelin lui mordit cruellement le bras.

— Arrête, Marabel ! hurla Marco. Rends-toi !

Elle l'ignora. La coupure était superficielle, elle ne saignerait pas beaucoup. Et elle était moins douloureuse que bon nombre des coups infligés par Lucius. N'empêche que ça la mit en colère. Elle plongea vers le gobelin, qui, comme elle s'y attendait, leva son bouclier pour parer le coup – tout comme Lucius dans la tour, le jour de leur anniversaire. Alors, elle se fendit de l'autre côté pour le frapper aux genoux du plat de sa lame. Et, tout comme Lucius cette fois-là (il y avait si longtemps, lui semblait-il), Bob Gobelin tomba à la renverse. Avant qu'il ait eu le temps de se relever, elle bondit sur lui, la lame de l'épée sur sa gorge. Les soldats gobelins s'approchèrent avec des murmures furieux.

— Reculez ! cria Marabel. Reculez ou je...

Elle ne savait pas comment terminer, aussi fut-elle soulagée de les voir obéir.

— Êtes-vous un homme de... enfin, un gobelin de parole ? demanda-t-elle au général.

Celui-ci, les yeux fixés sur la lame brillante, hocha la tête.

— Vous avez dit que, si je gagnais, nous serions libres. Allez-vous tenir votre promesse ?

— Oui, croassa-t-il. Vous pouvez partir. Nous n'essaierons pas de vous arrêter.

— Je pourrais vous tuer, dit Marabel. J'en ai le droit.

Elle appuya un tout petit peu plus fort sur le pommeau de son arme – pas assez pour percer la peau, mais suffisamment pour lui faire peur. Le gobelin ferma les yeux, se préparant à mourir.

Un instant, Marabel savoura sa victoire. Puis elle s'écarta et rengaina son épée. Elle s'aperçut avec surprise que celle-ci était à nouveau en bois.

Marco s'approcha d'elle pour la prendre dans ses bras. C'est seulement alors qu'elle se rendit compte qu'elle tremblait.

Deux gobelins aidèrent le général à se relever. Il tremblait également. Un de ses hommes lui tendit son épée ; Bob Gobelin s'agenouilla pour la tendre, pommeau en avant, à Marabel, ainsi que le voulait la tradition pour le vaincu. La princesse prit l'arme, incertaine. Lucius ne lui avait pas enseigné ce qu'il convenait de faire avec l'arme d'un adversaire battu.

— Comme vous m'avez épargné, dit le gobelin d'un ton solennel, je veux aussi vous faire un présent.

De la bourse en cuir attachée à sa ceinture, il tira un bracelet noir, très simple. Ce n'était pas un bijou d'or ou d'argent, aucune pierre n'y brillait. *Étrange cadeau, en échange d'une vie,* pensa Marabel. Elle tendit le poignet, et le gobelin y attacha la lanière.

— Si d'aventure vous avez besoin d'aide, princesse Marabel, vous pourrez vous servir de ce bracelet pour m'appeler. Où que je sois, j'accourrai.

— Oh, fit Ellie. J'ai entendu parler de ce genre de sorts. Il faut les tourner trois fois autour du poignet, les tenir sous la pleine lune ou quelque chose comme ça, n'est-ce pas ?

— Rien d'aussi compliqué. Regardez.

Il s'éclaircit la voix avant d'approcher de sa bouche le bracelet identique qu'il portait et de lancer :

— Bonjour, Sili.

— Bonjour, vous, répondit une voix de femme.

— Appelle Marabel.

La lanière que portait la princesse émit un petit carillon et se mit à vibrer. Elle sursauta.

— Qu'est-ce que c'était ?

— C'était Sili, répondit le gobelin. C'est le lutin – ou plutôt, un des lutins – qui vit dans votre bracelet. Ils s'appellent tous Sili. Allez-y, répondez-lui.

Avec précaution, Marabel porta le bracelet à sa bouche.

— Allô ? fit-elle.

— Appel de Bob G., annonça la même voix féminine.

— Qu'est-ce que je suis censée faire ? demanda la princesse.

Le général lui montra comment accepter l'appel et comment en passer un à son tour. Ensuite, il appela un infirmier, qui pansa la coupure du bras de Marabel. Puis il la salua.

— Souvenez-vous, dit-il. Si vous vous trouvez en danger, appelez-moi, et je viendrai aussi vite que possible.

— Merci, dit Marabel. Oh, et, général ?

— Oui ?

— Encore une chose. Pourriez-vous vous assurer qu'aucun autre soldat ne nous suive dans l'immédiat ?

— D'autres soldats ? répondit l'autre. Damoiselle, il n'y a aucun autre soldat en faction au château. Ils s'apprêtent tous à partir pour Magikos.

— Quoi ? s'écria Marabel. Ils s'en vont ? Tous ? Quand ? Pourquoi ?

— Dès que possible, répondit le général. Nous sommes menacés. Un émissaire nous a prévenus que le roi de Magikos allait nous attaquer si Sa Majesté ne rendait pas le jeune prince. Vous feriez mieux de rester ici en attendant que tout soit terminé. Cela sera certainement dangereux.

Après un dernier salut, il retourna vers le château, accompagné de sa troupe. Marabel les regarda partir, paralysée. Ainsi, le messager de son père était arrivé pendant qu'ils se trouvaient au cachot ! Pas étonnant qu'ils n'aient rencontré aucun garde au cours de leur fuite, et que le préposé à la cellule de Marco ne soit pas passé faire sa ronde comme à l'accoutumée. Les soldats étaient tous appelés à des missions plus importantes.

Oui, ils étaient libres. Oui, ils avaient tiré Marco du cachot. Mais ils se trouvaient désormais en territoire ennemi, très loin de chez eux, et Magikos était en danger. Mab se préparait à attaquer le royaume avec son armée de Monstres, et ni Marabel ni ses compagnons ne pourraient l'en empêcher. Ils n'avaient rien à manger, leur longue marche pour venir ici les avait laissés sans force et le trajet du retour était infesté de périls.

Les autres l'observaient, attendant ses ordres.

Non, elle n'échouerait pas. Impossible. Elle ferait tout pour les ramener à la maison, où elle se battrait aux côtés des soldats. Et, si cela échouait, au moins aurait-elle tenté tout ce qui était en son pouvoir. Elle tendit l'épée du gobelin à Marco, qui la glissa à sa ceinture.

— Allons-y, déclara-t-elle.

Alors, d'au-dessus d'eux, leur parvint un bourdonnement sourd, et quelque chose vint cacher le soleil. Ellie poussa un cri, Floriano, un hennissement terrifié, et Marco regarda autour d'eux sans comprendre. Avant que Marabel ait eu le temps de réagir, par exemple en appelant Bob Gobelin sur son bracelet, la chose qui volait dans le ciel vint se poser lourdement devant elle.

— Que le Livre nous protège, murmura la princesse. Que le Livre nous protège, parce que moi, j'en suis bien incapable.

17

— Une petite minute, vous autres !

C'était Troffort, et il avait l'air en colère. Ils baissèrent la tête tandis que le dragon crachait une énorme flamme au-dessus d'eux.

— Très bel atterrissage, dit-il pour lui-même. Je suis un expert dans ce domaine, au cas où vous ne l'auriez pas remarqué.

Puis, se tournant vers le licorne.

— Toi, là ! gronda-t-il. On a un gros problème. Tu m'as menti.

— Quoi ? s'étrangla Floriano, indigné. Qu'est-ce que tu racontes ?

— Tu m'as délibérément envoyé dans la mauvaise direction. Il n'y a aucune caverne là où tu me l'as dit.

Il s'approcha d'un pas, de la fumée sortant des naseaux. Les autres reculèrent.

— Vous avez déjà fait l'aller-retour à la grotte ? demanda Marabel.

Il devait voler bien plus vite qu'un oiseau.

— L'aller-retour, oui, mais pas à la grotte, répondit Troffort. La première partie du voyage a été un jeu d'enfant pour quelqu'un comme moi, avec ces gardes incompétents. Ils mériteraient d'être virés, tous autant qu'ils sont.

— Vous ne les avez pas mangés, tout de même ? demanda Marco.

— Ni brûlés ? ajouta Ellie, horrifiée.

— Non, répondit Troffort. Ça aurait attiré l'attention. Je les ai attrapés et jetés au cachot. Personne ne les trouvera avant un petit moment – j'ai laissé un panneau « Ne pas déranger » sur la porte. Croyez-moi, les autres gardes obéiront !

Sans doute, songea Marabel. Mais ça n'arrêterait pas sa tante.

Troffort se tourna vers Marco.

— Mais ce que je veux savoir, c'est pourquoi vous m'avez raconté qu'il y avait une belle grotte disponible là-bas ? Maudits humains...

— Bien sûr qu'il y en a une ! répondit Ellie. Nous y avons passé la nuit !

— C'est une conspiration, fit Troffort d'un air sombre. Vous êtes tous ligués contre moi. Il n'y a pas de grotte, et il n'y en a jamais eu. Personne là-bas n'a *jamais* entendu parler d'une caverne, à part une toute petite, si ridicule que même les elfes qui y vivaient trouvaient le loyer exagéré. Je crois bien que je vais vous dénoncer à la reine. Ou, encore mieux, vous griller sur place.

Il laissa échapper une nouvelle flammèche.

— Attendez, se hâta d'intervenir Marabel. Vous avez dû mal comprendre les indications de Floriano.

Mais il était possible que le dragon ait raison, que la caverne ait vraiment disparu. Pour autant qu'elle le sache, dans les Landes, même les grottes s'évanouissaient par enchantement. *Ras-le-bol de la magie,* songea-t-elle. *C'est vraiment trop imprévisible.*

— Impossible, répliqua Troffort, indigné. Je comprends toujours très bien. J'ai une ouïe excellente. Tout le monde sait que les licornes sont des menteuses. Et je crois que le vôtre l'est tout particulièrement.

— Floriano n'est pas un menteur ! protesta Ellie. Il a pu se tromper. Vous savez, en venant ici, nous n'avons pas vraiment noté notre chemin, à quel endroit on tournait et tout ce genre de choses. Vous ne pouvez pas le reprocher à Floriano !

— Je reproche ce que je veux à qui je veux ! dit le dragon. Pour ce qui est de faire des reproches, mes chers, je...

— On ne peut pas rester à découvert comme ça, l'interrompit Marabel. N'importe qui peut nous voir depuis le château. Écoutez, Troffort, Floriano n'avait aucune raison de vous mentir. Pourquoi ne vous montrerions-nous pas la grotte nous-mêmes ?

— Me la montrer ? fit le dragon, dédaigneux. Vous voulez dire que je dois vous suivre à pied, chargé de mes valises, pendant que vous avancez comme des escargots ? Hors de question pour Troffort. J'ai mieux à faire de mon temps.

— Bien sûr, approuva Marabel. Vous êtes un dragon très important. Pourquoi ne pas nous porter, alors ?

— C'est exactement ce que j'allais suggérer, répondit Troffort.

C'était un mensonge, de toute évidence, mais ça ne dérangeait pas Marabel qu'il s'approprie son idée... pourvu qu'ils déguerpissent très vite.

— On pourrait monter sur votre dos tandis que vous porteriez Floriano dans vos griffes, suggéra Marco.

— Je sais, je sais, répondit le dragon, vexé.

Il se coucha sur le ventre et étala ses ailes de part et d'autre. Son envergure était impressionnante.

— Veuillez embarquer par ordre d'arrivée, dit-il.

Ellie grimpa la première sur le cou du dragon. Marabel prit place juste au-dessus des ailes, et Marco s'assit derrière elle. La princesse serra les genoux pour s'agripper. Par bonheur, même si elles brillaient, les écailles du dragon n'étaient pas glissantes, et il était facile de s'y accrocher. Mais Floriano hennit quand Troffort l'entoura de ses griffes.

— Je ne peux pas respirer ! se plaignit-il.

— Si tu parles, c'est que tu respires, rétorqua le dragon. Ou tu préfères que je te laisse tomber ? J'en serais ravi, il suffit de demander.

Puis, d'une voix affectée, il lança :

— Bienvenue à bord du vol Dragon 1313 en direction de la Caverne. Ici le capitaine Troffort, votre commandant de bord. Dans le cas improbable où nous devrions prendre de l'altitude, l'atmosphère se raréfiera. Vous vous évanouirez sans doute, et vous tomberez. Nous ne pratiquons aucun remboursement. Dans le cas d'un amerrissage, nagez. Pas la peine d'attacher vos ceintures de sécurité, nous n'en avons pas. Interdiction de fumer à bord, sauf pour le capitaine.

Il rit, laissant échapper un nuage de fumée par les naseaux.

— Une petite plaisanterie. En raison de la brièveté de notre vol et de l'absence de personnel de bord, il n'y aura pas de service en cabine, alors si vous avez faim, tant pis pour vous. À présent, asseyez-vous, détendez-vous et bon vol.

Le dragon étendit ses longues ailes membraneuses et décolla si brutalement qu'il faillit renverser ses passagers et que Marabel se mordit la langue. Elle serra les genoux plus fort encore autour des flancs du dragon, et s'accrocha aux écailles.

Ils s'élevèrent très vite au-dessus de la cime des arbres. Marabel ferma les yeux quand le dragon vira de bord pour suivre les indications de Floriano. Au bout de quelques minutes, néanmoins, elle entrouvrit les paupières pour jeter un œil. Un petit gémissement lui échappa. Tout était minuscule, et le château de Mab disparaissait déjà derrière eux.

À l'aller, elle était tellement concentrée sur leur survie et sa volonté de retrouver Marco qu'elle n'avait guère prêté attention au paysage. À présent, elle découvrait qu'en dépit de toutes les horreurs que l'on racontait à Magikos sur les Landes Désolées, le royaume était sublime. Le clair de lune révélait des arbres majestueux au bord des routes, et de petits villages qui semblaient prospères et pleins de vie. Ils survolèrent un rang de nains qui rentraient du travail en chantant, en direction d'un joli petit cottage.

Quelques enfants ogres jouaient dans un champ, et leurs membres fins et longs les faisaient ressembler à des araignées. Dans un pré dansaient de petites lumières ; au début, Marabel les prit pour des lucioles, mais elle se rendit compte qu'elles suivaient des trajectoires complexes, sur un rythme bien défini. *Une danse de fées ?* se demanda-t-elle. Mais, déjà, ils s'éloignaient.

Quelques minutes plus tard, ils survolèrent un immense précipice. Au moment même où Marabel comprit qu'il s'agissait de celui qui entourait le territoire des géants, elle vit apparaître devant eux la montagne, et Troffort vira abruptement vers la droite. Tandis qu'ils contournaient le sommet, elle aperçut une des filles géantes devant sa grande demeure, les yeux au ciel, l'air ébahi. Elle l'entendit crier : « Maman ! » Puis le dragon franchit l'autre côté du précipice, laissant les géants derrière eux.

Il leur avait fallu des jours de marche pour atteindre le château de Mab depuis cet endroit, et seulement quelques minutes pour accomplir le chemin en sens inverse. Le vol, décida Marabel, était vraiment le meilleur moyen de transport !

Ils étaient si près de Magikos, désormais. Elle songea à l'accueil que recevrait Marco. Leur père serait fier d'elle, parce qu'elle l'avait secouru, parce qu'elle avait combattu et surmonté tous les périls sur leur chemin. Quand elle lui montrerait l'épée étincelante, il comprendrait qu'elle avait quelque chose de spécial, quelque chose qui changeait le bois en acier et lui donnait courage et force. Et comme il lui tardait de voir le petit Malcolm, Maisie et Maria, sans parler de Lucius !

— Vire à gauche ici, lança Floriano à Troffort.

— À gauche ? Tu m'avais dit de prendre à droite après la montagne des géants ! Pas étonnant que je n'aie pas trouvé !

— Pas du tout ! Je t'ai dit de...

Marabel cessa de les écouter. Par-dessus son épaule, elle regarda Marco, qui semblait aux anges tandis qu'il contemplait le paysage au-dessous d'eux.

— C'est magnifique, n'est-ce pas ? demanda-t-elle.

— Je n'ai jamais rien vu de plus beau, approuva-t-il.

Tout était sombre, désormais, à l'exception de la lune et des étoiles, et la seule façon qu'elle avait de deviner qu'ils passaient au-dessus d'un village, c'était de voir les petites lumières de chandelles aux fenêtres. Ce village, là, était-ce celui de Cornélius, ou un autre ? Et où était la maison de leur ami ogre ? Elle aurait aimé pouvoir leur dire, à lui et à sa mère, que leur quête avait abouti.

La princesse se pencha en avant pour tapoter l'épaule d'Ellie et lui montrer, en bas, un pont, à l'extrémité duquel une créature lisait un livre à la lueur d'une torche. Cela ressemblait fort au poste de garde du controlleur. Ellie sourit à son tour.

— Préparez-vous pour l'atterrissage ! lança soudain le dragon à ses passagers.

— Comment on se prépare ? cria Marco en retour.

— Accrochez-vous ! fit Troffort.

Il descendit de plus en plus bas, jusqu'à raser le sol, qui défilait à une vitesse effrayante. Sous eux, Floriano poussa un hennissement de terreur. Le dragon recourba ses ailes pour ralentir, mais ils allaient encore très vite quand il lâcha le licorne. Puis, avec un bruit sourd, il atterrit.

Ellie se glissa le long de son cou, bientôt rejointe par Marabel et Marco. Floriano apparut à son tour à l'autre bout de la prairie, boitant légèrement. Au lieu de se plaindre, comme le redoutait la princesse, il caracolait.

— Quelle aventure ! s'exclama-t-il. Attendez que je raconte ça à tous ces bourricots. Maintenant, je comprends pourquoi mes cousins hippogriffes parlent toujours de voler !

— Qu'est-ce que c'est, un hippogriffe ? demanda Ellie à Marabel.

— Un cheval avec des ailes, répondit celle-ci. Je crois qu'ils vivent presque tous dans le même pays que les centaures.

— Alors, cette grotte ? intervint Troffort. Je commence à me demander si vous n'avez pas tout inventé pour que je vous laisse sortir du cachot.

— Non, elle est tout près, dit Marabel. Juste...

Elle se tut, scrutant les alentours. Où était passée cette fichue caverne ?

— Si seulement nous avions de la lumière...

— Reculez, prévint le dragon.

Ils s'écartèrent précipitamment. Troffort retroussa les lèvres et, comme on crache un pépin de melon, laissa échapper une petite flamme. Celle-ci toucha l'extrémité de la branche d'un pin, qui s'embrasa. Marco parvint à la casser sans se brûler, et avec cette torche improvisée il leur fut facile de retrouver le sentier, puis la caverne.

— J'espère qu'il l'aimera, murmura Ellie à Marabel.

— Moi aussi ! Sinon, j'ai peur qu'il nous ramène au château de Mab...

— Ou qu'il nous rôtisse sur place.

Marabel n'y avait pas songé. Elle se hâta de rejoindre le dragon.

— Comme vous le voyez, déclara-t-elle, c'est un quartier en plein essor. Il y a une route toute proche qui dessert tous les environs, et vous avez l'eau courante juste devant la porte.

— Honnêtement, j'ai peur que ce soit un peu humide, dit le dragon.

— Pas du tout ! C'est très sec, au contraire. Vous allez voir.

Croisons les doigts, songea-t-elle.

— Nous y sommes, lança Floriano.

Marabel retint son souffle. Pourvu que le dragon puisse passer par l'entrée... Par bonheur, en baissant la tête et en repliant ses ailes, il y parvint. Au bout de quelques minutes d'angoisse, les filles entendirent :

— C'est génial. GÉNIAL !

Elles poussèrent un énorme soupir de soulagement.

— Ça, c'est l'endroit idéal pour mon piano ! Et mon trésor ira très bien dans cette petite caverne secondaire. Si je mets ma table par là...

Marabel et Ellie se frappèrent dans les mains pour se féliciter de leur réussite. Marco souriait.

— Dis donc, je n'imaginais pas que c'était si difficile de chevaucher un dragon.

Marabel se rendit compte qu'elle avait mal partout, en particulier aux jambes et au dos.

— Nous devons continuer, dit-elle néanmoins. L'armée de Mab est sans doute déjà chez nous. Et notre tante va la rejoindre. Je veux arriver avant elle.

— On ne peut pas partir maintenant, protesta Ellie. Nous sommes épuisés. Et pas question d'avancer de nuit, en se cognant à toutes les racines et à tous les cailloux. Mieux vaut attendre le jour.

— Nous avons une torche, lui rappela Marabel.

— Si on nous recherche, ça nous rendra visibles à des lieues à la ronde, intervint Marco. Sans compter que notre flambeau ne tiendra pas toute la nuit.

Comme pour souligner ces paroles, la torche palpita avant de s'éteindre. Marabel n'eut d'autre choix que de tomber d'accord avec les autres.

Ils étaient tellement épuisés que même les voix de Troffort et Floriano débattant des tonalités de couleur et des mérites comparés des comptoirs de cuisine en granit et en marbre ne les empêchèrent pas de s'endormir comme des masses. Pour la première fois depuis des jours, Marabel dormit paisiblement. Demain, ils rentreraient chez eux.

*

Quelques heures plus tard, elle s'éveilla en sursaut. Elle avait entendu craquer une brindille.

Elle resta immobile, osant à peine respirer. Oui, quelque chose se déplaçait dans les bois – précautionneusement, certes, mais avec des pas si longs que ça devait être une créature très grande. Un géant ?

Dans la pénombre de l'aube, Marabel saisit son épée de bois. Le bruit s'approchait, un pas après l'autre. Puis il s'arrêta.

Le ciel s'était fait plus clair, et la princesse distingua, entre elle et ses compagnons endormis, ce qui évoquait un grand tronc avec de longues branches recourbées. L'étrange forme se déplaça à nouveau, et se pencha en avant.

— Magikos ! clama Marabel en s'élançant pour se saisir de la chose et la menacer de son épée. Ne bougez pas, ou je vous coupe la...

C'est bien sa tête, non ?

Les autres bondirent sur leurs pieds, et un jet de feu jaillit de la grotte. Ellie écarquilla les yeux.

— Cornélius ! s'écria Marabel.

18

— Ainsi donc, c'était bel et bien un dragon qui survola notre bourg tantôt ! s'exclama l'ogre. Magnifique vision mais, las, personne ne voulut me croire. Cela me ravit de savoir qu'à mon retour je prouverai que point n'ai dit de menteries. Les dragons sont fort rares autour de nos villages, surtout ces derniers temps. La plupart de la population s'en réjouit, car les cracheurs de feu causent souvent moult dommages au cours de leurs pérégrinations. Mais j'ai toujours brûlé d'en voir un.

— Ne leur en parle pas tout de suite, d'accord ? le pria Marabel, inquiète.

Elle lança quelques brindilles sur les charbons que Troffort avait trouvés et allumés au fond de la grotte.

— N'ayez crainte, damoiselle, répondit Cornélius. Si d'aventure je m'en ouvrais à mes compatriotes, je leur préciserais que sire Troffort est un dragon d'une grande intelligence et d'une noblesse sans faille, qui ne mérite en rien leur courroux.

— Merci, dit Marco. Il n'est vraiment pas si méchant, quand on le connaît.

Marabel sourit intérieurement. Marco n'avait pas changé ! Pendant presque une treizaine, il avait été gardé prisonnier par un reptile cracheur de feu, et pourtant il ne le détestait pas.

Le jeune prince voulut ajouter une bûche dans le feu, mais Marabel le retint.

— C'est trop tôt, tu l'étoufferais, dit-elle.

— Tu as appris tellement de choses pendant ton voyage ! s'écria Marco. Je me demande ce que dira Maggie quand elle te verra à l'œuvre.

— Quand Marabel t'a découvert, étais-tu à notre recherche ? demanda Ellie à Cornélius. Ou voulais-tu juste voir Troffort d'un peu plus près ?

— Au début, tel était bien mon objectif, avoua l'ogre. Je brûlais d'examiner cette créature de plus près et, si possible, de m'entretenir avec lui. Un dragon doit être une source inestimable de savoirs !

Marabel se retint d'échanger un regard avec Marco, car elle craignait d'éclater de rire à l'idée que Troffort puisse partager de la sagesse. Elle préféra continuer à fixer Cornélius.

— Que veux-tu dire par « au début » ? demanda-t-elle.

— Alors que je m'apprêtais à quitter mon village pour ma quête de savoir, répondit l'ogre, un voyageur est arrivé pour nous mettre en garde.

— Quel genre de voyageur ? interrogea Marco.

— Un faye. Un que nous connaissons bien, nous autres, pour ses méchanteries. Il n'a de cesse d'entraîner gens et bêtes innocents dans son royaume.

— Attends un peu, intervint Marabel. Il est grand ? Avec une barbiche en pointe et une moustache frisottée ?

— Une robe bleue et mauve ? ajouta Ellie.

— Avec un... comment ça s'appelle, déjà ? Tu sais, Marabel, ces choses faites en verre ?

— Un miroir.

— Un miroir, c'est ça, dit Floriano. Et il peut se changer en une belle licorne quand il le souhaite ?

Surpris par ce feu roulant de questions, Cornélius répondit du mieux qu'il put :

— Il est bien tel que vous le décrivez, oui, et son talent de changeforme est indéniable. Quant aux miroirs, point ne saurais-je dire s'il en possède un. Comme tous les fayes, il n'a d'allégeance ni à la reine ni à personne. Sa seule raison de mentionner votre évasion, c'était la volonté de vous nuire. Car il semble tenir grief contre notre ami sire Floriano, ici présent.

— C'est notre faye, pas de doute, conclut Marabel. Alors, que voulait-il, Cornélius ?

— Il nous a dit que, sur Magebook, la nouvelle se répandait que des captifs de la reine s'étaient enfuis, et qu'en outre le dragon de Sa Majesté s'était lui aussi évanoui dans la nature. Le faye nous a demandé si nous avions ouï parler de ces fugitifs.

— Vous ne lui avez rien dit, n'est-ce pas ? s'inquiéta Marabel.

— Point d'alarme, damoiselle ! Lorsque vous passâtes par notre village, vous alliez *vers* le château, vous n'en veniez pas comme l'auraient fait des évadés. Ainsi, personne n'a seulement supputé que vous puissiez être ceux que la reine recherche. Et, puisque nul dans le village n'a voulu croire qu'un dragon nous avait bel et bien survolés, personne n'en a touché mot au faye.

— Ouf, murmura Marco.

— Mais je savais, moi, en mon cœur, que j'avais bien vu un dragon, continua Cornélius, et quand le faye m'a confié que les fuyards comptaient en leur rang deux damoiselles, j'ai conçu grand espoir de vous retrouver.

— Je suis ravie que tu aies réussi, dit Marabel.

Cornélius prit une expression gênée avant de poursuivre :

— Maintenant que j'ai confirmé ma théorie – que c'était bien vous qui escortiez cette fantastique créature –, je voudrais quêter un gage de votre part.

Un gage, Marabel le savait, était une faveur, un cadeau.

— Quel genre de gage ? demanda-t-elle.

— Comme vous le savez, dit-il, j'ai toujours rêvé de voir votre contrée. Je vous ai entendue dire à ma mère que vous aviez découvert une ouverture dans le mur. Je voudrais vous prier de me mener avec vous par cette porte, afin que moi aussi je découvre ce qui se trouve au-delà.

— Tu es sûr ? fit Marabel. Magikos est très différent des Landes. On n'y trouve aucun ogre, sauf...

Elle se tut pour ne pas dire « dans les zoos ».

— Bref, les gens pourraient avoir peur de toi, reprit-elle.

Devant son air blessé, elle se hâta d'ajouter :

— Je t'assure que *nous*, nous savons que tu n'es pas dangereux. Je parle seulement des autres.

— Tant qu'il reste avec nous, tout ira bien, assura Marco.

Marabel n'en était pas certaine, mais Cornélius avait l'air tellement désireux de les accompagner qu'elle céda. Ainsi, après de brefs adieux et remerciements à Troffort – qui les regarda à peine, tout occupé qu'il était à ranger ses trésors –, ils prirent la route.

— Je t'ai vraiment fait peur, ce matin ? demanda Marabel à Cornélius tandis qu'ils se frayaient un chemin entre les arbres.

— J'ai bien cru défaillir, confirma l'ogre très sérieusement.

Malgré les circonstances, Marabel ne put s'empêcher de pouffer intérieurement. Bien fait pour lui – après tout, lors de leur première rencontre, c'est lui qui l'avait terrifiée, elle.

Ils dépassèrent l'arbre auprès duquel ils avaient rencontré l'homme-loup. Le baluchon de Marabel s'y trouvait encore, sauvagement lacéré. Ellie blémit en le voyant, et la princesse sut qu'elle imaginait ce que leur aurait infligé la créature si elle s'était emparée d'elles. Elle lui prit la main.

Néanmoins, ils avançaient d'un bon pas. Marabel demanda à l'ogre de chercher un grand portail entre les arbres. Cornélius s'avança en éclaireur. Personne ne savait où se trouvait exactement la porte ; Marco n'était qu'à moitié conscient lorsque Mab et Vénéficus l'avaient empruntée, et Marabel, Ellie et Floriano ne l'avaient découverte que parce qu'ils s'étaient perdus. La princesse craignait qu'il ne leur faille du temps pour la retrouver, et l'inquiétude la rongeait à l'idée que les troupes de Mab approchaient.

Mais ils n'eurent pas à chercher longtemps. Ils entendirent un choc, puis un ululement ogresque un peu plus loin. Quelques secondes plus tard, Cornélius apparut, frottant une bosse sur son front.

— J'ai trouvé un mur là où aucun mur n'était visible, maugréa-t-il.

— C'est ça ! s'écria Floriano. Mène-nous-y.

— J'espère que tu pourras ouvrir le portail depuis ce côté, dit Ellie.

Mais, à leur grande surprise, lorsqu'ils arrivèrent au portail, celui-ci était grand ouvert.

— Tu ne l'as pas refermé derrière nous ? demanda Marabel à Ellie.

— Je croyais que tu t'en étais occupée, répondit son amie.

— Qu'importe ? intervint Marco. C'est ouvert, allons-y !

Quand ils approchèrent du palais, Marabel envoya Cornélius et Floriano en éclaireurs. Lorsqu'ils revinrent, l'ogre affichait un air grave.

— Les troupes royales encerclent la citadelle, annonça-t-il. Ils montent bonne garde.

Marabel n'avait aucune envie d'être interceptée par les soldats de son père et ramenée chez elle comme une enfant fugueuse. Quelle fin lamentable à sa grande aventure ! Non, elle voulait une arrivée triomphale, avec Marco.

— Nous connaissons un passage, dit-elle à Cornélius. Suivez-moi.

Très vite, ils débouchèrent à l'endroit où s'arrêtait la forêt. Ils traversèrent avec mille précautions l'espace qui menait à découvert jusqu'à l'entrée du tunnel.

— Entrons, souffla Marabel. Je crois qu'on ne nous a pas vus.

Et ils se glissèrent dans le souterrain. Elle craignit un instant que celui-ci soit trop exigu pour Cornélius, mais l'ogre était étonnamment souple, et il parvint à progresser dans le tunnel à croupetons.

— J'ai l'habitude, expliqua-t-il gaiement. Quand on se trouve être le seul ogre dans un bourg d'humains, il faut bien s'adapter, n'est-il pas vrai ?

Ils eurent un pincement au cœur en découvrant que l'issue du souterrain avait été refermée, mais Cornélius, en quelques coups de ses énormes poings, réussit à faire bouger le panneau de l'armoire et les étagères qui le bloquaient. Il les aida à s'extirper du tunnel. Marabel craignait qu'on les entende, mais apparemment personne ne les vit.

Presque personne, en tout cas. Au moment où ils passaient devant la stalle du vieil âne gris, celui-ci se mit à braire et à ruer, faisant un tel vacarme qu'il n'allait pas manquer d'attirer l'attention. Floriano se glissa dans le box et se mit à discuter avec l'animal à grand renfort de hennissements et de piaffements. Il fit signe aux autres de continuer sans lui.

— En tout cas, c'est agréable de savoir que quelqu'un est content de vous retrouver, leur déclara-t-il.

Ils quittèrent l'étable. *Si c'est comme ça qu'un « âne stupide » accueille Floriano,* songea Marabel, *j'ai hâte de voir comment on va nous recevoir, Marco et moi.*

Le palais semblait quasiment vide. Apparemment, la plus grande partie des gardes se trouvait à l'extérieur, en patrouille dans les jardins et les fortifications.

À cette heure tardive, le petit frère et les petites sœurs de Marco et Marabel étaient certainement au lit. Ellie s'éclipsa donc pour aller retrouver sa mère, tandis que la princesse et le prince se dirigeaient vers la salle du Conseil.

Ils y découvrirent leurs parents assis sur leur trône, en pantoufles et robe de chambre. Les conseillers les plus importants ainsi que les prêtres et les prêtresses étaient là, discutant et argumentant furieusement. Le roi Matthew semblait perdu. Les jumeaux s'avancèrent timidement dans la salle, laissant Cornélius les attendre, dissimulé dans l'antichambre.

La reine leva les yeux, agacée de l'interruption. Mais son expression laissa immédiatement place à la surprise, puis elle poussa un cri de joie. Les gardes accourus s'arrêtèrent net en découvrant Marco. Le roi et la reine se précipitèrent pour le prendre dans leurs bras en lui posant mille questions. Quand Marabel tenta de dire quelque chose, ils lui firent signe de se taire pour pouvoir écouter les réponses de son frère. Puis d'autres gardes entrèrent, entraînant avec eux un Cornélius sans résistance.

— Ne lui faites pas de mal ! s'écria Marabel. C'est notre ami.

— Votre ami ? s'écria le roi, abasourdi. Ridicule ! Tu ne vois pas que c'est un Monstre ?

— C'est vraiment notre ami, père, affirma posément Marco. Sans lui, nous n'aurions pas pu revenir ici.

C'était peut-être un peu exagéré, mais ce fut efficace. Quiconque avait aidé l'Élu à rentrer chez lui devait être honoré, ou au moins traité avec égards.

Le roi ordonna à ses soldats de relâcher l'ogre, mais en restant auprès de lui « au cas où il deviendrait fou ». Il suggéra même d'apporter une cage, mais Marabel et Marco protestèrent si vigoureusement que leur père finit par renoncer. Cornélius dormirait dans une chambre d'invités, à condition qu'il y ait des gardes devant sa porte.

On l'escorta hors de la pièce. Il jeta un coup d'œil malheureux à Marabel.

— Ne t'inquiète pas, lui dit-elle en s'élançant derrière lui. On va te sortir de là, c'est promis.

Marco la rappela à l'intérieur de la pièce, et elle rejoignit ses parents, qui attendaient le récit du retour de l'Élu. Maggie commença par les serrer dans ses bras à nouveau.

— Le Livre en soit loué, vous avez survécu ! s'exclama-t-elle avec des frissons dans la voix. Mais quelle est donc cette tenue ?

Marabel baissa les yeux. Elle avait oublié qu'elle portait de nouveaux vêtements. À présent, entourée de personnes en tuniques longues à capuchon, elle se sentait à moitié nue. Mais qu'importait comment elle était habillée ? L'essentiel, c'était d'avoir ramené Marco à la maison, n'est-ce pas ?

— Alors, raconte-nous ce qui s'est passé le jour de ton anniversaire, mon trésor, reprit la reine.

Mais, avant que Marabel ait eu le temps de répondre, elle poursuivit :

— Où cette horrible femme t'a-t-elle emmené ?

Elle ne s'intéressait qu'à Marco. Le jeune prince raconta donc qu'il était resté semi-inconscient, incapable de bouger, tandis que sa tante l'emportait hors du palais avant de le confier à une troupe de gobelins. Deux nains l'avaient ligoté et jeté dans un chariot fermé, et, dès son arrivée au château de Mab, il avait été enfermé au cachot, là où Marabel l'avait trouvé.

— T'a-t-on battu, dans ce cachot, mon chéri ? s'inquiéta la reine Maggie. As-tu eu faim ? A-t-on essayé de t'arracher des secrets d'État ?

— Il n'en connaît aucun, fit observer le roi Matthew.

— Tante Mab a été très gentille, répondit Marco. Elle a dit à ses gardes de me traiter en hôte d'honneur, et ils ont obéi. Je pouvais manger ce que je voulais, il y avait des tas de livres et beaucoup d'autres activités. C'était très bien, n'est-ce pas, Marabel ?

— Oui, très... commença-t-elle.

Le roi la regarda d'un air surpris.

— Tu es encore là, mon enfant ?

Comment avait-il pu penser qu'elle n'était plus là ? Elle n'était pas invisible. Mais c'était toujours comme ça qu'ils la traitaient. Sauf que, désormais, elle n'avait plus envie de le supporter.

— Comment avez-vous réussi à vous échapper ? demanda Symposia à Marco. Le Livre dit que, lorsque l'Élu se reconnaîtra, il triomphera. Comment vous êtes-vous reconnu ? Vous vous êtes vu dans un miroir ? Vous avez pris conscience de votre nature profonde ?

— Je n'ai pas triomphé, répondit-il. C'est Marabel qui m'a secouru.

Tout le monde se retourna vers Marabel pour la fixer avec stupéfaction. Elle sourit à Marco.

Maintenant, ils allaient lui demander comment elle avait fait ! Elle s'apprêta à tout raconter. Sauf qu'au lieu de lui poser la question, la reine s'écria avec émotion :

— Oh, comme il est mignon, notre Marco ! Il craint que sa sœur n'attire pas assez l'attention, alors il lui accorde le mérite de sa libération !

Et tous de s'extasier devant la générosité de l'Élu. Tous... sauf Marabel. Elle avait l'impression d'être un ballon de baudruche qu'on venait de piquer avec une épingle.

— Je vous assure ! s'écria Marco. Elle l'a vraiment fait !

— Je n'étais pas seule, précisa Marabel. Floriano et Ellie m'ont beaucoup aidée, et nous avons œuvré ensemble pour vaincre un énorme dragon qui gardait les cachots...

Il y eut des hoquets terrifiés à la mention du plus redouté des Monstres.

— Tu étais gardé par un *dragon ?* s'écria le roi Matthew. Mon pauvre enfant ! Comme si ça n'avait pas été assez dur de subir celui qui a bloqué le palais le jour de ton enlèvement. Tu as dû tellement souffrir, si loin et si seul...

— Floriano vous aurait aidée ? s'étonna la reine en se tournant vers Marabel. Mon enfant, cessez de dire des sottises.

— Floriano peut parler, répliqua Marabel. Il...

Tout le monde éclata de rire.

— Je crois qu'il est temps d'envoyer cette enfant au lit, dit Symposia au roi Matthew.

— Non ! s'écria Marco. Elle a raison. Floriano *peut* parler, et Marabel m'a bel et bien sauvé. Nous avons été faits prisonniers par des soldats gobelins, mais elle a défié leur chef en duel et l'a battu avec son épée ! Et il lui a donné un...

Une des prêtresses éclata d'un rire moqueur.

— Un duel ? Avec son épée ? Quelle épée – celle qu'elle porte à la ceinture ?

— Oui. Marabel, montre-leur, fit Marco en se tournant vers elle.

Elle tira son épée et l'agita devant elle, persuadée que le bois allait se changer en métal étincelant dans la lumière des torches. Mais il n'y eut ni transformation ni reflet sur la lame. Ce n'était qu'une arme d'exercice, en bois tout simple.

Toute la salle, à l'exception de Marco, éclata de rire. Alors, Marabel tourna les talons et s'enfuit en courant. Elle ignorait où elle allait – elle courut droit devant elle.

19

Seule, tout en haut de la tour de guet, Marabel observait d'un œil indifférent le feu d'artifice. Les musiciens jouaient et la foule dansait dans la cour du palais tandis que les salves jaillissaient au-dessus d'eux. On célébrait en grande pompe le retour de l'Élu. Marco était installé sur un balcon au premier étage, entre le roi et la reine. Chaque fois qu'il saluait de la main, ou même qu'il regardait en direction des gens, tous applaudissaient joyeusement.

Un pas familier retentit sur les dalles de pierre. Marabel ne se retourna même pas. Lucius s'installa à côté d'elle, appuyé au mur. Il resta là en silence, à regarder avec elle, poussant de temps à autre un grognement approbateur devant une fusée particulièrement belle.

— Ils ne me croient pas, déclara abruptement Marabel.

Elle n'avait pas l'intention de parler mais, une fois qu'elle eut commencé, il lui fut impossible de s'arrêter.

— Ils ne veulent pas croire que c'est moi qui l'ai libéré. Même quand Marco le leur dit, ils croient juste qu'il est gentil, qu'il essaie de me mettre en valeur. Au fond, ils s'imaginent que c'est lui qui m'a sauvée.

Elle secoua la tête, tentant de retenir ses larmes.

— Oh, bien sûr, tu vas me dire que ça ne compte pas, reprit-elle après avoir ravalé un sanglot. Que tant que, moi, je sais ce que j'ai fait, et Marco aussi, peu importe ce que pensent les autres. Mais ça compte. Vraiment.

— Bien sûr que c'est important, répondit Lucius. Il serait idiot de prétendre le contraire. Nous voulons rendre fiers de nous les gens que nous aimons. Et nous souhaitons être reconnus pour ce que nous sommes.

Il lui prit la main. Elle était chaude, et Marabel se sentit un peu réconfortée. Elle hocha la tête, mais garda les yeux sur la foule.

— Bien entendu, c'est vrai que le plus important, c'est que *vous* sachiez ce que vous avez fait et qui vous êtes. Mais je ne dirai jamais que c'est la seule chose qui compte.

Elle parvint enfin à le regarder sans pleurer. Lucius, ce soir-là, avait quelque chose de différent. C'était toujours ce bon vieux Lucius, mais avec, d'une certaine manière, quelque chose en plus.

— Qu'est-ce que tu veux dire par « savoir qui je suis » ? Ça, je l'ai toujours su. Je suis la princesse Marabel de Magikos, sœur de l'Élu.

— Exact. Mais vous n'êtes pas que cela. Vous êtes aussi la meneuse d'un groupe de sauveteurs qui se sont frayé un chemin dans une forêt impénétrable et ont vaincu bien des périls et des embûches pour sauver une personne que vous aimez.

Avec un petit rire, il poursuivit :

— J'ai souvent cru que vous alliez abandonner, y compris la première nuit. Si vous vous étiez écoutée, vous et Ellie auriez dormi toute la journée dans cette grotte. Et j'ai bien cru que vous ne trouveriez jamais la porte de la Muraille.

— Oui, on a failli ne jamais la voir, même si elle était juste devant notre... Attends un peu. Qu'est-ce que tu dis ? Comment sais-tu que nous avons hésité à repartir de la grotte ? Et cette histoire de porte...

Il ne répondit pas, se contentant de la fixer avec un petit sourire. Lucius était-il en train de dire que... En un éclair, elle comprit. Elle se redressa, ébahie.

— Attends, tu veux dire que... tu étais là ?

Il se mit à rire.

— J'ai eu fort à faire, cette nuit-là, avec vous qui doutiez et Ellie qui refusait d'avancer. Vous vous souvenez qu'elle était prête à rentrer au palais ? Il a fallu que je lui rappelle l'enjeu de votre quête. Je lui ai murmuré à l'oreille que c'était son devoir. Heureusement, ça a marché, grâce à sa fibre patriotique.

Marabel se rappela ce petit matin et sa surprise quand Ellie, tellement découragée la veille, s'était éveillée dans un tout autre état d'esprit, bien décidée à continuer leur aventure. Ainsi donc, c'était l'œuvre de Lucius !

— Et tu étais aussi cette fée qui m'a dit de me servir de mes yeux quand nous cherchions la Muraille ? interrogea Marabel. Et l'écureuil qui m'a fait découvrir la pancarte vers le pont du controlleur ?

— L'écureuil, c'était vraiment un écureuil. Mais oui, j'étais la fée. Je suis resté à vos côtés d'un bout à l'autre de votre périple. Et même avant. C'est moi qui ai rappelé à Ellie l'existence du souterrain de l'étable. Elle était si jeune le jour où son père le lui avait montré que je craignais qu'elle ait tout oublié. Alors, la nuit d'avant le banquet, je me suis arrangé avec les fées des rêves pour qu'elle retrouve le souvenir de ce jour.

— Tu t'es arrangé avec les... Ça existe, les fées des rêves ?

— Bien sûr, répondit Lucius. Je savais que Mab s'inquiétait du sort des créatures magiques de son royaume, et je me doutais qu'elle attaquerait Magikos pendant le banquet. Elle a toujours aimé les apparitions théâtrales, même petite.

— Et les fois où Ellie m'a soutenue quand j'étais découragée ? demanda Marabel. Comme quand Floriano s'est perdu et que je voulais rentrer chez nous ? Les fées ou toi avez-vous un lien avec ça ?

Lucius rit à nouveau.

— Non, je n'ai pas eu besoin de l'encourager. Elle l'a fait toute seule. Quel cran, cette Ellie !

Soudain, alors qu'elle se trouvait devant son fidèle serviteur et plus ancien ami, Marabel se sentit mal à l'aise.

— Es-tu... êtes-vous un magicien, Lucius ?

Sans la regarder, il répondit :

— Quelque chose comme ça, oui. Peu importent les noms.

— Pourquoi ne pas me l'avoir dit plus tôt ? demanda-t-elle.

— Je ne pouvais me confier à personne, princesse. On m'aurait demandé sans cesse des philtres, des potions d'amour et toutes ces choses idiotes. J'avais, j'ai une tâche à remplir, et pas de temps à perdre avec ces tours de rien du tout. Sans compter que votre père n'est pas exactement un fanatique de la magie.

Tous les souvenirs de Marabel lui revinrent. Lucius. Quand elle se cognait ou se coupait, la blessure ou le bleu qui disparaissait à son contact ; sa main sur son épaule qui la consolait quand elle était triste... Les mages ont chacun leurs spécialités. Apparemment, celles de Lucius étaient le combat à l'épée et la guérison. Ça tombait bien, vu qu'on se blesse souvent en combattant ! Sans compter qu'il devait être un excellent changeforme, car en dépit de sa grande carcasse il avait réussi à se transformer en une fée minuscule et même en voix dans sa tête.

— Alors, pourquoi ne pas m'avoir indiqué quoi faire au cours de notre quête ? Pourquoi m'avez-vous dit d'utiliser mes yeux au lieu de me montrer tout simplement la porte ? Vous auriez pu le faire sans révéler votre identité, et ça m'aurait facilité la tâche !

Elle ne pouvait s'empêcher de le vouvoyer, maintenant qu'elle connaissait son identité réelle.

— Peut-être, répondit Lucius, mais auriez-vous découvert votre courage et votre intelligence si je vous avais dit tout ce qu'il y avait à savoir ?

Il lui tapota la main en secouant la tête.

— Non, il fallait que vous vous en rendiez compte par vous-même. Et c'est alors que la magie ancienne a fonctionné.

Il désignait l'épée qui pendait toujours à sa ceinture.

— Qu'est-ce que vous voulez dire ? interrogea Marabel, peu habituée à ce que son ami reste sérieux aussi durablement.

— Cette épée vous attend depuis longtemps, déclara-t-il d'une voix douce. Elle doit être maniée par la bonne personne pour découvrir qui elle est, elle aussi. C'est ainsi qu'elle est redevenue elle-même, une lame d'acier forgée par des nains il y a des siècles et des siècles. Ça n'a été possible que parce que vous aviez pris conscience de votre intelligence et de votre courage. Marco est un bon garçon, mais l'épée savait que ce n'est pas lui qui peut la manier. Pas plus que votre père ou sa sœur, pas plus que leur père, ni que le père de celui-ci.

— Une seconde, l'interrompit Marabel, le cœur battant. Comment savez-vous tout cela sur cette épée, et sur la façon dont elle s'est comportée avec mon père, son père et mon grand-père ?

— Et le père de celui-ci, et son grand-père, et bien d'autres avant eux. Je le sais, parce que je leur ai donné cette épée pour s'exercer, et elle ne s'est jamais changée en acier. Elle est restée en bois.

— *Vous* avez donné cette épée à mon arrière-arrière-grand-père ou quelque chose comme ça ? Quel âge avez-vous, Lucius ?

Il leva à nouveau la tête vers le bouquet final du feu d'artifice.

— J'ai perdu le compte. J'ai étudié avec le mage de votre ancêtre le roi Manfred, le grand Callum. Si vous voulez faire le calcul... Mais Callum lui-même était très vieux.

Le père de Marabel l'appelait toujours « le vieux Lucius », comme si leur maître d'escrime avait déjà atteint un âge avancé quand le roi était enfant. Il devait avoir plusieurs siècles. Peut-être un enchantement empêchait-il les gens de voir à quel point il était vieux ? Cela dit, le père et la belle-mère de Marabel ne prêtaient pas vraiment attention aux gens qui travaillaient pour eux. Ceux-ci ne les intéressaient pas. C'était sans doute pour cela que personne n'avait jamais remarqué à quel point Lucius était âgé.

Marabel baissa les yeux sur la vieille épée en bois éraflée passée à sa ceinture. Elle poussa un soupir.

— Je crois qu'elle est cassée, maintenant. Elle s'est transformée assez longtemps pour me permettre de sauver l'Élu, puis nous sommes redevenues ordinaires, elle et moi. Et je ne suis pas courageuse, contrairement à ce que vous dites. La plupart du temps, j'étais terrifiée.

— Le vrai courage, Marabel, c'est ça : faire ce qu'on a à faire même quand on a peur.

Elle secoua la tête. Si elle était si spéciale, pourquoi se trouvait-elle ici sur les toits, seule avec Lucius, alors que des centaines de gens fêtaient Marco, en qui ils voyaient leur futur roi ?

— Magikos a besoin de vous, Marabel, murmura Lucius. Quelque chose de grave se passe dans le royaume – ici et dans les Landes. C'est comme si l'équilibre de la magie lui-même était rompu. Mab en est consciente depuis plusieurs années, mais votre père refuse de regarder le problème en face.

— Mais pourquoi Magikos aurait-il besoin de moi, et pas de Marco ? C'est lui, l'Élu, pas moi. Oh, et puis, qu'ils règlent leurs problèmes eux-mêmes, puisque personne ne veut m'écouter.

Au lieu de répondre directement, Lucius demanda :

— Alors, si vous ne luttez pas pour votre pays, que comptez-vous faire, à présent ?

La princesse haussa les épaules.

— Je l'ignore. Je ne peux pas redevenir comme avant – la petite fille qui se laisse commander sans répondre. Peut-être que je vais aller vivre chez les fées. Ou m'enrôler comme soldat avec les gobelins. Ils m'aiment bien, et ils me respectent.

Elle se souvint du bracelet donné par le général Bob Gobelin, et de la façon dont elle l'avait battu en duel.

— Je crois que je ferai un bon soldat, dit-elle.

— C'est fort possible, répondit Lucius avec une expression soudain préoccupée, mais je crains que vous ne puissiez vous en aller avant un certain temps.

— Que voulez-vous dire ? demanda Marabel, alertée par le ton de sa voix.

— On pourrait avoir besoin de vous ici, répondit Lucius, le regard fixé sur les murailles du palais.

Une sonnerie de trompette retentit, faisant taire la musique et les chants dans la cour. L'orchestre cessa de jouer, les danses et les cris s'arrêtèrent, et tout le monde se tourna vers la tour de guet. Soudain, quelqu'un cria :

— Aux armes ! Aux armes ! Mab est ici, les Monstres attaquent !

Marabel se releva d'un bond, tentant de voir ce qui se passait. Lucius la saisit par le bras. Elle tenta de se libérer, mais s'arrêta net quand il lui lança :

— Princesse, je dois vous mettre en sécurité.

C'était une voix qu'il n'utilisait que dans des circonstances très graves. Elle obéit et le suivit dans l'étroit escalier en colimaçon. Quelques instants plus tard, ils durent se blottir dans un renfoncement du mur pour laisser passer un régiment d'archers qui montait vers le poste de guet.

— Où allons-nous ? demanda la princesse à Lucius.

— Il faut que vous vous barricadiez dans vos appartements le temps que je sache ce qui se passe, répondit-il d'un ton sombre. Je dois découvrir les intentions de Mab et de son mage.

— Que pensez-vous qu'ils feront ? demanda Marabel avec un frisson.

— Vu qu'elle a perdu son otage, Mab doit être désespérée, et son mage fou de rage. C'est lui que je crains le plus – il est capable de tout si elle ne le contrôle pas.

Ellie les attendait devant la porte de la chambre. Elle attira Marabel à l'intérieur.

— Que se passe-t-il ? demanda-t-elle.

Hors d'haleine, Marabel ne parvint pas à lui répondre.

— Fermez la porte et ne l'ouvrez sous aucun prétexte ! leur lança Lucius en s'éloignant.

Marabel obéit, tournant la clé d'une main tremblante. Au fond, elle redoutait davantage de rester enfermée dans sa chambre que de se battre. Pas par crainte des espaces fermés, comme Ellie, mais parce qu'elle voulait agir.

— Tu sais ce qui se passe ? demanda son amie d'une voix blanche.

— Ma tante est passée à l'attaque.

— Oh, non ! gémit Ellie.

Marabel lui tendit la clé avant de se mettre à faire les cent pas dans sa chambre. C'était le milieu de la nuit et elle avait marché toute la journée, mais elle ne pouvait penser à se reposer. Elle aurait voulu savoir ce qui se passait ; l'ignorance était une vraie torture.

— Si seulement je savais quoi faire... marmonna-t-elle.

— « Faire » ? répéta Ellie, interloquée.

— On ne peut pas les laisser envahir le royaume et prendre le palais d'assaut ! Pourquoi mon père refuse-t-il de lui parler ? Nous devons faire quelque chose !

— Il n'y a rien que nous puissions faire, objecta Ellie. Toute l'armée des Landes se trouve à nos portes. Si les soldats de Magikos ne peuvent pas les battre et que les prêtres ne parviennent pas à les chasser, nous sommes perdus.

— Alors tu suggères qu'on les laisse agir ? Qu'on laisse Mab entrer et enlever de nouveau Marco, et sans doute moi aussi ? Vénéficus doit être tellement furieux de notre évasion qu'il nous changera en quelque chose de bien plus dégoûtant qu'un crapaud.

— Mais comment les arrêter ? demanda Ellie.

— Nous devons retrouver Floriano et Cornélius pour qu'ils nous aident. Nous fonctionnons mieux ensemble. C'est à nous trois que nous avons roulé les trolls, n'est-ce pas ? Et que nous avons trouvé la porte de la Muraille. Ce sont tes soupçons sur l'homme-loup qui nous ont sauvés, et, sans Floriano et sa corne, nous n'aurions jamais pu franchir la Muraille ni échapper aux géants.

— C'est vrai, nous travaillions ensemble. Mais tu étais notre chef, Marabel. Sans toi, nous aurions abandonné longtemps avant de retrouver Marco. Nous n'aurions jamais réussi.

Marabel s'immobilisa, perdue dans ses réflexions. Était-ce vrai ? Était-elle vraiment responsable de la réussite de la mission de sauvetage ? Impossible. L'Élu, c'était Marco, pas elle.

Mais peut-être que ça ne comptait pas. Peut-être que – elle osait à peine le penser – le *Livre du Destin* se trompait cette fois. Peut-être qu'il s'était déjà trompé souvent. Peut-être qu'elle devait créer son propre destin !

Son cœur s'embrasa, et elle porta la main à son épée pour la tirer de sa ceinture, avec l'impression que son courage retrouvé se propageait dans ses bras, jusqu'au bout de ses doigts ; et le bois se changea en acier étincelant, d'une intensité aveuglante.

— Qu'est-ce qui se passe ? s'écria Ellie.

— C'est de penser que je suis vraiment une bonne meneuse ! exulta Marabel. Je ne suis peut-être pas l'Élu annoncé par le *Livre du Destin*, mais ce livre ne sait pas tout. Ouvre la porte, Ellie, je vais me battre pour mon royaume et ma famille.

— Attends un peu, fit Ellie si fermement que Marabel se dégonfla d'un seul coup. Reste ici. Tu es peut-être une grande meneuse, mais pour l'instant tu n'as personne à mener. Les soldats de ton père ne te suivront pas, et tu le sais bien.

Marabel baissa le bras. Ellie avait raison. Puis elle regarda le bracelet que le général Gobelin lui avait donné. S'il y avait une occasion où elle avait besoin de lui, c'était bien celle-ci. Elle prit une grande inspiration avant de prononcer :

— Dis, Sili ?

— Bonjour, Marabel. Comment ça va ?

— Pas très bien. Tu peux appeler Bob Gobelin, s'il te plaît ?

— Quoi ? s'écria Ellie. C'est le général de Mab ! Pourquoi t'aiderait-il ?

— Il a juré de me venir en aide si un jour j'avais besoin de lui, répondit Marabel. Je ne vais pas lui demander de trahir sa souveraine ou de se battre contre son propre camp, bien sûr. Je veux juste parler à ma tante. Il peut peut-être arranger ça.

La voix mécanique de Sili lança :

— J'appelle Bob G.

Au bout d'un moment d'attente éprouvante, elle reprit :

— Bob G. ne répond pas. Souhaitez-vous laisser un message à son lutin répondeur ?

— Zut, grommela Marabel. Oui, je suppose.

La voix du général jaillit du bracelet :

— Vous êtes bien sur le lutin vocal du général Gobelin. Je suis déjà en ligne ou en train d'attaquer un château. Je reste à votre écoute, merci de laisser un message et je vous recontacte dès que possible. BIIP.

— J'ai besoin de votre aide, dit Marabel dans le bracelet. Nous sommes attaqués. Euh... rappelez-moi dès que vous pouvez. Oh, au fait, c'est Marabel. Au palais. De Magikos.

Elle mit fin à l'appel avant de se tourner vers Ellie.

— Et maintenant ?

Au même moment, le bracelet sonna.

— Allô ? fit-elle, espérant de tout son cœur que c'était le général qui la rappelait.

Mais il ne s'agissait que de Sili.

— Ce ne sont pas mes affaires, dit le lutin, mais pourquoi ne pas lui parler en personne ?

— Je ne suis plus dans les Landes, dit Marabel. Je suis chez moi, à Magikos.

— Sans blague ? fit Sili. La magéolocalisation est activée. Je sais exactement où vous vous trouvez. Et je sais aussi que Bob Gobelin est à seulement deux cent trente-neuf virgule treize cailloux de vous.

— Dans quelle direction ? demanda Ellie à Sili dans le bracelet de Marabel.

— Nord-est.

La jeune fille calcula en silence avant de se tourner vers la fenêtre et de désigner un point devant elles.

— Au nord-est, donc... il doit être juste devant les murailles du château.

— Allons-y ! s'écria Marabel.

Ellie ouvrit la porte. Elles se précipitèrent dans le couloir et dévalèrent une série d'escaliers après l'autre. Au détour d'un corridor, elles entendirent la voix de Cornélius qui criait :

— Je vous en conjure, bonnes gens, libérez-moi ! Je peux vous porter assistance ! Je parlementerai avec l'adversaire en votre nom !

Elles s'arrêtèrent net.

— Cornélius, où es-tu ? cria Marabel.

Un déluge de chocs et de tambourinements lui répondit. En suivant le bruit, elles découvrirent au détour d'un couloir une porte surveillée par deux gardes.

— Mais c'est la petite princesse Mar... commença l'un d'eux.

Elle dégaina son arme et la brandit sans prendre le temps de regarder si elle était de bois ou d'acier.

— Laissez-le sortir ! ordonna-t-elle.

Ils la regardèrent, bouche bée, sans bouger.

— Vous m'avez entendue ? répéta-t-elle.

Comme si ses mots avaient rompu un enchantement, les soldats se hâtèrent de lui obéir, bataillant avec leur trousseau de clés pour déverrouiller la porte. Celle-ci s'ouvrit à la volée, et un Cornélius furieux en jaillit. Même Marabel et Ellie reculèrent en voyant l'ogre, hors de lui, soulever les deux gardes comme de vulgaires jouets et les jeter dans le réduit où on l'avait enfermé. La voix familière du miroir de la princesse s'éleva :

— Défripez-moi ces tuniques et coiffez-vous ! Vous avez une tête épouvantable !

Puis Cornélius claqua la porte et la coinça au moyen d'une énorme armure d'apparat. Les gardes ne sortiraient pas de sitôt.

Quand il se retourna vers les deux filles, son sourire était à nouveau doux et amical.

— Voilà qui est mieux ! se réjouit-il en se frottant les mains. Bien. Vers où déambulez-vous, mes amies ?

— Pas le temps d'expliquer ! répliqua Marabel. Suis-nous.

Ils s'élancèrent dans le hall, à travers les cuisines puis dans la cour latérale pour rejoindre les écuries.

— Où allez-vous ? leur lança Floriano, étonné, en les voyant passer devant sa stalle.

— Pas le temps d'expliquer ! répéta Marabel.

Elle se précipita vers le fond du bâtiment, là où s'ouvrait le tunnel. L'épée brandie, elle se fraya un chemin parmi les planches brisées et plongea dans les ténèbres, suivie de près par Cornélius, qui poussa un cri de douleur en se cognant au plafond.

La princesse jeta un coup d'œil derrière elle. Ellie n'était pas là. Relevant la tête, Marabel découvrit la silhouette de son amie à l'entrée du passage.

— Viens ! s'écria Marabel.

Ellie secoua la tête. Marabel repartit vers elle en courant.

— Que se passe-t-il ? demanda-t-elle, non sans impatience.

— Je ne peux pas, gémit Ellie. C'était déjà difficile d'entrer avec une torche. Je ne peux pas y arriver dans le noir, juste à la lueur de ton épée.

Marabel hésita. Elle aurait voulu aider son amie, mais elle n'en avait pas le temps – la situation était trop grave. L'armée de Mab pouvait prendre d'assaut le palais d'une minute à l'autre.

— Je comprends, Ellie, dit-elle. Trouve un endroit sûr pour te cacher. Peut-être avec Floriano. Je ferai aussi vite que possible.

Puis elle tourna les talons et se rua dans le tunnel sombre et humide. Lorsque son pied cogna contre un caillou, elle pensa : *Pourvu que ce ne soit pas un crâne*... Enfin, elle parvint à l'escalier. Cornélius l'attendait. Il l'aida à se hisser dehors.

C'est ainsi qu'elle se retrouva à fixer des dos. Des centaines de dos. Les dos des soldats gobelins de Mab. La lueur de l'épée s'assombrit soudain, et les créatures ne remarquèrent ni la princesse, ni même Cornélius.

Depuis les remparts, les soldats magikiens hurlaient :

— Horribles créatures ! Monstres repoussants ! Retournez dans votre affreux pays ! Jamais vous ne vaincrez Magikos !

Et les adversaires ripostaient :

— Notre reine va écraser votre roi !

À quelques mètres de là, le général Bob Gobelin marchait de long en large en haranguant ses troupes.

— Qu'est-ce qu'on veut ? hurlait-il.

— Magikos réuni ! clamèrent-ils en retour.

— Et on le veut qu...

Mais il s'arrêta net en apercevant Marabel. Ses yeux s'écarquillèrent. Les soldats se retournèrent pour voir ce qu'il fixait ainsi, et elle tressaillit devant les regards surpris de ces visages mauves tendus.

— Que faites-vous ici ? demanda le général, ébahi. Vous ignorez que c'est la guerre ? Je vous croyais encore de l'autre côté de la Muraille ! Par quelle magie avez-vous pu arriver aussi vite que nous ?

— On a trouvé un moyen de transport, éluda Marabel. Pas le temps d'expliquer. J'ai besoin de votre aide. Votre reine est en train d'attaquer ma famille et veut me changer en grenouille et...

— Zut de peste, grommela le général. Si j'avais su que vous reviendriez, j'aurais trouvé un moyen de ne pas faire partie de l'offensive. J'ai juré de vous protéger. Que faire, maintenant ?

Marabel ne sut pas lui répondre.

— Il faut que je trouve une solution, continua le général, excédé. Je dois obéir à ma reine, et elle m'a donné l'ordre de prendre le palais d'assaut. Mais je vous dois la vie, et je serais déshonoré si je vous causais du tort.

Marabel attendit tandis que le gobelin réfléchissait, caressant sa barbe hirsute en marmonnant pour lui-même. Enfin, il lança :

— C'est au-dessus de mes compétences. Je vous emmène devant la reine.

— Pas question, protesta la princesse en reculant d'un pas. Elle va me changer en grenouille. Je dois lui parler, mais je veux être en sécurité !

— Je ne la laisserai pas vous faire du mal, répondit Bob Gobelin. Mais c'est ma souveraine, et je dois entendre les deux versions de l'histoire. Elle trouvera un moyen de régler cette affaire.

— Non ! cria Marabel. Vous ne comprenez pas : elle veut envahir notre royaume !

Elle tourna les talons pour s'enfuir, mais les soldats l'encerclèrent et refusèrent de la laisser passer. Elle brandit son épée pour les impressionner mais, à sa grande déception, son arme était à nouveau en bois. Les gobelins se mirent à rire.

— Un cure-dents, ça ne nous fait pas peur ! lança l'un d'eux.

— Cornélius ! s'écria Marabel en voyant l'ogre entouré d'une douzaine de soldats.

Elle parvint à glisser son épée dans sa ceinture avant que deux autres gardes s'emparent d'elle en dépit de ses protestations pour l'entraîner sur les pas de Bob Gobelin. Cornélius, de son côté, tentait de convaincre les gobelins de le laisser partir.

— En vérité, c'est une amie de toutes les créatures magiques, insistait-il.

Mais les soldats se contentèrent de ricaner et de l'entraîner à son tour. Malgré sa situation, Marabel ne put retenir un frémissement de satisfaction en constatant qu'il fallait les efforts conjugués d'une douzaine de gobelins pour parvenir à faire bouger l'ogre.

Des troupes entières de ce que Marabel avait jadis appelé des « Monstres » patrouillaient aux abords du palais. Ils s'écartèrent pour laisser passer les soldats gobelins, le général en tête, suivi de Marabel et Cornélius poussés par leurs gardes. Des créatures de toutes sortes les observaient d'un air curieux : des elfes, des géants, des dragons, des fées et des fayes, des trolls, des sorcières, des mages, des hommes-loups, un élégant chat vêtu de bottes et d'un chapeau à plumes, douze filles qui dansaient en cercle, une famille d'ours, ainsi qu'une foule de gnomes, d'ogres, de manticores et d'humains.

À leur tête se trouvait Mab, vêtue d'une armure blanche étincelante et juchée sur un cheval rouge sang. La visière ouverte de son casque révélait sa chevelure noire et son visage altier. Elle s'entretenait avec un géant, qui était penché vers elle, mains sur les cuisses, pour mieux l'entendre.

Lorsque Mab aperçut le général Bob Gobelin suivi de Marabel, son visage refléta d'abord la surprise puis, de façon étonnante, le soulagement et une expression de triomphe qui fit frissonner la princesse, si fort que ses jambes faillirent se dérober. Heureusement que les gobelins la soutenaient.

— Comment es-tu arrivée ici ? tonna Mab à l'intention de Marabel. Et qu'as-tu fait de mon dragon ?

Comme la princesse ne parvenait pas à lui répondre, la reine se tourna vers son général.

— Vous l'avez retrouvée ! Félicitations.

— Non, Votre Majesté, répondit-il en s'approchant de Marabel. C'est elle qui m'a retrouvé. Et, même si vous me l'ordonniez, je ne peux lui faire du mal. Elle a épargné ma vie quand toutes les règles du combat singulier lui donnaient le droit de la prendre.

— Mais je suis ta reine ! cria Mab. C'est moi qui commande ! Tu dois m'obéir, ou je te ferai jeter au cachot pour le reste de ta misérable vie – et crois-moi, elle ne durera pas longtemps !

Avec un murmure de réprobation, les soldats gobelins vinrent entourer leur général.

— Je ne crois pas, non, dit Bob Gobelin.

Mab se tourna vers le géant avec qui elle parlait quelques instants plus tôt.

— Sergent ! dit-elle. Arrêtez le général et cette humaine !

Le géant se redressa, mais au lieu d'obéir il mit les mains derrière son dos et répéta les mots du général :

— Je ne crois pas.

Mab descendit de cheval et regarda autour d'elle, folle de rage.

— Personne ne va écouter mes ordres, alors ?

Et, en effet, nul ne bougea. Mais soudain une haute silhouette vêtue de noir sortit des rangs.

Vénéficus.

20

Tout d'abord, le mage ne vit pas Marabel.

— Que puis-je pour votre service, Majesté ? demanda-t-il d'une voix douce, comme s'il se trouvait dans la salle du trône et non sur un champ de bataille.

Sans un mot, Mab désigna Marabel. Quand Vénéficus aperçut la princesse, un sourire cruel se dessina sur son visage. Il leva la main, ses longs doigts tendus vers elle. Dans sa paume apparut un halo de lumière verte qui s'intensifia jusqu'à devenir aveuglante. Murmurant des paroles incompréhensibles, il tendit le bras et...

Marabel saisit la poignée de son épée. Au moment précis où Vénéficus lançait son sort, elle dégaina son arme.

— Longue vie à Magikos ! cria-t-elle en la brandissant devant elle.

La lame étincelante décrivit un arc de cercle et frappa la boule de lumière en plein vol pour l'expédier haut dans le ciel, au-dessus des murs du palais.

Le sort frappa une fenêtre de la plus haute tour, et, même à cette distance, on entendit un fracas de verre brisé. Il y eut un éclair de lumière vert pâle, puis plus rien.

Marabel se souvint que, le jour de l'enlèvement, le mage avait dit à Mab qu'il lui fallait du temps pour recharger sa magie. Avant que sa tante ait eu le temps de réagir, elle bondit, la saisit par le col et pointa son épée sur elle.

— Toi et moi, dit-elle, à peine capable d'articuler tant l'adrénaline faisait cogner son cœur et trembler ses mains, on va discuter.

*

La tente de campagne de Mab, aussi vaste qu'une petite ferme, était garnie de couchettes confortables et de coussins en soie aux couleurs vives. Marabel et sa tante se fixaient du regard, apparemment aussi déterminées l'une que l'autre à ne pas baisser les yeux. Mais un bruit à l'extérieur leur fit tourner la tête au même moment. Mab se dirigea en soupirant vers une table et saisit un pichet de verre.

— Du jus de myrtilles ? proposa-t-elle.

Le parfum sucré rappela Lucius à Marabel.

— Merci, oui, dit-elle.

Sa tante versa le sirop avant de relever la tête. Marabel la fixait toujours. Mab recula d'un pas, désignant les deux verres devant elle.

— Choisis celui que tu veux, dit-elle. Je ne suis pas du genre à empoisonner ma propre nièce, tu sais.

— Et je suis censée te croire ? ironisa Marabel. Tu as jeté ton neveu dans un cachot avec un dragon comme gardien ! Tu as menacé de le changer en crapaud ! Comment veux-tu que je te fasse confiance ?

Avec un soupir, Mab se rassit. Le jus de myrtilles, ce serait pour une autre fois.

— Je t'assure, je déteste l'idée de te faire du mal. Je n'ai même pas réussi à vous punir vraiment quand vous avez fait irruption dans mon château, tu t'en souviens ?

C'est vrai qu'on n'a jamais copié nos mille lignes, songea Marabel.

— Et ce n'est pas juste parce que tu es ma nièce, continua Mab d'une voix douce. En vérité, jamais je ne pourrai porter la main sur les enfants de Marianna.

Marabel cilla en entendant le prénom de sa mère.

— Tu la connaissais ? demanda-t-elle.

Mab eut un sourire triste.

— C'était ma meilleure amie, répondit-elle. Je l'ai connue longtemps avant qu'elle épouse ton père.

Elle releva la tête et son visage s'éclaira.

— Tu sais, tu me fais penser à elle. Elle était courageuse comme toi, même si elle était aussi prudente que Matthew.

Marabel vint s'asseoir à côté de sa tante.

— Je ne sais rien de ma mère. Mon père ne parle quasiment jamais d'elle, et ma belle-mère ne l'a pas connue. Tout ce qu'on m'a dit, c'est qu'elle avait les cheveux châtains comme moi. C'est pour ça que je te fais penser à elle ?

Elle avait très envie d'entendre qu'elle lui ressemblait. Mab l'examina, pensive.

— Oui, tu lui ressembles un peu. Plus je te regarde, plus je m'en rends compte. Mais ce n'est pas seulement l'apparence. C'est ta ténacité. Et ton intelligence. Et ton courage !

Marabel aurait bien voulu en savoir plus sur sa mère, mais elle se ressaisit. Cela devrait attendre, elles avaient des choses plus graves à traiter.

— Parlons affaires, reprit la princesse. Pour commencer, tu as tenté de prendre le trône à mon père, et en retour il t'a bannie ? Tu tenais tant que ça à être reine ?

— J'aurais fait une bien meilleure souveraine que Matthew, mais ce n'est pas le plus important, répondit Mab en pianotant nerveusement sur la table. Je ne sais pas si tu as bien étudié tes cours d'histoire. Tu sais que Magikos et les Landes Désolées étaient jadis un seul et même pays, n'est-ce pas ?

— Bien sûr. Mais c'était il y a des siècles ! fit Marabel.

— Exact. Notre ancêtre le roi Manfred avait peur de la magie. J'ignore pourquoi. Peut-être qu'une sorcière l'avait effrayé quand il était enfant. Alors, il a fait construire une muraille et exilé la plupart des créatures magiques dans les Landes, de l'autre côté. Au début ça a bien marché, en tout cas en apparence. Mais aujourd'hui la situation est grave. Les fayes essaient d'attirer les voyageurs innocents dans leur monde et ils refusent de les relâcher, même après la période normale de trente jours. On a vu des gnomes planter des pieds de lierre urticant sur les sentiers de forêt. Certains géants refusent mon autorité et...

— Des géants ? coupa Marabel. Tu veux dire les géants qui vivent dans une montagne entourée par un précipice ?

— Ne me dis pas que tu les as croisés ! s'exclama sa tante. Ils capturent toutes les créatures qui passent chez eux.

— Ils nous ont capturées nous aussi, confirma Marabel. Mais nous avons réussi à nous enfuir.

— J'avoue que je suis impressionnée, dit Mab. Pas facile d'échapper à des géants.

Marabel tenta de rester modeste, mais le compliment lui était allé droit au cœur.

— Nous avons besoin d'aide, poursuivit la reine, et le Conseil de ton père est très efficace quand il s'agit de réguler la magie – ça fait des siècles que ses membres pratiquent ! Si je régnais sur les deux côtés de la Muraille, je pourrais régler ça moi-même. Et j'ai le droit d'être à la tête du pays. Ce n'est pas pour me vanter, je t'assure, mais j'ai toujours été plus maligne que Matthew, et meilleure dirigeante. Lucius me disait toujours que j'étais une grande bretteuse, et...

— C'est Lucius qui t'a appris à manier l'épée ?

Mab sourit.

— J'adorais ça ! Il me taquinait en prétendant que ton père pouvait me battre. Alors, un jour, j'ai défié Matthew en duel. Je n'avais qu'une vieille épée en bois, tandis que lui en avait une en métal – émoussée, mais une vraie arme tout de même – et il était bien plus grand et fort que moi. N'empêche qu'au bout de cinq minutes, il a demandé grâce.

— Cette épée-là ? demanda Marabel en la tirant de sa ceinture.

— Exactement ! s'écria Mab, ravie. Je me demande comment elle a pu tenir si longtemps. Elle était déjà très abîmée quand j'avais ton âge.

Ainsi, Lucius n'avait pas révélé à Mab à quel point l'épée était ancienne et magique – ni, d'ailleurs, à quel point il l'était lui aussi. Marabel devait être la seule personne au monde à connaître son secret.

— Es-tu meilleure à l'escrime que ton frère ? demanda Mab.

Comment répondre sans paraître se vanter ?

— C'est possible, répondit Marabel, mal à l'aise.

— Et penses-tu que tu serais une meilleure dirigeante que lui pour Magikos ? Marco est un garçon adorable, mais est-il vraiment capable de gouverner ?

Marabel n'y avait jamais réfléchi. Marco avait accompli la prophétie du *Livre du Destin* en naissant à l'heure précise d'un jour et d'un mois précis, ce qui faisait de lui l'Élu. Même si quelque chose advenait qui l'empêche de devenir roi, Marabel savait qu'elle n'aurait jamais la possibilité d'accéder au trône. Magikos n'avait jamais connu de reine, seulement des rois. Si Marco se révélait incapable d'assumer son devoir, le Conseil trouverait un cousin quelconque pour régner sur le royaume le temps que le jeune Malcolm atteigne l'âge requis.

Mais si Marabel avait la possibilité de devenir reine, accepterait-elle ? Serait-elle douée pour ça ?

Cette pensée l'enivrait. S'asseoir sur le trône, se faire obéir au doigt et à l'œil, agir exactement comme ça lui chantait... Qui aurait refusé ça ? Pourtant elle savait que régner, c'était bien davantage. Un bon souverain doit servir les intérêts de son peuple. Il doit être brave, avisé et fort, même les jours où il se sent épuisé et découragé. Une reine doit pouvoir renoncer à ses désirs si cela rend son pays plus fort et plus heureux. C'était une lourde responsabilité.

— Je l'ignore, avoua-t-elle. Marco est la personne la plus honnête que je connaisse. Il a un cœur d'or et un sens très aigu de la justice.

— Pfff... Ce sont de vraies qualités, je te l'accorde, mais un souverain a besoin d'autre chose. Il doit aussi être fort et courageux, et capable de réagir dans l'urgence. Il doit savoir s'occuper des gens et des créatures de toutes sortes, comprendre comment pensent les autres. Il doit être prêt à travailler dur, même quand il est épuisé. Du peu que je sais de vous deux, c'est toi qui corresponds à cette définition, pas Marco. Quel dommage que tu ne sois pas l'Élue ! Et moi aussi, j'ai ces qualités, au contraire de Matthew. C'est moi qui devrais être reine !

— Donc, si mon père abdique en ta faveur, tu vas nous changer en grenouilles, mon frère et moi ?

— Tu ne préférerais pas une autre créature ? demanda Mab. Un serpent ? Un scorpion ?

— Pardon ? s'écria Marabel, effarée.

Mab éclata de rire avant de s'empresser d'ajouter :

— Ne fais pas cette tête ! Je plaisante, c'est tout. Toutes ces histoires de transformer Marco en crapaud ou en tarentule, c'était seulement ça : des histoires. J'étais à bout. Depuis que Matthew m'a bannie, je ne cesse de lui écrire, de lui envoyer des messages, des émissaires, pour reprendre la discussion avec lui. En plus, jamais je ne laisserais Vénéficus jouer avec de tels sorts, surtout sur des membres de ma famille. Imagine ce qui se passerait si ça ne réussissait qu'à moitié !

Un même frisson les parcourut. Marabel se représenta une créature mi-serpent, mi-humaine, et fut reconnaissante à sa tante d'avoir empêché le mage de se livrer à de nouvelles expériences de magie sur eux.

C'est pourtant en imaginant cet être hybride qu'il lui vint une idée.

*

Marabel et Mab avaient établi ensemble les conditions d'une trêve. La princesse avait dû argumenter longtemps pour convaincre sa tante d'accepter certaines clauses, mais, une fois d'accord sur tout, elles avaient fait parvenir au roi un message aux mots soigneusement choisis. Elles attendaient maintenant la réponse, installées dans la tente. Mab pianotait nerveusement sur l'accoudoir du canapé.

— Matthew est si têtu, dit-elle. Il a toujours du mal à admettre qu'il s'est trompé.

Marabel suspectait que, de ce côté-là, sa tante pouvait lui ressembler. Enfin, Lucius apparut.

— Sa Majesté souhaite votre présence en salle du trône, annonça le vieux chevalier sur un ton très formel.

— Il *souhaite,* il n'ordonne pas, fit remarquer la princesse. C'est un bon début.

Mab ne répondit pas. Était-elle nerveuse ?

— Où est Marco ? demanda Marabel tandis que Lucius les guidait vers le palais.

— Dans ses appartements, répondit le vieux magicien. Il a essayé de rester éveillé, mais lui et la reine Maggie tombaient de sommeil. On les a portés dans leur chambre.

Dans la salle du trône, le roi Matthew faisait les cent pas sur son estrade. Ses ministres, ainsi que les prêtres et prêtresses, se tenaient dans un coin, l'air inquiet. Quand Mab et Marabel firent leur entrée, il se campa devant elles, poings sur les hanches, l'air si furieux qu'elles s'arrêtèrent net.

— Qu'est-ce que j'entends ? tonna-t-il sans même les saluer. Une trêve ? C'est absurde !

— Ça n'a rien d'absurde, protesta Marabel.

— Je parle à votre tante, pas à vous, déclara le roi. Veuillez regagner immédiatement votre chambre, jeune fille. Je ne sais pas comment vous vous êtes glissée hors du palais mais, lorsque je le découvrirai, il y aura des conséquences !

L'habitude de faire ce qu'on lui disait (la plupart du temps seulement, il est vrai) faillit pousser Marabel à tourner les talons pour remonter dans sa chambre. Néanmoins, elle tint bon.

— Ça n'a rien d'absurde, répéta-t-elle. Et c'est notre seul espoir d'éviter une guerre. Écoutez seulement ce que nous avons à dire.

— Ta fille a raison, Matthew, intervint Mab. Si tu refuses de considérer notre proposition, mes troupes passeront à l'attaque. C'est ce que tu veux ?

L'espace d'un instant, le roi sembla prêt à déclencher une guerre ; mais pour finir il se rassit sur son trône.

— D'accord, fit-il de mauvaise grâce. Vous avez dix minutes.

— Tout d'abord, dit Marabel, il faut changer la loi pour que le souverain de Magikos choisisse lui-même son successeur. Cela pourra être l'aîné de ses enfants, s'il montre des qualités politiques ; mais cela pourra aussi être un autre enfant, ou un conseiller très sage, ou quiconque prouve qu'il fera un bon régent.

La princesse jeta un coup d'œil anxieux à sa tante, qui la rassura d'un hochement de tête. Jusqu'ici, tout allait bien.

— Ce que vous me demandez, intervint le roi Matthew, c'est d'abandonner les pratiques qui ont toujours eu cours à Magikos depuis des siècles. Des pratiques et des traditions qui ont assuré la continuité de la monarchie et la stabilité du royaume pendant plus de mille ans. Et d'ignorer, qui plus est, le *Livre du Destin*, la plus haute autorité de cette contrée.

— Mais le royaume est-il vraiment si stable, père ? rétorqua Marabel.

Il la regarda, visiblement ébahi qu'elle mette sa parole en doute.

— Vous êtes prisonniers du palais depuis une treizaine, la Muraille ne tient plus, et votre fils a été retenu captif et menacé de transformation en animal à sang froid – ainsi que votre fille, même si apparemment vous vous en fichez. C'est ça, pour vous, la stabilité ?

Le visage du roi prit une expression si affligée que Marabel faillit regretter la dureté de ses paroles.

— Croyez-vous vraiment, ma fille, que votre bien-être ne m'intéresse pas ? demanda-t-il.

— Vous ne m'avez jamais donné l'impression du contraire, murmura-t-elle.

Avec un soupir, le roi se passa la main sur le front.

— Je suis désolé de vous avoir laissé croire cela. Vous comptez beaucoup à mes yeux, Marabel. Mais tant de choses dépendent de Marco ! Il est le souverain dont la naissance a été annoncée par le *Livre du Destin*, et tout l'avenir de notre royaume repose sur ses épaules. Je dois lui apporter une attention toute particulière, et je suis désolé si vous vous êtes sentie négligée.

— Et si le *Livre du Destin* avait tort ? demanda Marabel. Il n'y a pas de Livre dans les Landes, et personne n'a l'air de s'en porter plus mal. Ce n'est pas un bout de papier qui leur dit ce qui va se produire. Ils ont des lois et des règlements, mais ceux-ci sont écrits par des gens.

— Des lois faites par les gens ? Pas de Livre ? répéta le roi Matthew comme s'il ne parvenait même pas à saisir le sens de ces termes.

— Je comprends ta difficulté à accepter ça, mon frère, intervint Mab. J'ai vécu la même chose quand tu m'as exilée. Ça a été difficile pour moi de vivre sans pouvoir consulter le Livre, sans qu'il me dise ce qui allait arriver. Mais aujourd'hui je sais que c'est mieux ainsi.

— Mais, et Marco ? interrogea le roi. La naissance de Marco était annoncée, et le Livre dit que l'Élu sauvera le royaume. *Il naîtra un enfant à la treizième minute de la treizième...*

— Père, ne pourrait-il pas s'agir d'une simple coïncidence ? demanda Marabel. Depuis des siècles que la famille royale existe, n'est-il pas logique qu'un enfant finisse par naître à ce moment-là ?

— Peut-être que ce qui est écrit dans le Livre ne constitue pas vraiment des lois, continua Mab. Ce sont peut-être seulement des conseils, comme des proverbes. Par exemple, quand le Livre dit : « Ne réveillez pas un géant qui dort », ça ne se réfère pas littéralement à cette situation, mais plutôt à l'idée qu'on doit rester prudent quand on dérange quelque chose de potentiellement dangereux.

— Ou bien encore « Qui s'attable tard ne trouve que des miettes », ajouta Marabel. Ce n'est peut-être pas une loi qui interdit aux gens de manger quand ils sont en retard au dîner, mais simplement une façon de dire que la ponctualité est une bonne chose.

— Nous ne prétendons pas qu'il faille se débarrasser complètement du *Livre du Destin*, enchaîna Mab. Juste qu'il vaudrait peut-être mieux le considérer comme un recueil de sages maximes que nous ont léguées nos ancêtres. Les dictons peuvent nous guider sans pour autant régenter nos vies entières.

Le roi Matthew ouvrit la bouche et la referma, visiblement incapable d'articuler un mot. Il semblait si confus, si inquiet, que Marabel faillit ne pas avoir le cœur de lui annoncer la dernière condition de la trêve. Mais elle n'avait pas le choix. Elle inspira un grand coup.

— Encore une chose, père. Il faut réunir Magikos et les Landes. Les créatures magiques doivent pouvoir circuler chez nous sans craindre d'être enfermées dans un parc, un zoo ou une étable.

— « Réunir » ? répéta-t-il faiblement.

Elle hocha la tête.

— Un seul pays, avec deux dirigeants. Vous et tante Mab.

C'était la partie sur laquelle elles avaient débattu le plus longtemps au moment de définir les clauses de la paix. Mais à la fin, Mab avait cessé d'exiger que le trône de Magikos lui revienne exclusivement.

— C'est très raisonnable, Matthew, dit Mab. Je pense toujours que je ferais une meilleure souveraine que toi...

Il fit claquer sa langue d'un air excédé, mais elle l'ignora pour poursuivre :

— ... mais je suis prête à trouver un compromis. Ta fille est très sage, et très persuasive.

Le roi observa la princesse comme s'il n'était pas certain que Mab parlait d'elle.

— Marabel ? Sage ? demanda-t-il.

— Exactement, répondit la reine. Elle pense que nous pourrions, nous deux, assurer le bonheur du royaume, alors que, chacun de notre côté, nous n'avons pas toutes les qualités pour faire un bon dirigeant. J'ai peut-être eu tort de chercher à te forcer à abdiquer en ma faveur. J'aurais dû te suggérer dès le départ de partager le trône.

— Ce n'était pas que moi, protesta faiblement le roi. Les prêtres, les courtisans, tous les membres du Conseil... ils m'ont dit que c'était contraire au *Livre du Destin* et que, si je te laissais la couronne, cela provoquerait un désastre. Jamais une reine n'a régné sur Magikos ! Ce serait un crime de lèse-Livre !

— Vraiment, frère ? objecta Marabel. Personnellement, je n'ai nul souvenir d'un endroit du Livre qui dit que Magikos doit être gouverné par un homme.

Marabel se remémora les passages qu'elle avait dû apprendre par cœur pour ses leçons d'ancien magikien. En effet, quand il parlait de l'Élu, le *Livre du Destin* utilisait le terme « enfant », pas « garçon ». Il ne disait pas « roi », mais « monarque ». L'ancien magikien était une langue complexe, mais la princesse savait qu'elle ne se trompait pas.

Le roi Matthew ne trouva rien à répondre.

— Et, père, reprit-elle, il y a encore une autre raison à la réunification de Magikos. Nous sommes censés être un pays magique. C'est même l'origine de notre nom, n'est-ce pas ?

— Écoute-la, insista Mab. Je crois qu'elle a saisi le problème. Nous avons eu une longue discussion dans ma tente. Tu sais, Matthew, elle me rappelle énormément Marianna ; elle comprend les gens et les créatures, et je crois qu'elle a trouvé la cause et la solution des troubles des deux côtés de la Muraille.

La mention de son épouse décédée parut faire fondre le roi.

— Je vous écoute, mon enfant, dit-il.

Marabel inspira profondément. Il ne resterait pas longtemps aussi réceptif. Si elle voulait le convaincre, c'était maintenant ou jamais.

— Il existe un déséquilibre, père, dit-elle. Les créatures magiques des Landes se comportent étrangement, et nul ne sait pourquoi. Et pendant ce temps des événements magiques néfastes se produisent ici. Cette sécheresse, quand j'étais petite, n'était pas naturelle. Tante Mab m'a raconté qu'à la même époque le climat était resté parfaitement normal partout ailleurs.

Il y avait un problème à Magikos, et à Magikos seulement.

Son père ne répondit pas, mais il semblait l'écouter attentivement.

— Et les centaures, poursuivit-elle. Qu'est-ce qui les attirés ici ? C'est comme s'il y avait un manque de magie dans notre royaume, un vide qui aspire les êtres surnaturels. Peut-être qu'à force de l'interdire, nous avons créé un trou de magie. Si vous la légalisiez à nouveau – pas seulement en laissant venir quelques bonnes fées, des licornes dans les écuries ou des dragons dans des parcs, mais en accueillant la vraie magie, celle d'avant la Muraille – le royaume retrouverait peut-être son équilibre.

— Laisser entrer des Monstres dans mon royaume ? Des créatures malfaisantes ?

Le roi semblait horrifié à cette idée.

— Les Monstres dont tu parles ne sont pas tous malfaisants, protesta Mab. Il y a de bons et de mauvais fayes, de bonnes et de mauvaises licornes, de bons et de mauvais trolls. C'est comme pour les humains.

Et de bons ogres, songea Marabel en pensant à l'adorable Cornélius.

— Dans les Landes, nous avons des règlements pour que tout le monde, pouvoirs magiques ou non, se comporte de façon civilisée, dit Mab. Le général Gobelin est prêt à discuter avec vos conseillers pour les aider à changer vos lois. Contrairement à ce que tu penses, tu n'es pas assez méfiant, Matthew. Le petit tour que Vénéficus a joué pour nous faire entrer dans ton palais n'aurait jamais fonctionné de notre côté de la Muraille. Quand il a fait mine d'être vieux et égaré, nos forces de sécurité auraient vu clair dans son jeu. Mais nous savions que tes gardes seraient distraits par l'alarme, et que je pourrais en profiter pour passer.

Ils avaient bien préparé leur coup, pensa Marabel.

Le roi voulut parler, mais sa sœur l'interrompit.

— Ce ne sera pas facile, le prévint-elle. Il nous a fallu un millénaire pour que le déséquilibre magique entre nos royaumes prenne des proportions aussi graves. Il se peut qu'il faille du temps pour que tout se remette en place, même après la réunification.

— Et peut-être..., commença Marabel.

Elle hésita. Elle ne voulait pas aller trop loin. Mais, puisqu'on l'écoutait, autant le dire.

— Peut-être qu'on pourrait choisir notre destin, père. Chacun de nous. Peut-être qu'il n'y a pas qu'un seul Élu – peut-être sommes-nous tous l'Élu de notre vie.

Cette fois, le roi n'essaya même pas de répondre.

— Laissons-lui un peu de temps, murmura la princesse à l'oreille de sa tante. Ce n'est pas le genre de chose sur laquelle il est facile de changer d'avis.

Mab hocha la tête et se tourna vers son frère.

— Tu sais où me trouver, dit-elle.

Les reflets roses de l'aube commençaient à poindre aux fenêtres quand Mab raccompagna Marabel jusqu'à sa chambre. Au moment de se séparer, la princesse esquissa une révérence ; mais, mue par une soudaine impulsion, elle préféra serrer sa tante dans ses bras.

— Merci, chuchota-t-elle. Merci de m'avoir prise au sérieux et d'avoir forcé mon père à nous écouter.

Mab la pressa contre elle en retour.

— Repose-toi, dit-elle. Je viendrai te chercher tout à l'heure pour le petit déjeuner. Je te raconterai tout ce que tu veux savoir sur ta mère. J'adore parler d'elle.

Elles se quittèrent là-dessus.

21

Le soir suivant, à la fatidique treizième minute de la treizième heure, Marabel et Marco rejoignirent le reste de la famille royale sur le balcon sous les cris et les vivats des sujets rassemblés dans la cour du palais. Des centaines de torches éclairaient comme en plein jour.

La foule était si nombreuse qu'elle s'amassait bien au-delà des portes du palais, sur le pont-levis et dans les jardins. La plupart étaient des Magikiens, mais les soldats de l'armée de Mab qui n'étaient pas encore rentrés dans les Landes se trouvaient là eux aussi. Humains et créatures magiques avaient tendance à rester séparés, mais on voyait déjà de petits groupes mixtes se former.

— Laisse-leur du temps, avait dit Lucius à Marabel. Pour certains, il est difficile de changer.

Devant le roi Matthew se trouvait un prompteur elfectronique avec le parchemin de son discours. Comme de juste, un minuscule elfe se tenait à côté pour tourner la manivelle qui le faisait défiler.

— Mon peuple ! commença le roi.

L'elfe fit tourner la manivelle d'un quart de tour.

— Ma sœur Mab est de retour à Magikos après un long... séjour de l'autre côté de la Muraille. Je suis heureux de vous annoncer qu'elle a accepté de partager avec moi les responsabilités de la couronne du royaume uni de Magikos, réunifiant ainsi les Landes à notre terre. Dorénavant, nous régnerons en égaux. Nous formons l'espoir de résoudre ainsi les problèmes qui se posent des deux côtés du mur. Les créatures magiques des Landes sont aujourd'hui agitées et dangereuses, tandis que d'autres êtres enchantés sont apparus ici, comme s'il s'agissait d'un déséquilibre dans la magie elle-même. Et c'est ce que nous avons l'intention de guérir.

Des murmures s'élevèrent dans la foule tandis que l'elfe relâchait la manivelle pour s'essuyer le front.

— Qui plus est, continua le roi Matthew, nous avons décidé de changer les règles de succession du trône. Pour le bien de notre royaume...

— Et pour éviter de recevoir des baffes de sa grande sœur, glissa Marco à l'oreille de Marabel, qui dut se mordre les lèvres pour ne pas éclater de rire.

— ... nous déclarons que le prince Marco et la princesse Marabel régneront ensemble sur le royaume uni de Magikos après nous.

Puis, levant les yeux du parchemin, le roi parla avec son cœur :

— Mon très cher peuple, le Livre dit : « Joye ! Quand sera reconnu l'Élu, ce qui fut brisé réuni sera, et l'harmonie régnera sur nos contrées. La bravoure de l'Élu sauvera le royaume d'un péril immense, et tous de se réjouir. » Mais c'est seulement aujourd'hui, chers sujets, que je comprends ces mots. Peut-être le Livre n'est-il pas aussi infaillible que nous le pensions, mais j'espère que nous pouvons le croire quand il dit qu'il vaut mieux guérir que rester ennemis. Magikos a été scindé pendant un millénaire, et il va être réuni. Qu'en dites-vous, Magikiens ? Êtes-vous avec moi pour cette réunification du royaume ?

La foule resta silencieuse un instant ; puis une salve de cris joyeux s'éleva. « Longue vie au roi et à la reine ! » cria quelqu'un. « Bienvenue, Mab ! Vous nous avez manqué », s'exclamaient d'autres. « Vive le royaume uni de Magikos » était le cri le plus répété. On entendit même quelques : « Bien joué, Mab ! »

Le sourire du roi reflétait le soulagement que Marabel ressentait en son cœur. Tous les membres de la famille royale, y compris la petite Maria, saluèrent la foule à tour de rôle. Quand les bravos et les hourras s'apaisèrent un peu et que tous se dirigèrent vers les rafraîchissements et les danses qui les attendaient, les membres de la famille royale regagnèrent le palais ensemble.

— Parfait, fit la reine Maggie. Je suis ravie que tout se soit déroulé aussi bien !

Oui, c'était vraiment parfait, pensa Marabel. Marco était rentré indemne, et Ellie, Floriano et elle avaient vécu une aventure qui inspirait déjà des ballades et des chansons. Son père avait surmonté sa vanité et son entêtement pour accepter de faire ce qui était bon pour le pays. Lucius, qui avait révélé au roi la vérité au sujet de la princesse, avait désormais le droit de lui apprendre officiellement l'escrime.

Désormais, tout irait bien.

*

Une treizaine plus tard, la cérémonie d'anniversaire interrompue fut célébrée à nouveau, avec toutefois bien moins de fastes que la première fois. Le roi et la reine n'avaient convié que quelques invités – « nos amis les plus proches, ma chère », avait assuré Maggie à Marabel. Ainsi, aux côtés des jeunes prince et princesse se trouveraient Floriano, Ellie et même Cornélius, malgré les inquiétudes de Maggie sur son appétit d'ogre. Mab serait l'invitée d'honneur. (Vénéficus, lui, n'avait pas été convié. Il était un peu risqué de vexer un mage de la sorte, mais la belle-mère de Marabel avait refusé tout net qu'il assiste au dîner ou s'approche de sa famille de quelque manière que ce soit.)

Poppy portait Maria dans l'escalier tandis qu'Ellie tenait la main de Maisie. Malcolm se tenait à la rampe, refusant qu'on l'aide.

— Je suis un grand garçon ! répétait-il.

Lorsque Marabel pénétra dans la salle du banquet, elle eut néanmoins la désagréable surprise d'y découvrir la princesse Ginèvre de Norumbega assise à côté de Marco.

— Ça te dérange ? demanda la reine Maggie en surprenant son regard dépité. Je t'ai vue parler avec elle à la fête d'anniversaire, et je me suis dit que ça te ferait plaisir de la retrouver. Beaucoup de parents de princesse ont refusé de laisser venir leur fille, après ce qui s'est passé la dernière fois, mais apparemment Ginèvre a insisté pour être ici. Ça doit être une très bonne amie !

Comme elle ne souhaitait pas blesser les sentiments de sa belle-mère, Marabel répondit le plus gracieusement possible :

— Comme c'est gentil de votre part ! Merci, Maggie.

La reine sourit, visiblement soulagée.

— Nous avons décidé de faire un peu moins somptueux cette fois, mais il y aura de la musique et des jeux pour compenser. Ton père a fait venir ces elfes... tu sais, ceux qui font des portraits des gens en quelques secondes ? Et nous avons...

Un hurlement interrompit la reine. Toute l'assemblée se tourna vers Ginèvre, qui avait bondi sur ses pieds en renversant sa chaise. Elle pointait un doigt tremblant vers le détecteur de magie, sous lequel se tenait Cornélius, bras écartés tandis qu'un des gardes passait une baguette autour de lui. Avec les nouveaux règlements du général Gobelin, les précautions étaient renforcées.

— Qu'est-ce que c'est que cette chose ? glapit Ginèvre. Vous n'allez pas la laisser entrer, tout de même ?

Marabel dut maîtriser la rage froide qui la gagnait pour expliquer calmement :

— C'est notre ami Cornélius. C'est un invité d'honneur.

— Mais on dirait un ogre !

— *C'est* un ogre, répliqua Marabel. Et un fidèle serviteur de Magikos.

Se tournant vers Cornélius, elle lui fit signe de les rejoindre, désignant le seul fauteuil assez grand pour l'accueillir.

— Viens ici ! Je pense que c'est ton siège. Ellie, voici le tien, juste à côté de moi.

— Mille mercis, gracieuse Majesté, dit Cornélius.

Et, avec une révérence à Ginèvre :

— Je vous présente mes plus humbles excuses pour vous avoir mise en émoi, noble damoiselle.

Celle-ci parvint à grand-peine à se donner une contenance.

— Je n'ai pas eu peur, lança-t-elle dédaigneusement à la cantonade. J'ai simplement été surprise. Je n'avais jamais vu de... jamais rien vu de tel.

Elle se rassit tandis que Cornélius prenait place – juste en face d'elle, observa Marabel, amusée. Ginèvre se tourna vers elle.

— Alors, comme ça, vous avez eu une...

Elle s'interrompit, comme si elle cherchait le mot.

— Une aventure ?

La princesse hocha la tête.

— Tout le monde ne parle que de ça, continua Ginèvre.

Ça doit l'agacer sérieusement que les gens parlent d'autre chose que d'elle, songea Marabel.

— Ça ne paraît pas très... princier, ajouta l'autre d'un ton pincé.

— Oh, vraiment ? répondit Marabel, feignant d'être sincèrement surprise.

— Absolument. Qui dit aventure dit frayer avec toutes sortes de... gens.

La princesse de Norumbega décocha un regard entendu en direction d'Ellie, qui sirotait un jus de myrtilles, puis de Cornélius, qui avait déplié sa serviette pour la déposer soigneusement sur ses genoux. Elle secoua la tête, l'air réprobateur, avant de poursuivre :

— Dormir à la belle étoile, utiliser une arme... Non, ce n'est pas du tout ce que ma famille considère comme digne d'une princesse. Bien entendu, dans notre royaume, les choses sont différentes.

Cette fois, son regard hautain se posa sur Malcolm, qui faisait un caprice, et sur la reine Maggie, qui tentait de le calmer.

Les musiciens entonnèrent un air joyeux tandis que les serviteurs disposaient des plats appétissants devant les convives. Fronçant le nez, Ginèvre n'avala que des quantités minuscules, comme si la nourriture n'était pas assez bonne pour elle. Marabel, au contraire, se servit de tout, et à foison. C'était délicieux.

Deux elfes étaient assis à la table voisine. Des éclats de rire fusaient tandis que les petites créatures créaient des portraits instantanés.

— Oooh ! s'écria Ginèvre. Moi aussi, je veux prendre un elfie avec l'ogre ! Sinon, personne ne me croira quand je dirai que j'ai dîné avec un Monstre !

À nouveau, Marabel sentit la colère monter en elle mais, avant qu'elle ait explosé, Floriano apparut à ses côtés.

— Désolé d'être en retard, dit-il. Cette bourrique d'âne...

— C'est la licorne qui parle ? glapit Ginèvre.

— Floriano, à votre service.

Avec une gracieuse révérence, il prit place à côté d'elle. Elle l'observa, incrédule, manger sa salade aussi proprement que n'importe quel être humain.

— Ah, voilà qui est mieux, fit le licorne quand il eut terminé.

À son tour il regarda sa voisine de table. *Je t'en prie, ne pose pas la tête sur ses genoux,* le supplia Marabel intérieurement. C'était ce que font normalement les licornes, bien sûr, mais Ginèvre était si guindée qu'elle y trouverait certainement à redire. Par chance, juste à ce moment, Ellie, assise de l'autre côté de la table avec Marco, posa une question à Floriano au sujet de la caverne de Troffort. Il se tourna vers elle.

— Oh, j'ai failli oublier ! s'écria Ginèvre en portant la main à sa poche.

Elle tendit à Marabel un petit paquet emballé dans de la soie rouge et argent – les couleurs royales de son pays.

— Joyeux anniversaire de la part de tout le royaume du Norumbega.

Un cadeau ? De Ginèvre ? Peut-être n'était-elle pas si méchante, après tout. Peut-être n'était-elle pas jalouse de l'attention que recevait Marabel dans tout le monde connu. Au fond, elle ne savait sans doute simplement pas comment se montrer gentille, mais elle faisait de son mieux.

— Ouvre-le, la pria Ginèvre. Je pense que tu en as vraiment besoin. J'espère que ça te fera plaisir !

Rouge d'émotion, Marabel défit le ruban et découvrit un flacon de verre qui tenait dans le creux de sa main, rempli d'un liquide phosphorescent. Sur l'étiquette, on lisait en lettres tarabiscotées : *Potion de beauté*.

— Qu'est-ce que c'est ? demanda Ellie.

Ginèvre l'ignora.

— Je me suis dit que tu ne pouvais pas être heureuse de ton aspect actuel, expliqua-t-elle à Marabel.

Elle rajusta son épaisse crinière noire en observant les cheveux de Marabel – qui, jusqu'à présent, les trouvait tout à fait normaux. Quand elle baissa les yeux sur l'étiquette, la princesse de Magikos se rendit compte qu'elle ne distinguait plus les lettres – les larmes de rage et de chagrin dans ses yeux l'en empêchaient.

— Ça ne marche que si tu te l'appliques toi-même. Pas si c'est quelqu'un d'autre, expliqua Ginèvre sans paraître le remarquer. Ça imprègne tout ton corps pour te rendre belle. Ou au moins jolie. Ça dépend du point de départ, évidemment.

Sans un mot, Marabel tendit le flacon à Ginèvre, qui le prit avec un air surpris.

— Quoi, tu ne veux pas être jolie ? demanda-t-elle.

Avant que Marabel ait pu répondre, Floriano posa sa tête bleue sur les genoux de Ginèvre. Sa corne heurta le poignet de la jeune fille, et le flacon tomba des mains de celle-ci. Le bouchon s'ouvrit, et tout le liquide se répandit sur elle.

— Aaaaaah ! hurla-t-elle en bondissant de son siège. Stupide licorne ! Tu es un vrai Monstre, pire qu'un ogre !

Pourquoi est-elle tellement en colère ? s'interrogea Marabel. En quoi un peu plus de beauté la dérangeait-elle ?

Soudain, le nez de Ginèvre de Norumbega s'allongea, puis tout son visage suivit le mouvement. Elle baissa les yeux sur sa main, dont les doigts parurent se fondre les uns aux autres, avant de se transformer en mignons petits sabots fendus.

— Qu'est-ce qui lui arrive ? s'écria Marco.

Ellie recula, éberluée.

— À l'aide ! hurla Ginèvre tandis qu'on accourait de toutes parts. À l'aide ! À... grouiiik !

Avec un dernier cri, elle tomba à quatre pattes et, sous les yeux médusés de la foule, à l'endroit où elle se trouvait une seconde plus tôt apparut un mignon petit cochon rose et noir, encore empêtré dans une robe rouge, une couronne en travers de son petit groin délicat. L'animal se mit à courir dans tous les sens en poussant des couinements, mordant les chevilles et piétinant furieusement les orteils des convives qui tentaient de s'écarter.

— Que s'est-il passé ? demanda le roi.

Marabel lui expliqua rapidement la situation. Son père porta la main à sa bouche, et elle vit dans ses yeux que c'était pour masquer un sourire. Mab ramassa le flacon et le huma.

— Je connais cette potion, dit-elle. Dans mon royaume, les enfants s'en servent pour se jouer des tours. Si elle n'en a mis qu'une goutte ou deux, le sort disparaîtra d'ici demain.

— Elle a renversé toute la bouteille, répondit Marco.

La reine se mordit les lèvres tandis que le porcelet coursait les invités en glissant sur le sol de marbre.

— Alors, ça prendra un peu plus de temps. Comment est-ce arrivé ?

— Elle... commença Marabel, avant de se raviser. C'était un accident. Elle tenait le flacon quand il s'est renversé, si bien que c'est comme si elle s'était passé la lotion elle-même. Je suis sûre qu'elle n'a pas voulu m'offrir une potion pour me transformer en cochon. Elle s'est sans doute trompée, quelqu'un a dû mélanger les étiquettes.

Son père observa le porcelet d'un air de doute.

— Eh bien, il va falloir qu'on la garde dans les écuries le temps qu'elle redevienne une princesse. J'expliquerai à ses parents ce qui s'est passé et, le moment venu, ils nous enverront un cygne magique pour la chercher.

Le cochon s'immobilisa, visiblement horrifié. Lucius le ramassa, salua le roi et adressa un sourire à Marabel avant de quitter la salle avec le petit animal, qui gigotait sous son bras. Maggie se tourna vers les musiciens :

— Jouez un air gai, voulez-vous ?

Ils obéirent. Cornélius prit la main de Marabel pour l'attirer sur la piste de danse. Ellie se joignit à eux, suivie de Floriano. Ils montrèrent à tout le monde comment danser en cercle à la manière des villageois. Marco et Marabel, main dans la main, dansèrent toute la nuit.

Lucius avait raison, songea la princesse en tourbillonnant. *L'important, c'est ce que je sais dans mon cœur. Et je sais que je suis capable de grandes choses.* Il lui tardait de découvrir lesquelles.

Son père et tante Mab dirigeraient le royaume ensemble et un jour, si Marco et elle s'en révélaient dignes, ils prendraient leur place sur des trônes identiques pour devenir les meilleurs souverains dont le royaume uni de Magikos puisse rêver.

Oui, tout était parfait. Les problèmes étaient terminés. Dorénavant, la princesse Marabel de Magikos vivrait heureuse.

Sauf, évidemment, si la princesse Ginèvre de Norumbega pouvait l'en empêcher.

Remerciements

Ceux qui crient qu'écrire est une occupation solitaire n'ont jamais eu le plaisir de travailler avec l'équipe qui a créé *Marabel* !

D'abord, et comme toujours, j'adresse toute ma gratitude à mon agent, Lara Perkins, pour sa créativité, son professionnalisme et sa bonne humeur au long cours.

Merci à l'équipe Alloy : Annie Stone, Joelle Hobeika, Hayley Wagreich, Les Morgenstein, Josh Bank et Sara Shandler. Tous mes amis écrivains qui ont travaillé avec eux m'avaient annoncé que ce serait super et que j'apprendrais beaucoup – et c'est vrai ! J'ai aussi eu la chance de suivre, aux commandes, Mallory Griggs comme directrice artistique et Romy Golan comme éditrice.

Un grand merci aussi à l'équipe Little, Brown, tout particulièrement Lisa Yoskowitz et son assistante Hallie Tibbetts, ainsi qu'Allison Moore, qui m'ont aidée à améliorer l'histoire et à creuser encore. Merci également à Marcie Lawrence, Sasha Illingworth, Emilie Polster, Jennifer McClelland-Smith, Kristina Pisciotta, Elisabeth Ferrari, Adrian Palacios, Victoria Stapleton et Jenny Choy.

Enfin, merci à la Society of Children's Book Writers and Illustrators pour leurs informations et leur soutien tout au long des années.

PAPIER À BASE DE FIBRES CERTIFIÉES

Le Livre de Poche s'engage pour l'environnement en réduisant l'empreinte carbone de ses livres. Celle de cet exemplaire est de :
300 g éq. CO_2
Rendez-vous sur
www.livredepoche-durable.fr

« Pour l'éditeur, le principe est d'utiliser des papiers composés de fibres naturelles, renouvelables, recyclables et fabriquées à partir de bois issus de forêts qui adoptent un système d'aménagement durable. En outre, l'éditeur attend de ses fournisseurs de papier qu'ils s'inscrivent dans une démarche de certification environnementale reconnue. »

Édité par la Librairie Générale Française – LPJ
(58, rue Jean-Bleuzen, 92170 Vanves)

Composition PCA
Achevé d'imprimer en Espagne par Liberdúplex
Dépôt légal 1re publication : octobre 2020
64.3730.6/01 – ISBN : 978-2-01-628826-9
Loi n° 49-956 du 16 juillet 1949 sur les publications destinées à la jeunesse
Dépôt légal : octobre 2020